À PROPOS DE L'AUTEUR

Nora Roberts est l'un des auteurs les plus lus dans le monde, avec plus de 400 millions de livres vendus dans 34 pays. Elle a su comme nulle autre apporter au roman féminin une dimension nouvelle ; elle fascine par ses multiples facettes et s'appuie sur une extraordinaire vivacité d'écriture pour captiver ses lecteurs.

Nora Roberts

Indomptables héritières

Nora Roberts

Indomptables héritières

Traduction française de
MARIE MOREAU

HARLEQUIN

Titres originaux :

PARTIE 1 : COURTING CATHERINE
PARTIE 2 : A MAN FOR AMANDA

Ces roman ont déjà été publiés en 2016

HARPERCOLLINS FRANCE
83-85, boulevard Vincent-Auriol, 75646 PARIS CEDEX 13
Service Lectrices — Tél. : 01 45 82 47 47

www.harlequin.fr

ISBN 978-2-2804-2945-0

UN CŒUR REBELLE

Prologue

Bar Harbor, Maine
12 juin 1912

Je l'ai vu tout à l'heure arpenter les falaises qui surplombent la baie du Français. Il était grand, jeune et ténébreux. Tandis que j'avançais en tenant par la main mon petit Ethan, j'ai été frappée, en dépit de la distance, par la ligne puissante de ses épaules. Armé de son pinceau et de sa palette de couleurs, il donnait l'impression de livrer un duel implacable. Sa concentration était telle, les mouvements de son poignet étaient si rapides et si précis, qu'on aurait juré que sa vie dépendait de ce qu'il peignait là.

Peut-être était-ce le cas.

Quel spectacle déroutant, en tout cas ! Dans mon esprit, les peintres avaient toujours été de belles âmes qui voyaient ce que le commun des mortels n'était pas en mesure de distinguer, et qui restituaient dans la souffrance leur vision sur une toile.

Avant qu'il ne tourne la tête vers moi, je sus que ses traits n'auraient rien de doux.

En réalité, il semblait être lui-même l'œuvre d'un artiste. Son visage était comme sculpté dans la masse d'un bloc de chêne, avec un long nez droit et une bouche sensuelle. Même le mouvement de ses cheveux paraissait avoir été ciselé au burin dans le cœur d'un tronc d'ébène.

Une légère brise gonflait la grande blouse qui, bien que constellée de taches de peinture, accentuait sa prestance. Sa silhouette se détachait fièrement des rochers, comme si l'île lui appartenait. Et comme si j'étais une intruse.

En m'apercevant, il se figea et m'enveloppa d'un regard farouche. Quel regard ! Il me semble encore sentir la bouffée de chaleur qui dut empourprer mon visage. Indifférent à l'hostilité dont nous étions l'objet, mon petit Ethan en profita pour babiller. Du coup, le regard furibond qui nous avait accueillis se radoucit. Et il sourit. Je sais qu'un cœur ne s'arrête pas de battre en de telles circonstances. Pourtant...

Dans mon émoi, je m'excusai humblement de l'avoir dérangé et je repris ma promenade.

— Attendez.

Saisissant un bloc et un crayon, il commença à ébaucher une esquisse tandis que je me pétrifiais sur place, les jambes tremblantes. Ethan m'imita, aussi fasciné que moi par la personnalité de l'inconnu. Dans mon dos, je sentais la brûlure du soleil tandis que le vent du sud, qui venait de face, m'apportait le parfum de la mer et celui des roses sauvages.

— Vos cheveux devraient être dénoués, remarqua-t-il.

Il posa son crayon, s'avança à grandes enjambées

vers moi, puis se tourna vers Ethan, dont il effleura les boucles rousses.

— Ils ont la même couleur flamboyante que ceux de votre frère.

— C'est mon fils..., murmurai-je d'une voix à peine audible. Je suis Mme Fergus Calhoun.

— Ah, le manoir des Tours.

Cessant un instant de me dévorer du regard, il scruta le lointain, là où les tourelles de notre résidence d'été découpaient l'horizon bleuté.

— Vous avez une ravissante demeure, madame Calhoun.

Avant que j'aie eu le temps de répondre, Ethan se sauva en riant. L'inconnu l'attrapa au passage et le souleva dans ses bras avec une facilité déconcertante.

— Un beau garçon ! s'exclama-t-il.

— Et débordant d'énergie. J'ai décidé de le promener pour soulager un peu sa gouvernante. Ce petit diable lui donne plus de tracas que mes autres enfants réunis.

— Oh, vous avez d'autres enfants ?

— Oui. Une fille qui a un an de plus qu'Ethan et un bébé. Nous sommes arrivés hier pour la saison d'été. Vous habitez l'île ?

— Pour l'instant. Accepteriez-vous de poser pour moi, madame Calhoun ?

Je rougis. Malgré l'embarras que me causait cette requête — et la façon abrupte dont elle avait été formulée —, j'éprouvai un immense plaisir. Je la rejetai néanmoins avec courtoisie, autant par décence que par crainte du caractère orageux de

Fergus. L'inconnu n'insista pas. Non sans honte, je dois avouer que j'en conçus une grande déception.

Lorsqu'il me rendit Ethan, nos regards se croisèrent et il sembla lire en moi, comme personne ne l'avait fait auparavant. Il me souhaita une bonne journée. Alors, à contrecœur, je rebroussai chemin avec mon fils, en direction du manoir.

Aussi sûrement que si j'avais tourné la tête, je sais qu'il me suivit des yeux jusqu'à ce que je disparaisse, le cœur battant, au détour du sentier qui longe les rochers.

1

Bar Harbor 1991

Trenton St. James, troisième du nom, était d'humeur massacrante. Il faisait partie de ces hommes qui s'attendent à ce que les portes s'ouvrent devant eux au moment précis où ils appuyent sur la sonnette, ou que les combinés de téléphone se décrochent alors qu'ils ont à peine fini de composer le numéro. Il n'avait donc pas envisagé une seconde — l'hypothèse était même inconcevable — que sa BMW tomberait en panne en rase campagne, à quinze kilomètres de son lieu de destination. Heureusement, son téléphone de voiture lui avait permis de localiser et de contacter le garagiste le plus proche.

Après quoi, il avait patienté jusqu'à ce qu'une dépanneuse vienne s'arrêter près de lui. Le trajet jusqu'à Bar Harbor avait été un désagrément supplémentaire. Insensible au vacarme de la sirène qui hurlait sur le toit de sa camionnette, le dépanneur — qui répondait au prénom de Hank — avait chanté à tue-tête tout le long du chemin, ne s'interrompant que pour respirer ou mordre avec appétit dans un énorme sandwich au jambon.

— C.C. va vous arranger ça en un clin d'œil! avait-il assuré d'un ton débonnaire. C'est le meilleur mécano du Maine, tout le monde vous le dira.

Trent avait décidé qu'il se contenterait de cette unique recommandation.

Pour s'épargner une attente inutile, il se fit déposer dans le centre de la ville et laissa à Hank le soin de conduire son véhicule au garage, après avoir noté l'adresse sur son agenda. Comme toujours en pareille situation, il profita de ce contretemps pour donner quelques coups de téléphone à Boston, à son bureau, et semer la panique parmi son personnel.

Il déjeuna ensuite à la terrasse d'une auberge où, à la vérité, il prêta plus d'intérêt aux pages financières de son journal qu'à la saveur du homard grillé qui refroidissait dans son assiette. Après plusieurs tasses de café, il observa avec impatience le va-et-vient paisible de la circulation, tout en consultant régulièrement sa montre — avec tout autant d'impatience.

A l'intérieur de l'auberge, intriguées par son manège, les deux serveuses échangeaient leurs impressions. C'était le début avril, et la saison n'était pas vraiment commencée. A cette époque de l'année, les clients se faisaient encore rares — surtout des clients comme celui-ci. Bel homme, il cultivait l'élégance de la racine de ses cheveux châtains à la pointe de ses mocassins cirés avec soin. Elles en conclurent que leur client était un businessman important — sa serviette de cuir et son complet en serge gris le confirmaient, de même que ses boutons de manchettes et sa montre en or. Massif, bien sûr.

D'un commun accord, après de nombreux aller et retour entre la salle et la terrasse, elles décidèrent qu'il n'avait guère plus de trente ans. Outrageusement beau et racé, il fallait le répéter. Des traits éminemment masculins, pétris de distinction. En s'attardant sur son regard sombre et parfois lointain, elles se demandèrent si une femme ne lui avait pas fait faux bond — bien qu'il parût inimaginable qu'une femme douée de raison puisse commettre une sottise de ce genre.

Trent, qui avait tout suivi de leur manège, ne leur accorda aucune attention. Et la déception des deux jeunes femmes ne fut pas compensée par le généreux pourboire qu'il abandonna royalement sur la table avant de prendre le chemin du garage. Comme nombre de St. James, il avait grandi au milieu d'une nuée de serviteurs qui s'ingéniaient à lui rendre la vie simple et agréable. En échange, il payait bien. Et s'il ne manifestait jamais sa reconnaissance, par un sourire, par exemple, c'est qu'il n'en avait jamais eu l'idée.

En cet instant, il ne songeait qu'à la transaction qu'il voulait conclure d'ici à la fin de la semaine. L'été précédent, alors qu'il naviguait avec sa quatrième femme dans la baie du Français, son père avait repéré une superbe propriété. Trenton St. James II avait un piètre instinct en matière de femmes, la chose était de notoriété publique ; en revanche, son sens des affaires était remarquable. Sans perdre une minute, il avait interrompu sa croisière et s'était mis en tête d'acheter l'imposant manoir qui dominait la baie.

Malheureusement, la réticence des propriétaires à vendre ne lui avait pas permis d'obtenir satisfaction.

Et comme Trenton St. James II avait entamé une nouvelle procédure de divorce, c'est son fils qui avait hérité du dossier.

L'épouse n° 4 n'avait duré que huit mois. Soit deux de plus que l'épouse n° 3. Avec résignation, Trent prévoyait déjà l'apparition d'un numéro cinq... En tout cas, il était décidé à signer la promesse de vente, avant que le divorce paternel ne soit prononcé. Dès que sa voiture serait en état de marche, il irait visiter la propriété des Tours.

D'après ce qu'il en avait appris, les rues de Bar Harbor étaient envahies l'été par des hordes de touristes, riches en traveller's cheques et en cartes de crédit. Nombre d'entre eux exigeaient de luxueux hôtels. Trent avait même des chiffres dans sa serviette. Les Tours, il en était persuadé, ne manqueraient pas d'attirer une clientèle aisée et prodigue. Tout ce qu'il avait à faire, c'était de convaincre quatre jeunes femmes un tantinet sentimentales et leur tante d'accepter son argent et d'aller s'installer ailleurs.

Il consulta de nouveau sa montre et se dirigea vers le garage. Au jugé, il avait accordé deux heures au mécanicien pour localiser la panne et réparer sa BMW. C'était amplement suffisant.

Certes, il aurait pu emprunter l'avion de sa société. Le voyage aurait été plus rapide. Trent avait préféré conduire, cependant, mettant à profit ces quelques heures de route pour se détendre et réfléchir dans le calme.

Si son chiffre d'affaires progressait à une allure

folle, sa vie personnelle sombrait dans le néant. Qui aurait supposé que Marla lui lancerait tout à coup un ultimatum ? Elle savait pourtant depuis le début de leur relation que le mariage était exclu. Dans ce domaine, Trent n'avait nullement l'intention de suivre les traces de son père.

D'accord, il l'aimait bien. Elle était ravissante, intelligente et réussissait dans son métier de styliste. Avec Marla, tout était à sa place, en ordre. Une qualité que, plus que n'importe quelle autre, Trent prisait chez une femme. De la même manière, il appréciait les ambitions limitées qu'elle nourrissait à son égard. Elle lui avait déclaré ne vouloir ni mari, ni enfants, ni serment d'amour éternel.

C'est pourquoi Trent avait reçu son soudain revirement comme une trahison. Comme il s'était révélé incapable de répondre aux vœux de la jeune femme, ils s'étaient séparés voilà deux semaines. Peu après cette séparation, Trent avait appris qu'il avait déjà un remplaçant, un joueur de golf professionnel auquel Marla venait de se fiancer. La nouvelle lui avait causé un certain choc, tout en renforçant sa conviction : les femmes étaient des créatures versatiles et volages. Quant au mariage, ce n'était ni plus ni moins qu'un suicide.

Dieu merci, elle ne l'avait jamais aimé. Elle recherchait d'abord le « confort et la stabilité » — ainsi qu'elle le lui avait elle-même avoué. Bientôt, cependant, elle découvrirait que le mariage n'avait rien d'une panacée.

Résolu à ne pas épiloguer plus longtemps sur ses erreurs, Trent traversa la rue et s'arrêta devant un bâtiment blanc. Sous l'enseigne — « C.C.

Automécano » —, figuraient la liste et les tarifs des services offerts vingt-quatre heures sur vingt-quatre.

Avec un soupir, Trent s'engouffra à l'intérieur de la bâtisse. Le capot de sa BMW était relevé. Entre les roues, une paire de bottines dépassait, s'entrechoquant au rythme de la musique rock qui s'échappait d'un poste de radio. Il régnait une odeur de graisse et de chèvrefeuille. Un mélange insolite. Pour ne pas dire incongru.

En fronçant les sourcils, il jeta un coup d'œil autour de lui. Une multitude d'outils et de pièces détachées encombrait les établis et, dans un coin, une machine à café se manifestait par ses sifflements et ses jets de vapeur. Sur un mur, Trent avisa un écriteau qui proclamait : « Les chèques ne sont pas acceptés. Pas même les vôtres. »

Près de l'entrée, plusieurs colonnes de tarifs étaient placardées. Trent jugea les prix raisonnables, bien qu'il manquât d'éléments de comparaison. Deux gros distributeurs antédiluviens encadraient une fenêtre — l'un offrait des boissons gazeuses, l'autre des friandises ou des sandwichs. Une boîte en fer remplie de menue monnaie laissait le consommateur libre de puiser dans cette tirelire ou d'apporter son obole.

« Un concept intéressant », jugea Trent avec un sourire.

— Excusez-moi.

Les bottines continuèrent à marquer le rythme, l'une contre l'autre.

— Excusez-moi...

Le tempo s'emballa, et les bottines suivirent le

mouvement. Trent en toucha une avec la pointe de son mocassin.

— Qu'est-ce que c'est ? demanda une voix depuis le dessous du véhicule.

— Je voudrais des nouvelles de ma voiture.

— Attendez votre tour.

Il y eut un fracas d'outils, suivi d'un juron bien senti. Trent haussa les sourcils, de cette manière qui avait l'avantage de terroriser ses subordonnés.

— Apparemment, je suis le premier de la file.

— Non, vous êtes derrière le bolide de cet idiot. Mon Dieu ! protégez-moi de ces yuppies qui achètent des petits bijoux de ce genre et ne sont même pas fichus de faire la différence entre un carburateur et un joint de culasse ! Patientez une minute ou appelez Hank. Il est dans les parages.

Bouche bée, Trent chercha à recouvrer ses esprits. Le qualificatif d'« idiot » avait du mal à passer.

— Où se trouve le propriétaire ? demanda-t-il.

— Occupé. Hank !

La voix du mécanicien se transforma en rugissement.

— Flûte et zut et flûte ! Hank ! Où se cache-t-il, encore ?

— Je l'ignore.

Trent s'avança vers le poste de radio et l'éteignit.

— Pourriez-vous avoir l'obligeance de sortir et de me préciser l'état de ma voiture ?

— Une seconde.

De son poste d'observation, sous la BMW, Catherine aperçut d'abord les mocassins. Et elle les détesta sur-le-champ.

— Je ne peux pas lâcher mes outils. Si vous êtes

pressé, venez me donner un coup de main ou bien allez chez McDermit. Son garage se trouve au nord-ouest du port.

— Cela risque de poser quelques difficultés. Vous êtes sous ma voiture.

— Oh... c'est la vôtre ?

Catherine se raidit. En effet, l'accent de Boston de son interlocuteur se mariait assez bien avec l'élégance insolente de ses chaussures italiennes.

— A quand remonte sa dernière visite chez un garagiste ?

— Je ne sais...

— Evidemment ! Je m'y attendais.

Devant l'évidente satisfaction qui transparaissait sous cette remarque, Trent serra les dents.

— Acheter une voiture pareille, poursuivit Catherine, c'est accepter d'en assumer la responsabilité. Bien entretenue, votre petite merveille pourrait faire la joie de vos enfants et de leurs enfants. Vous savez, les automobiles ne sont pas un moyen de transport comme les autres. Il faut les traiter avec égard. Souvent, les gens sont trop paresseux ou trop stupides pour leur accorder le minimum de soin et d'attention qu'elles méritent. Celle-ci aurait dû subir une révision complète voilà six mois.

— Ecoutez, jeune homme, je vous paie pour une réparation, pas pour me sermonner ! A présent, j'aimerais savoir quand ma BMW sera disponible. J'ai un rendez-vous important.

— Le sermon est gratuit..., commença Catherine en poussant le chariot sur lequel elle était allongée. Et je ne suis pas votre jeune homme.

C'était une évidence, songea Trent quand il la vit apparaître de sous la BMW. Malgré le visage noir de cambouis et les cheveux coupés à la garçonne, la silhouette emprisonnée dans une combinaison constellée de taches d'origines diverses était, sans aucun doute, féminine. Jusqu'au bout des ongles.

Décontenancé, Trent dévisagea la jeune femme qui se levait et se tint bientôt devant lui, une clé à molette en main.

En dépit des traces noires qui lui barraient le front et les joues, elle avait une peau très claire qui contrastait avec la masse foncée de ses cheveux souples. Sous de longs cils recourbés, des yeux verts le contemplaient sans aménité, et la moue que dessinaient les lèvres pleines, dépourvues de maquillage, n'aurait pas manqué de séduction en d'autres circonstances.

Ainsi, pensa Trent, c'était elle qui sentait l'huile et le chèvrefeuille.

— Il y a un problème ? demanda Catherine pour couper court à l'examen méthodique dont elle était l'objet.

— Vous êtes le mécanicien ?

— Non, je suis la décoratrice d'intérieur.

— Vous avez accompli un remarquable travail..., souligna Trent en regardant autour de lui.

Avec un soupir exaspéré, la jeune femme haussa les épaules.

— L'huile et le filtre à air avaient besoin d'être changés. L'allumage était mort, et le carburateur nécessitait un réglage. Une révision complète est toujours indispensable. Quant à votre radiateur, il devrait être nettoyé à fond.

— Marche-t-il ?

— Oui, il fonctionne.

Catherine sortit un mouchoir de sa combinaison et s'essuya les mains. Son interlocuteur était à l'évidence le genre d'homme à se soucier davantage de ses cravates que de sa voiture. Mais ça ne la concernait pas.

— Suivez-moi dans le bureau, indiqua-t-elle en fourrant le mouchoir dans sa poche. Nous allons régler ça.

Elle le conduisit jusqu'à une pièce vitrée, meublée d'étagères et d'un grand bureau couvert de papiers derrière lequel elle s'assit. Sous une pile de dossiers, elle saisit un carnet de factures.

— Comptant ou carte de crédit ? demanda-t-elle.

— Carte de crédit.

Machinalement, Trent sortit son portefeuille. Il n'était pas sexiste, songea-t-il. Non, il n'était pas sexiste... Dans sa société, il offrait à son personnel féminin la même rémunération et les mêmes chances de promotion qu'aux hommes. Peu lui importait le sexe de ses employés, pourvu qu'ils ou elles soient compétents, efficaces et loyaux. Pourtant, plus il étudiait la jeune femme occupée à remplir sa facture, moins il trouvait qu'elle correspondait à l'idée qu'il se faisait d'un garagiste.

— Depuis combien de temps travaillez-vous ici ?

Il fut surpris lui-même par sa curiosité. Une question aussi personnelle allait à l'encontre de ses principes.

— Depuis l'âge de douze ans, lui répondit Catherine. Tranquillisez-vous, je connais mon métier. Le travail effectué dans mon garage est garanti.

— Votre garage ?

— Oui, le mien.

Elle sortit une calculatrice d'un tiroir et tapota les touches avec dextérité, d'un doigt fin et nerveux.

Catherine mourait d'envie de remettre cet homme à sa place. Peut-être son hostilité venait-elle des mocassins. A moins que ce ne soit de sa cravate, qui dénotait une évidente arrogance.

— Voilà de quoi il retourne, annonça-t-elle.

Elle lui montra le carnet et détailla point par point la facture. Sans prêter attention à ses paroles, Trent se contenta de fixer la jeune femme d'un regard fasciné. Une telle attitude était à l'opposé de ses habitudes. D'ordinaire, il étudiait d'un œil critique le moindre document déposé sur son bureau.

— Des questions ? lui demanda-t-elle en levant enfin les yeux vers lui.

— Vous êtes C.C. ?

— C'est exact.

Catherine s'éclaircit la gorge, embarrassée par les yeux scrutateurs qui la fixaient. Pourquoi réagissait-elle ainsi ? C'était ridicule ! Le regard de cet homme était banal — même s'il lui semblait à présent plus intense qu'elle ne l'avait noté au départ.

— Vous avez des marques de graisse sur la joue, remarqua-t-il en lui souriant.

Le changement dans sa physionomie était étonnant. L'individu hautain s'était soudain transformé en un homme chaleureux. Le pli de sa bouche s'était adouci, et l'impatience que recelait son regard avait disparu, remplacée par une lueur d'humour charmeuse. Irrésistible.

Malgré elle, Catherine lui rendit son sourire.

— Ça fait couleur locale.

Consciente que sa réponse pouvait apparaître trop abrupte, elle fit un effort pour corriger cette impression.

— Vous venez de Boston ? demanda-t-elle.

— Oui. Comment le savez-vous ?

— Avec vos plaques d'immatriculation du Massachusetts et votre accent, ce n'était pas difficile à deviner. Nous avons beaucoup de visiteurs en provenance de Boston sur l'île. Vous êtes ici pour les vacances ?

— Pour affaires, corrigea Trent.

Au passage, il essaya de se remémorer la dernière fois qu'il avait pris des congés. En vain. Cela devait remonter à deux ou trois ans.

Catherine saisit son planning et vérifia son emploi du temps du lendemain.

— Si vous restez quelques jours ici, nous pourrions réviser votre voiture.

— Pourquoi pas ? Vous habitez l'île ?

— Oui. J'y suis même née, précisa Catherine.

Le bois de sa chaise craqua tandis qu'elle croisait les jambes.

— Vous êtes déjà venu à Bar Harbor ? demanda-t-elle.

— J'ai passé plusieurs week-ends ici avec ma mère quand j'étais enfant. Peut-être pourriez-vous m'indiquer quelques bons restaurants ou les principales curiosités. Je vais sans doute disposer d'un peu de temps libre.

Sans hésiter, Catherine déchira une feuille de son bloc.

— Je vous conseille surtout le parc naturel, expliqua-t-elle en commençant à écrire. Et les restaurants de poissons sont tous délicieux. La saison débute à peine, vous devriez obtenir une table sans difficulté.

Elle lui tendit la feuille de papier, que Trent plia et glissa dans la poche intérieure de sa veste.

— Merci. Si vous êtes libre ce soir, vous pourriez m'aider à découvrir la cuisine locale. Nous discuterions aussi de mon carburateur...

Troublée et flattée, Catherine prit la carte de crédit que son client lui offrait. Elle était sur le point d'accepter son invitation lorsqu'elle lut le nom imprimé en relief sur le morceau de plastique : « Trenton St. James III ».

— Trent, précisa-t-il en souriant.

« J'aurais dû m'en douter ! » songea Catherine avec consternation. C'était signé. La grosse berline, le complet chic, les bonnes manières. Sans parler de ces fichus mocassins. Bien sûr ! Son sixième sens aurait dû l'alerter !

Le cerveau en ébullition, elle passa la carte dans la machine et lui tendit les reçus.

— Signez là.

Trent sortit un stylo en or et s'exécuta tandis que la jeune femme décrochait du tableau les clés de la BMW. Il leva les yeux au moment précis où elle les lançait dans sa direction. Il réussit de justesse à les rattraper — évitant ainsi de les recevoir en pleine figure.

— Un simple non suffisait, remarqua-t-il en jouant avec le trousseau.

— Les hommes de votre genre ne comprennent pas un simple refus ! répliqua Catherine. Si j'avais su qui vous étiez, j'aurais percé votre pot d'échappement.

— Auriez-vous l'obligeance de m'expliquer quel est le problème ?

Elle contourna le bureau et s'avança vers lui, avec un air de défi.

— Je suis Catherine Calhoun. Et je vous défends de mettre vos sales mains sur ma maison.

Eberlué, Trent tenta de réorganiser ses idées. Ainsi, cette tigresse était l'une des quatre sœurs qui possédaient le manoir des Tours — et, à l'évidence, une de celles qui s'opposaient à la vente. Puisqu'il aurait affaire aux quatre pour arriver à ses fins, il pouvait aussi bien commencer maintenant.

— Enchanté, mademoiselle Calhoun.

— Ah oui ? Eh bien, pas moi !

Elle s'empara du reçu et lui tendit l'autre exemplaire.

— Je ne vous retiens pas, monsieur St. James. Filez. Décampez, vous et votre BMW.

— Oh ! vous parlez en vers, en alexandrins..., remarqua Trent.

Sans cesser de scruter la jeune femme, il glissa la facture dans son portefeuille.

— Vous n'êtes pas la seule propriétaire des Tours, rappela-t-il.

— Jamais vous ne transformerez ma maison en un de ces hôtels de luxe dans lesquels on ne trouve que d'ennuyeuses jeunes filles de bonne famille et des comtes italiens de pacotille.

Trent faillit éclater de rire.

— Avez-vous déjà séjourné dans un des hôtels St. James ?

— Inutile, je sais à quoi ils ressemblent. Entrée

en marbre, ascenseurs de verre, lustres en cristal et fontaines gazouillantes dans tous les coins.

— Vous avez un préjugé contre les fontaines ?

— Je n'en veux pas dans mon salon, voilà tout. Pourquoi n'allez-vous pas dépouiller la veuve ou l'orphelin ailleurs, au lieu de venir nous ennuyer ?

— Malheureusement, je n'ai aucune saisie prévue cette semaine...

Comme la jeune femme repartait à l'attaque, Trent leva la main pour couper court.

— Ecoutez, mademoiselle Calhoun, je suis ici à la requête d'un membre de votre famille. Quels que soient vos sentiments personnels, Les Tours appartiennent aussi à vos trois sœurs. Et je n'ai pas l'intention de partir avant de m'être entretenu avec elles.

— Vous pouvez leur parler jusqu'à ce que vos poumons explosent, mais... Un membre de ma famille ? De qui s'agit-il ? demanda soudain Catherine.

— De Mme Cordelia Calhoun McPike.

Sous le coup de l'émotion, le visage de Catherine s'empourpra. Pourtant, elle ne s'avoua pas vaincue.

— Je ne vous crois pas.

Sans un mot, Trent posa sa serviette entre deux piles de catalogues et extirpa d'un dossier une lettre écrite sur du papier ivoire. Catherine sentit le cœur lui manquer. D'un geste fébrile, elle arracha la feuille des mains de Trent et se mit à la parcourir.

« Cher monsieur St. James, lut-elle, mes nièces ont étudié votre offre concernant Les Tours. La situation étant complexe, nous croyons qu'il serait dans l'intérêt de chacun que vous veniez discuter en personne des termes de votrc proposition, au lieu de communiquer par courrier.

» Puisque je les représente, j'aimerais vous inviter au manoir… »

Cathy poussa un grognement avant de poursuivre sa lecture.

«… quelques jours. Je suis certaine qu'une visite de la propriété vous intéressera. Prévenez-moi, je vous prie, si cet arrangement vous agrée.

» Avec mes plus cordiales salutations, Cordelia Calhoun McPike. »

Comme pour se persuader de sa réalité, Catherine lut la lettre une seconde fois. Elle l'aurait réduite en charpie si Trent ne la lui avait pas arrachée des mains pour la ranger dans son dossier.

— Si je comprends bien, vous n'étiez pas au courant ? demanda-t-il d'un ton innocent.

— Bien sûr que non ! Oh ! tante Coco, je vais t'étrangler !

— Mme McPike et tante Coco ne forment qu'une seule et même personne, je présume ?

— La plupart du temps, oui. Certains jours, c'est difficile à dire. Mais cela n'a plus guère d'importance, précisa Catherine d'un ton menaçant. L'une et l'autre n'en ont plus pour longtemps à vivre…

— Si vous n'y voyez pas d'objection, je préférerais éviter les règlements de comptes familiaux.

Catherine enfonça les mains dans les poches de sa combinaison en le fusillant du regard.

— Si vous persistez à vouloir séjourner aux Tours, vous allez être plongé dans le drame jusqu'au cou !

Résigné, Trent hocha la tête.

— J'en accepte l'augure...

2

Tante Coco coupa les tiges des roses qu'elle avait rapportées de la serre et les disposa dans deux vases en porcelaine de Hongrie — lesquels, par chance, n'avaient pas encore été vendus pour satisfaire l'appétit des créanciers. Tout en arrangeant les bouquets, elle fredonnait un air de jazz, ponctué de « Wapdouwap » enthousiastes. A l'instar de ses nièces, elle était très élancée — elle aimait d'ailleurs à penser que sa silhouette continuait d'attirer nombre de regards masculins.

Elle s'était habillée avec chic, ce matin. Quant aux nouveaux reflets auburn de ses cheveux vaporeux, ils la remplissaient d'orgueil. Pour Coco, la vanité n'était pas un péché ou un défaut de caractère, mais le devoir sacré d'une femme. Entretenu jour et nuit par des crèmes de soin et de beauté, son visage était maquillé avec discrétion. Une rangée de perles fines égayait son tailleur noir, et une paire de chaussures à talons hauts soulignait sa prestance.

Dès qu'elle eut terminé ses compositions florales, elle voltigea de pièce en pièce, soucieuse de vérifier chaque détail. Ses nièces seraient sans doute un peu tourneboulées de découvrir qu'elle avait invité quelqu'un à leur insu. Tant pis ! Elle plaiderait le trou de mémoire. Comme chaque fois que ça l'arrangeait.

Coco était la jeune sœur de Judson Calhoun, lequel avait épousé Deliah Brady et lui avait donné quatre filles. Quinze ans plus tôt, le couple avait été victime d'un accident tragique, à bord de leur avion privé. Coco, dont le mari était mort quelques années auparavant, avait décidé de s'installer aux Tours, avec les quatre orphelines de Judson et Deliah qui étaient désormais sa seule famille. Tout en consacrant sa vie à leur éducation, elle n'en avait pas moins conservé sa personnalité — elle restait une femme excentrique, à l'esprit tortueux et au cœur d'or. Elle adorait ses nièces au point de leur obtenir ce qu'il y avait de mieux, que celles-ci le veuillent ou non.

C'est ainsi qu'elle avait vu dans l'offre de Trenton St. James une opportunité à saisir.

La maison était un véritable gouffre qui engloutissait des sommes colossales en impôts, réparations et autres factures de chauffage. Au train où allaient les choses, la famille ne serait pas en mesure de la conserver encore bien longtemps. A la vérité, Coco se moquait que Trenton St. James III s'en porte ou non acquéreur. Elle avait une autre idée en tête.

Si son intuition ne la trompait pas, il tomberait fou amoureux d'une de ses ravissantes nièces. Elle ignorait laquelle, cependant. Sa boule de cristal, qu'elle avait consultée sur le sujet, ne lui avait livré aucune réponse.

Peu importait, d'ailleurs. Depuis l'instant où elle

avait reçu la première lettre de Trenton St. James III, elle savait que celui-ci lui ravirait une de ses chéries pour lui offrir une vie d'amour, de luxe et de rêve.

Tout en effleurant de la main la lampe Lalique qu'elle aimait tant, elle songea qu'elle avait donné à ses nièces de l'affection, pas le luxe... Si Judson et Deliah avaient vécu, les choses auraient été différentes. Son frère aurait su juguler les difficultés financières qu'il traversait au moment de la catastrophe aérienne. La crise n'aurait été que passagère. Mais le destin en avait décidé autrement, et l'argent était devenu au fil des années un problème de plus en plus épineux. A contrecœur, Coco avait dû ainsi se résoudre à vendre pièce par pièce l'héritage des enfants, ne fût-ce que pour maintenir un toit au-dessus de leurs têtes.

Trenton St. James III allait mettre un terme à cette lente descente vers la ruine en s'éprenant d'une de ses petites chéries.

Ce serait peut-être Suzanna, songea Coco en tapotant les coussins du sofa. Pauvre enfant ! Elle avait eu le cœur brisé par le paltoquet qu'elle avait épousé. Au souvenir de ce détestable personnage, Coco sentit une bouffée de colère l'envahir. Et dire qu'il les avait toutes abusées ! Même elle ! Il avait rendu la vie infernale à son adorable Suzanna, avant de divorcer pour épouser cette blonde volcanique — dont le seul mérite était un impressionnant tour de poitrine.

Coco exhala un soupir irrité, avant de poser les yeux sur la grosse fissure du plafond. Elle devrait quand même s'assurer que Trenton serait un bon père pour Alex et Jenny. Car s'il ne l'était pas...

Parmi ses nièces, celle qui lui ressemblait le plus

était Lila. Sa Lila avait besoin d'un homme qui saurait apprécier son caractère expansif et sa fantaisie. Quelqu'un de protecteur et de solide. Mais sans excès. Car Coco ne tolérerait pas qu'on étouffe le penchant mystique de sa délicieuse Lila.

Ce serait peut-être Amanda qui ferait la conquête de Trenton St. James III. Amanda était une femme d'action, positive, entreprenante et accrocheuse. Ils formeraient un beau couple ! A eux deux ils collectionneraient les succès dans le monde des affaires. Mais il faudrait lui prodiguer beaucoup de tendresse. Même si elle refusait de se l'avouer, Mandy avait autant besoin d'affection que de respect.

Avec un sourire heureux, Coco quitta le boudoir et traversa le salon, puis la bibliothèque, puis le bureau.

Il restait enfin Catherine. En secouant la tête, Coco rectifia la position d'un cadre qui cachait — presque — des traces d'humidité sur le papier peint. Cette enfant avait hérité de l'obstination des Calhoun. Comment imaginer en effet qu'une jeune femme pouvait gâcher sa vie et sa beauté à tripoter des moteurs ? Cela frôlait l'hérésie !

Un homme comme Trenton St. James ne saurait être séduit par quelqu'un qui passait ses journées sous une voiture. D'ailleurs, à vingt-trois ans, Catherine était la benjamine des quatre sœurs, et Coco estimait qu'elle avait le temps de lui trouver le mari idéal.

Tout était prêt, jugea-t-elle en parcourant une dernière fois les différentes pièces de réception. Il ne restait plus qu'à attendre le lever de rideau, avec l'entrée en scène du héros.

La porte d'entrée claqua.

— Tante Coco !

Coco sursauta et posa une main sur son cœur. Le ton outragé de Catherine ne présageait rien de bon. A l'évidence, quelque chose l'avait irritée...

— J'arrive, ma chérie. Je ne t'attendais pas si tôt à la maison. C'est une agréable...

Elle s'interrompit en apercevant sa nièce, vêtue d'un pantalon et d'une chemise en jean, le visage barbouillé de cambouis. Derrière elle, se tenait un homme... qu'elle identifia comme son futur neveu par alliance.

— ... surprise !

En terminant sa phrase, elle retrouva son aplomb.

— Oh ! monsieur St. James ! lança-t-elle en s'avançant. Je suis Cordelia McPike.

— Mes hommages, madame.

— Quel bonheur de vous rencontrer enfin ! Vous avez fait bon voyage ?

— Bon, je ne sais pas, mais intéressant...

Coco serra la main de son visiteur, séduite par son regard ferme et sa belle voix grave.

— Entrez, je vous prie. Je vais préparer du thé.

— Tante Coco ! coupa Catherine.

— Oui, chérie ? Tu veux autre chose que du thé ?

— Je veux une explication, oui. Et tout de suite !

Le cœur de Coco battait à coups précipités. Pourtant, c'est avec la plus parfaite innocence qu'elle demanda :

— Une explication. A quel propos ?

— J'exige de savoir ce qu'il fait ici.

— Catherine, voyons ! Décidément, ton manque d'éducation demeurera un de mes rares échecs. Venez, monsieur St. James — ou puis-je vous appeler Trenton ? Nous allons nous installer dans le boudoir.

Elle lui montra le chemin.

— C'est un temps magnifique pour conduire, n'est-ce pas ?

— Stop !

En quelques enjambées, Catherine vint se placer devant sa tante pour lui bloquer le passage.

— Tu ne comptes tout de même pas l'emmener dans le boudoir et lui servir du thé ? D'abord, explique-moi pourquoi tu l'as invité ici.

— Catherine, murmura Coco en même temps qu'elle laissait échapper un soupir. Les affaires se concluent plus facilement lorsqu'on traite de vive voix et dans une atmosphère détendue. N'êtes-vous pas d'accord avec moi, Trenton ?

Trent sourit malgré lui.

— Bien sûr.

— Dont acte !

— Stop ! s'exclama de nouveau Catherine en écartant les bras. Nous ne sommes pas d'accord pour vendre.

— Bien sûr que non, acquiesça Coco d'un ton conciliant. C'est d'ailleurs pourquoi Trenton est ici. Pour que nous puissions examiner ensemble toutes les possibilités. Maintenant, tu devrais vraiment monter dans ta chambre et te débarbouiller. Tu as des traces noires sur la figure.

Du revers de la main, Catherine se frotta la joue.

— Pourquoi ne m'a-t-on pas prévenue de son arrivée ?

Le regard de Coco se perdit dans le vague.

— Prévenue ? Je t'ai prévenue, voyons. Comment

pourrais-je lancer une quelconque invitation sans vous en faire part...

— Tu ne m'en as pas parlé, insista Catherine.

— J'ai oublié ? Tu en es certaine ?

Coco retroussa les lèvres. Pour en avoir étudié l'effet dans un miroir, elle savait qu'avec cette moue elle donnait une impression de candeur et d'innocence.

— J'aurais juré que je t'avais mise au courant, toi et tes sœurs, à la minute même où j'ai reçu la réponse de M. St. James, ajouta-t-elle.

— Non.

— Eh bien, c'est une négligence stupide dont je suis vraiment désolée, ma chérie. Je suis fautive et je te demande pardon. Après tout, c'est ta maison et celle de tes sœurs. Je n'ai pas voulu abuser de votre hospitalité...

Vaguement exaspérée, Catherine laissa échapper un soupir.

— C'est aussi ta maison, tu le sais bien. Tu n'as pas besoin de demander la permission pour inviter quelqu'un. On aurait juste préféré...

— Non, non, je suis inexcusable ! Je ne sais pas quoi dire. Dieu ! que je me sens coupable ! Je voulais seulement aider, tu vois, mais...

— Arrête de t'en faire pour cela, déclara Catherine en prenant la main de sa tante. Ce n'est qu'un malentendu de rien du tout. Ecoute, pourquoi n'irais-tu pas t'installer avec ton... invité dans le boudoir, maintenant. Je vais préparer le thé.

— Oh ! tu es adorable, mon poussin !

La jeune femme marmonna quelque chose d'inintelligible et disparut dans un couloir.

— Félicitations ! murmura Trent en gratifiant Coco d'un regard amusé. J'ai rarement assisté à une contre-attaque aussi réussie.

Coco glissa son bras sous le sien.

— Merci, mon cher. A présent, allons discuter de choses sérieuses.

— Mon grand-père, commença Coco en désignant le portrait d'un homme austère, suspendu au-dessus de la cheminée, a fait bâtir cette demeure en 1904.

Trent, qui était installé dans un fauteuil, leva les yeux sur le regard sévère et les sourcils broussailleux de Fergus Calhoun.

— Impressionnant…

— Tout à fait ! reconnut Coco avec un rire léger. Et pas facile à vivre, d'après ce qu'on m'a dit. Je me souviens uniquement de lui comme d'un vieillard maniaque qui se querellait avec des ombres. La famille a dû se résoudre à l'éloigner de la maison en 1945 après qu'il eut essayé de tirer sur le majordome — sous prétexte que celui-ci avait servi un mauvais porto. Il était fou à lier. Mon grand-père… pas le majordome.

— J'entends bien.

— Il a passé les douze dernières années de son existence dans une maison de santé. Les Calhoun vivent très vieux ou meurent jeunes dans des circonstances tragiques. C'est ainsi.

Coco croisa ses jambes galbées.

— J'ai connu votre père.

— Mon père ?

— Oui. En fait, il m'est arrivé de le croiser au

hasard des réceptions, alors que j'étais plus jeune. Je me rappelle avoir dansé avec lui à Newport pour un réveillon de fin d'année. Il était extraordinairement beau et séduisant. J'étais sous le charme…

En lectrice assidue des chroniques mondaines, Coco n'ignorait aucun détail du divorce houleux de Trenton St. James II.

— Je crois que son dernier mariage n'a pas marché, remarqua-t-elle avec prudence.

— Non.

L'embarras de Trent n'échappa nullement à Coco. « Un sujet épineux », songea-t-elle, avant de relancer la conversation.

— Comment avez-vous rencontré Catherine ?

— Ma voiture est tombée en panne. Je n'ai pas immédiatement fait la liaison entre « C.C. Automécano » et Catherine Calhoun.

— Difficile de vous en blâmer ! J'espère qu'elle n'a pas été trop… explosive ?

— Je suis encore en vie pour vous parler… De toute évidence, votre nièce n'est pas décidée à vendre.

— Exact !

Catherine venait de revenir dans le boudoir, poussant une table roulante qu'elle plaça entre les deux fauteuils.

— Et il faudra plus qu'un entrepreneur venu de Boston pour me faire revenir sur ma position ! ajouta-t-elle.

— Catherine, ne sois pas grossière.

— Ce n'est pas grave, intervint Trent en se laissant aller dans son fauteuil. Je commence déjà à avoir une certaine habitude. Est-ce que toutes vos nièces sont aussi… agressives, madame McPike ?

— En tout cas, elles sont ravissantes.

Coco souleva le couvercle de la théière, puis lança un coup d'œil d'avertissement à sa nièce.

— Tu n'as pas de travail, ma chérie ?

— Ça peut attendre.

— Mais tu n'as apporté que deux tasses.

— Je n'ai pas soif.

La jeune femme s'assit sur le bord du sofa et se tourna vers leur invité.

— Lait ou citron ?

— Citron, s'il vous plaît.

Après s'être chargée du service, Catherine observa Coco et Trent qui savouraient leur thé en échangeant des mondanités.

« Des propos insipides ! » jugea-t-elle avec acrimonie. A l'évidence, on avait enseigné depuis le berceau à l'hériter des St. James à briller dans un salon en discutant de futilités.

Qu'il ait de bonnes manières ne changerait rien à l'affaire : elle ne le laisserait pas troubler leur existence. Il ne recouvrirait pas leurs chers murs fissurés d'enduit et de peinture fraîche — même s'ils étaient fissurés, il ne transformerait pas le romantique salon où avait valsé leur arrière-grand-mère en restaurant gastronomique, pas plus qu'il ne ferait de leurs belles caves voûtées une discothèque.

Non, il ne toucherait pas à leur royaume !

La situation n'était pas banale, songea Trent. Il bavardait avec Coco, tandis que la belle amazone — ainsi qu'il venait de la baptiser en secret — lui jetait des regards meurtriers. En temps ordinaire, il se serait excusé avec courtoisie, aurait repris la route de Boston, pour ensuite transmettre le dossier à un de ses assistants… Seulement voilà. Cela faisait des mois qu'il n'avait pas relevé de véritable défi et celui-ci était juste ce qu'il lui fallait pour le remettre en selle.

La demeure, par elle-même, était une curiosité. De l'extérieur, on avait affaire au mariage extravagant d'un manoir anglais et du château du comte Dracula. L'édifice aurait dû être hideux — avec sa profusion de porches, de terrasses et d'escaliers, avec son donjon, ses tourelles en pierre grise et ses gargouilles sculptées… Pourtant, il n'en était rien. Il se dégageait de l'ensemble un charme aussi déconcertant qu'indéniable.

Sous les rayons du soleil, les vitres colorées des fenêtres étincelaient comme des kaléidoscopes. Des massifs de fleurs printanières égayaient le jardin, et des guirlandes de lierre partaient à l'assaut des murs de granite. Avec un décor pareil, il n'était pas difficile d'imaginer des femmes en robes d'organdi flânant dans les allées, leur ombrelle sur l'épaule.

La vue, enfin, était grandiose. Quand il était descendu de voiture, Trent avait eu le coup de foudre. Il comprenait pourquoi son père désirait investir des centaines de milliers de dollars en travaux de rénovation.

— Encore un peu de thé, Trenton ? demanda Coco.

— Non, merci. En revanche, j'aimerais beaucoup visiter la maison.

Catherine émit un grognement que Coco fit mine de ne pas remarquer.

— Bien sûr. Je vous servirai de guide avec grand plaisir.

Elle se leva et se tourna vers sa nièce.

— N'as-tu pas du travail, ma chérie ?

— Non.

A son tour, la jeune femme se leva.

— Je vais moi-même faire découvrir Les Tours à M. St. James, annonça-t-elle avec une soudaine affabilité.

Elle avança vers la porte et, d'un grand geste de la main, invita Trent à la suivre. Après avoir traversé le hall, elle s'engagea dans un escalier en colimaçon, dont elle gravit les marches d'un pas énergique, sans un regard en arrière. Secrètement, elle se réjouissait à l'idée que son compagnon aurait le souffle coupé avant de parvenir au sommet.

Elle fut déçue.

Arrivée en haut de la tour, elle posa la main sur la poignée d'une porte de chêne, qu'elle ouvrit au prix d'un vigoureux coup d'épaule.

— Le donjon hanté, annonça-t-elle d'un ton théâtral.

A part des nuages de poussière et quelques pièges à souris, la pièce circulaire était vide.

— Hanté ? répéta Trent avec curiosité.

— C'était le refuge de mon arrière-grand-mère, expliqua Catherine en s'approchant d'une fenêtre ovale. Elle s'asseyait ici et contemplait la mer, rêvant à son bien-aimé.

Trent se pencha. La vue sur les falaises en contrebas était vertigineuse.

— Quel paysage ! Il a quelque chose de dramatique.

— Dramatique, oui. Mon arrière-grand-mère n'a

pas pu supporter son chagrin et s'est précipitée dans le vide, par cette fenêtre.

Catherine esquissa un sourire plein de défi.

— Certaines nuits, on peut l'entendre marteler le sol et pleurer son amour perdu.

— Il faudra faire figurer cela dans la brochure.

— Je ne savais pas que les fantômes attiraient les clients ! remarqua Catherine d'un ton sec.

— Au contraire. On continue ?

Les lèvres serrées de colère, Catherine sortit de la pièce. Alors qu'elle venait de saisir la poignée, deux mains, larges et chaudes, se fermèrent sur les siennes. Elle sursauta comme si elle avait reçu une décharge électrique.

— Je... je peux très bien y arriver seule, murmura-t-elle.

Elle sentit le corps de Trenton frôler le sien comme il l'entourait de ses bras.

— Il faut unir nos forces, lui glissa-t-il à l'oreille.

Sur ces mots, il tira vigoureusement. La lourde porte se ferma sur ses gonds, et Catherine se retrouva prisonnière des bras de Trent. Ils demeurèrent ainsi un moment, immobiles, pareils à deux amants admirant le soleil couchant. Tandis qu'il humait le parfum de ses cheveux, il lui vint à l'esprit que Catherine était belle, très attirante et que...

D'un mouvement vif, elle s'échappa de son étreinte et s'adossa au mur, haletante.

— Si vous... tenez à voir le reste, déclara-t-elle d'une voix à peine audible, mieux vaut redescendre.

Galamment, Trent s'engagea le premier dans l'escalier en colimaçon. Catherine, qui tremblait toujours comme une feuille, le suivit. A présent, songea-t-elle, elle avait une deuxième raison de se débarrasser de Trenton St. James, troisième du nom !

A l'étage supérieur de la demeure, elle lui fit visiter l'aile qui abritait les chambres des domestiques, mettant un point d'honneur à montrer chaque fissure ou chaque trace d'humidité. L'air était piquant, humide et empestait le moisi. Non sans une certaine joie, Catherine vit l'élégant complet de Trent se couvrir de poussière et ses mocassins perdre leur insolent vernis.

— Avez-vous fait l'inventaire de ce qui se trouve ici ? demanda-t-il alors qu'ils venaient d'entrer dans une chambre remplie de vieux meubles et de vaisselle cassée.

— Oh ! nous le ferons un jour…

D'un regard distrait, Catherine suivit une grosse araignée qui courait sur le parquet.

— La plupart de ces pièces n'ont pas été aérées depuis que mon arrière-grand-père a perdu la raison. Nous occupons le rez-de-chaussée et le premier étage et nous avons relégué les vieilleries au second.

Du doigt, elle désigna une profonde entaille dans le mur.

— Nous préférons ne pas voir ce genre de chose — pour ne pas nous alarmer. Après tout, le toit ne nous est pas encore tombé sur la tête. Enfin, pas encore.

Alors qu'elle s'apprêtait à l'entraîner dans une autre pièce, tout aussi délabrée, où elle avait remplacé les carreaux cassés par du plastique, Trent avisa une haute porte voûtée.

— Où cela conduit-il ? demanda-t-il en s'en approchant.

— Nulle part.

Exaspérée, Catherine le vit poser la main sur la poignée et ouvrir. Une bouffée d'air frais les enveloppa. Trent traversa une petite terrasse et se dirigea vers un escalier taillé dans le granite.

— Je ne sais pas si c'est très sûr, l'avertit Catherine.

Il lui lança un coup d'œil par-dessus son épaule.

— Beaucoup plus sûr que le plancher à l'intérieur.

Réprimant un juron, la jeune femme gravit les marches à sa suite.

— Fabuleux ! s'exclama-t-il lorsqu'il fut parvenu sur une large terrasse aménagée entre les tourelles. Extraordinaire !

Oui, l'endroit était fabuleux, extraordinaire. Et c'était précisément pour cela que Catherine ne voulait pas le lui montrer. Elle demeura en retrait tandis qu'il se penchait par-dessus la balustrade en pierre.

En contrebas, Trent admira les eaux bleues de la baie, ponctuées ici et là par des voiliers qui glissaient à la surface des flots. Tournant la tête, il découvrit la vallée, noyée dans la brume.

— Incroyable…

A l'autre extrémité de la terrasse, il se trouva face à l'immensité de l'Atlantique — avec le parfum des embruns, le cri des goélands, le vent du large et les vagues qui, inlassablement, venaient se jeter contre les rochers.

— Splendide ! murmura-t-il encore, avant de se tourner vers Catherine. Mon enthousiasme doit vous paraître ridicule, vous pour qui c'est si familier.

— Non. On ne se lasse pas de ce spectacle.

— Vous me rassurez. Mais je suis tout de même étonné que vous n'y soyez pas toute la journée.

Le visage de Catherine, qui s'était penchée par-dessus la rambarde, s'adoucit.

— Voilà les enfants qui rentrent.

Trent se pencha lui aussi et vit deux petites silhouettes qui remontaient une allée en courant.

— Alex et Jenny, expliqua-t-elle. Ce sont les enfants de ma sœur Suzanna. Ils habitent ici…

— Catherine ? appela alors une voix féminine.

La jeune femme qui venait de franchir une des portes d'accès à la terrasse était aussi svelte que Catherine. Trent fut d'abord sensible à l'impression de fragilité qui se dégageait d'elle. Ses cheveux blond pâle tombaient en cascade sur ses épaules et ses yeux, aussi bleus qu'un ciel d'été, semblaient sereins, malgré une ombre de tristesse.

Trent comprit aussitôt qu'il était en présence d'une des sœurs Calhoun.

— Tante Coco m'a demandé de monter, expliqua la nouvelle venue.

Elle posa une main apaisante sur le bras de Catherine, qui s'était approchée d'elle, comme pour la protéger.

— Vous devez être monsieur St. James ?

— Oui, répondit Trent.

Quand il serra la main qu'elle lui tendait, Trent fut étonné par sa poigne énergique.

— Je suis Suzanna Calhoun Dumont. J'ai cru comprendre que vous alliez rester quelques jours parmi nous ?

— Oui, votre tante a été assez aimable pour m'inviter.

— Assez perspicace, corrigea Suzanna avec un

sourire. Je parie que Catherine vous a montré seulement une partie de la maison… Je serais heureuse de continuer la visite avec vous.

D'une manière éloquente, elle pressa légèrement le bras de sa sœur.

— Tante Coco a besoin d'aide.

— Il verra le reste plus tard ! objecta Catherine. Tu as l'air fatiguée.

— Pas du tout. Mais je le serai si je dois chercher pour tante Coco le grand plat en porcelaine de Wedgwood à travers toute la maison.

— Entendu, soupira Catherine, avant de lancer un coup d'œil furieux à Trent. Nous n'en avons pas terminé, tous les deux.

Il hocha la tête.

— Il s'en faut même de beaucoup.

Avec un petit sourire, il la suivit des yeux tandis qu'elle quittait la terrasse, claquant la porte derrière elle.

3

— A quoi ressemble-t-il ?

Affalée sur le canapé, les jambes croisées, Lila accompagna sa question d'un grand geste de la main. La demi-douzaine de bracelets qui ornaient son bras s'entrechoquèrent avec fracas.

— Ne plisse pas le front ! ajouta-t-elle aussitôt à l'intention de Catherine. Je t'ai déjà dit que ça te donne des rides.

— Si tu tiens autant à la beauté de ma peau, ne me parle pas de lui, veux-tu ?

— Entendu, je vais interroger Suzanna.

Les yeux verts de Lila se fixèrent sur sa sœur aînée.

— Alors ?

— Séduisant, bien élevé et intelligent.

— On pourrait en dire autant d'un épagneul breton, remarqua Lila d'un air navré. Combien de temps allons-nous le garder ?

Suzanna lança un regard amusé à ses deux sœurs.

— Tante Coco est évasive sur la question.

— Amanda essaie de la sonder à ce sujet, déclara

Lila en agitant ses pieds nus. Dis-moi, Suzie, est-ce que les enfants sont venus ici, aujourd'hui ?

— Seulement dix ou quinze minutes. Pourquoi ?

— J'ai l'impression que je suis couchée sur une voiture de pompiers.

Catherine se leva pour masquer sa fébrilité, et disposa des bûches dans la cheminée.

— Nous devrions nous débarrasser de lui. J'aurais dû le pousser par-dessus la balustrade, tout à l'heure.

— Je ne pense pas qu'il soit nécessaire d'en arriver là, assura Suzanna en lui tendant une boîte d'allumettes. Et si je trouve assez regrettable qu'il soit ici alors que nous sommes toujours indécises, je suis d'avis que nous le laissions plaider sa cause.

— Ah ! l'éternelle conciliatrice ! lança Lila avec un soupir. Mais maintenant qu'il connaît les lieux, il y a fort à parier que notre homme va trouver quelque excuse pertinente pour repartir à Boston sur les chapeaux de roues.

— Et le plus tôt sera le mieux ! marmonna Catherine, qui contemplait d'un regard absent les flammes dans la cheminée.

— J'ai été congédiée ! claironna Amanda en surgissant dans le salon. Notre chère tante refuse de parler. Pas besoin d'être grand clerc, en tout cas, pour comprendre qu'elle mijote un plan qui va au-delà de la simple transaction immobilière.

S'approchant de la desserte, Suzanna remplit un verre d'eau minérale qu'elle tendit à sa sœur.

— Tante Coco passe sa vie à manigancer des plans, remarqua-t-elle. Elle adore les intrigues.

— Au grand désespoir de son entourage, acquiesça

Amanda, perchée sur l'accoudoir d'un fauteuil. Son mutisme m'inquiète. Savez-vous qu'elle a sorti le service en porcelaine de Limoges ?

— Quoi ? s'étonna Lila. Nous ne l'avons pas utilisé depuis le dîner de fiançailles de Suzanna…

Elle se mordit la lèvre.

— Oh ! pardon !

— Ne sois pas idiote ! répliqua sa sœur aînée. Pour revenir à Coco, elle n'a pas eu beaucoup de distractions, ces deux dernières années. Sans doute est-elle excitée par le fait de recevoir un invité de marque.

— Invité de marque ? protesta Catherine. Tu parles ! Ce n'est rien d'autre qu'un enquiqui…

— Monsieur St. James !

Suzanna s'était levée à la hâte pour couper court aux impertinences de sa sœur et accueillir Trent, lequel venait d'entrer dans le salon, un petit sourire aux lèvres.

— Appelez-moi Trent, je vous en prie.

Alors qu'il se tenait sur le pas de la porte, il avait admiré en silence le tableau étonnant qui lui était proposé. Les quatre sœurs Calhoun étaient un spectacle qu'un homme ne pouvait manquer d'apprécier. Grandes et gracieuses, elles transformaient la pièce par leur beauté.

Suzanna, les yeux emplis d'une indéfinissable mélancolie, était appuyée contre la fenêtre, dans le halo des derniers rayons du soleil d'avril.

Une autre sœur Calhoun était allongée sur le sofa, indolente, sa longue jupe à fleurs étendue en corolle et elle l'observait, les paupières mi-closes, en repoussant une masse de cheveux cuivrés qui cascadaient jusqu'à sa taille.

Sanglée dans un tailleur gris, la troisième était juchée sur l'accoudoir d'un fauteuil. On eût dit un boxeur attendant le coup de gong pour reprendre le combat. D'une beauté lisse et impeccable, elle semblait décidée, jugea Trent au premier regard. Ses yeux n'étaient ni rêveurs ni tristes, mais vifs et calculateurs.

Catherine, enfin, était accroupie devant l'âtre, en train de tisonner le feu. En l'apercevant, elle s'était relevée et se tenait sur la défensive. Elle n'avait rien d'une Cendrillon qui attend à l'écart que le prince charmant vienne lui chausser la pantoufle de vair...

— Madame, mesdemoiselles...

Ses yeux étaient toujours fixés sur Catherine, et il ne put s'empêcher d'esquisser un petit signe de tête dans sa direction.

— Catherine...

— Je vais faire les présentations, intervint Suzanna. Trenton St. James, mes sœurs, Amanda et Lila. Désirez-vous boire...

Le reste de la phrase fut étouffé par un invraisemblable vacarme. Deux minuscules tornades firent irruption dans la pièce. Par malchance, Trenton se trouvait sur leur chemin et il fut projeté sur le canapé où paressait Lila.

Celle-ci se mit à rire.

— Ravie de vous rencontrer.

— Je suis désolé.

— Ça va ? demanda Suzanna avec un sourire confus, après avoir immobilisé ses enfants.

Trent reprit son équilibre.

— Euh… oui.

— Voici mes deux monstres, Charybde et Scylla. Si l'on évite l'un, on n'échappe pas à l'autre. Excusez-vous, petits chenapans !

— Pardonnez-nous, monsieur ! lancèrent les deux enfants en chœur.

Alex, qui était un peu plus grand que sa sœur, secoua sa crinière noire.

— On vous avait pas vu.

— C'est vrai ! acquiesça Jenny avec un sourire victorieux.

Suzanna décida de différer son sermon et les poussa avec autorité vers la porte.

— Allez demander à tante Coco si le dîner est prêt. Dépêchez-vous !

Quelques secondes plus tard, on entendit l'écho d'un bruit sourd.

— Mon Dieu ! gémit Amanda en reposant son verre. Elle a ressorti le gong.

— Ce qui signifie que le dîner est servi.

Affamée, Lila se leva et passa son bras sous celui de Trent.

— Je vous montre le chemin. Dites-moi, que pensez-vous de l'astrologie ?

— Euh…

Il jeta un regard par-dessus son épaule et vit que Catherine souriait avec ironie.

Tante Coco s'était surpassée. La porcelaine rutilait. L'argenterie gravée aux initiales de Bianca et de Fergus Calhoun étincelait. Quant au gigot d'agneau qui constituait le morceau de bravoure du dîner, il était savoureux.

En parfaite maîtresse de maison, Coco se chargea d'entretenir la conversation, savourant son triomphe avec modestie.

— Aux Tours, nous conservons certaines traditions. C'est tellement agréable. J'espère que votre chambre vous plaît ?

— Elle est parfaite, merci.

En fait, elle était immense — une vraie chambre de caserne — et d'impressionnantes fissures ornaient le plafond. Mais le lit était vaste et doux comme un nuage. Quant à la vue...

— J'ai admiré les îles de ma fenêtre.

— Les îles du Porc-Epic, précisa Lila en tendant à Trent un panier d'argent rempli de petits pains.

Coco les observait de son œil d'aigle, espérant voir jaillir une étincelle. Lila flirtait avec son voisin, certes, mais le fait n'augurait pas une idylle. Lila avait l'habitude de se comporter ainsi avec les hommes, et il était fort possible qu'elle ne s'intéresse pas plus à lui qu'au vendeur de légumes du marché.

Non, décidément, il ne passait rien entre eux. « Une de moins », songea Coco. Heureusement, il restait les trois autres.

— Savez-vous, cher Trenton, qu'Amanda travaille dans l'hôtellerie ? Nous sommes toutes très fières d'elle. C'est une vraie femme d'affaires.

— Je suis sous-directrice du Bay Hotel, expliqua l'intéressée.

Le sourire d'Amanda, à la fois amical et vaguement distant, était le même qu'elle réservait aux clients qui se montraient pointilleux au moment de régler leur note.

— Il n'est pas du même standing que les vôtres, mais il marche très bien en saison. J'ai entendu dire que vous alliez construire en sous-sol une galerie de boutiques au St. James d'Atlanta.

Coco se concentra sur le contenu de son assiette tandis qu'ils discutaient de stratégie hôtelière. Il n'y avait pas d'étincelle, là non plus, pas même une lueur. Lorsque Trent passa la saucière à Amanda et que leurs mains se frôlèrent, il n'y eut ni regards croisés ni silence suspect. Amanda s'était même déjà tournée vers la petite Jenny pour plaisanter avec elle.

Au même moment, avec un regain d'espoir, Coco surprit le sourire complice que Trent échangeait avec Alex, qui boudait ses choux de Bruxelles. Il avait donc une faiblesse pour les enfants.

— Ne les mange pas, dit Suzanna tandis que son fils piquait avec méfiance dans ses pommes de terre sautées pour s'assurer que rien de vert n'était caché à l'intérieur. J'ai toujours trouvé que les choux de Bruxelles ressemblaient à des têtes réduites.

— Oh !

Comme le pressentait sa mère, la comparaison ravit Alex. Il croqua un chou à belles dents et sourit.

— Moi être cannibale. Ounga wa !

— Quel merveilleux enfant ! s'attendrit Coco. Suzanna est la meilleure des mères. Elle a autant de doigté avec les enfants qu'avec les fleurs. Le jardin est son œuvre...

— Moi affamé ! claironna Alex. Moi vouloir autres têtes ! Ounga wa !

Catherine prit le plat de légumes et servit son neveu.

— Voilà toute une armée de missionnaires.

— Moi aussi, j'en veux ! protesta Jenny en se tournant vers Trent.

Coco posa la main sur son cœur. Qui aurait pu deviner ? Sa Catherine ! Son bébé ! Alors que la conversation avait repris, elle se laissa aller contre le dossier de sa chaise, en pâmoison. Elle ne pouvait pas se tromper. Lorsque Catherine avait passé le plat à Trent et que leurs yeux s'étaient croisés, il n'y avait pas eu qu'une étincelle. Plutôt une décharge électrique. Plusieurs milliers de volts !

Si le regard de Catherine était vindicatif, il contenait aussi une indéniable passion. Quant à Trent, il la contemplait avec un sourire affecté, derrière lequel on sentait une réelle intimité...

A les observer s'affronter en silence, tandis que Lila et Amanda dissertaient sur les extraterrestres, Coco pouvait presque entendre les mots d'amour qu'ils échangeaient.

« Requin, sinistre individu ! »

« Petite peste mal élevée ! »

« Il siège à cette table comme s'il était déjà propriétaire ! »

« Quel dommage qu'avec son physique, elle soit affligée d'un caractère pareil ! »

Coco les enveloppa d'un regard attendri. Déjà, il lui semblait entendre les premières notes de la *Marche Nuptiale.*

A l'instar d'un général préparant une embuscade, elle attendit la fin du repas pour lancer l'offensive.

— Catherine, pourquoi n'irais-tu pas montrer le jardin à Trent ?

— Pardon ?

— Le jardin, répéta Coco. Il n'y a rien de plus agréable qu'un peu d'air frais après un repas. Et les fleurs sont exquises au clair de lune.

— Que Suzanna l'accompagne, proposa Catherine, sur la défensive.

— Désolée...

La jeune mère avait déjà pris dans ses bras Jenny, dont les paupières s'alourdissaient.

— Je dois doucher mes deux chérubins et les mettre au lit.

— Je ne vois pas pourquoi...

Devant l'expression belliqueuse de sa tante, Catherine s'interrompit et soupira.

— Entendu... Suivez-moi, dit-elle en se tournant vers Trent.

— C'était un merveilleux festin, assura celui-ci.

— Je ne sais si je mérite un tel compliment, minauda Coco qui imaginait déjà les mots chuchotés et les baisers volés. Faites une bonne promenade.

Trent sortit sur la terrasse et retrouva Catherine qui tapait du pied avec impatience. Il serait temps, songea-t-il avec irritation, que quelqu'un enseigne à ces beaux yeux verts les bonnes manières.

— J'ignore tout de la botanique, décréta d'emblée la jeune femme.

— Et de la courtoisie.

— Ecoutez, espèce de...

— Non, c'est vous qui allez m'écouter, ma jolie...

Trent saisit Catherine par le bras.

— Marchons. Les enfants risqueraient de nous entendre... et je ne crois pas que ce serait bon pour des oreilles innocentes.

Sans plus attendre, il lui prit le bras et l'entraîna dans l'allée avec une force qu'elle ne soupçonnait pas, indifférent aux protestations qu'elle marmonnait entre ses dents. Ils contournèrent la maison par un sentier sinueux, bordé de jonquilles et de jacinthes.

Il s'arrêta devant un rideau de glycine. La fureur que Catherine sentait bouillonner en elle faisait écho aux grondements des vagues en contrebas.

— Ne recommencez jamais ça ! s'exclama-t-elle en se frottant le bras. Vous vous arrogez peut-être le droit, à Boston, de maltraiter les gens, mais ici, vous n'êtes pas le roi.

Sous les grappes de fleurs mauves et odorantes, Trent fit de son mieux pour conserver un semblant de calme.

— Si vous étiez au courant de mes activités, vous sauriez qu'il n'est pas dans mes habitudes de bousculer quelqu'un.

— Parlons-en, de vos habitudes ! Je connais votre manière de faire...

— Dépouiller la veuve et l'orphelin, c'est ça ? Quand cesserez-vous ces enfantillages, Catherine ?

— Visitez le jardin tout seul. Je rentre.

Il lui bloqua le passage. Au clair de lune, ses prunelles luisaient comme celles d'un chat. Lorsque Catherine avança les mains pour l'écarter de son chemin, il lui attrapa les poignets. Au cours de la lutte brève et acharnée qui s'ensuivit, Trent nota incidemment que la peau de la jeune femme était aussi douce qu'un pétale de rose.

— Je n'en ai pas terminé avec vous ! déclara-t-il d'un ton ferme. Vous devez apprendre qu'il existe un prix à la grossièreté et à l'insulte systématique.

— Oh ! Monsieur désire des excuses ? D'accord. Je suis navrée de n'avoir rien à vous dire qui ne soit ni grossier ni insultant.

A la grande stupéfaction de Catherine, Trent eut alors un grand sourire.

— Catherine Calhoun, vous êtes un cas insoluble. Et je me demande pourquoi je tente d'être raisonnable avec vous.

— Vous trouvez raisonnable de me broyer le bras et de me traîner comme un sac de pommes de terre. Nous ne sommes plus à l'âge des cavernes…

— Si vous estimez que je vous malmène, c'est que vous avez été élevée dans du coton.

Le teint pâle de la jeune femme vira au rouge pivoine.

— Ma vie ne vous concerne pas.

— C'est une chance dont je remercie le ciel à chaque seconde, croyez-moi !

Catherine crispa les poings. Elle détestait cet homme. Mais elle détestait encore plus l'émoi engendré par son étreinte.

— Me lâcherez-vous enfin ?

— Seulement si vous me promettez de ne pas vous enfuir.

Un court instant, Trent s'imagina en train de la poursuivre dans ce jardin de rêve. Cette vision était aussi embarrassante que riche d'attraits.

— Ce n'est pas dans mes habitudes.

— Ma parole, mais elle parle comme une vraie amazone, murmura Trent en la libérant.

Aussitôt, elle lança le bras vers lui. Ses réflexes rapides lui permirent d'esquiver la gifle que Catherine lui destinait.

— Raté. N'avez-vous jamais envisagé que nous pourrions échanger une conversation intelligente ?

— Je n'ai rien à vous dire.

Catherine avait honte de son accès de colère et elle était furieuse d'avoir manqué sa cible. Découragée, elle s'écroula sur un banc de pierre, au pied de la glycine.

— Si vous désirez bavarder, allez donc demander à tante Coco de vous donner la réplique. Ou, mieux encore, retournez à Boston casser les oreilles d'un de vos subalternes.

— Ne soyez pas ridicule !

Trent secoua la tête et s'assit à son tour sur le petit banc.

Autour d'eux, les azalées et les géraniums étaient sur le point de fleurir. Il huma leur senteur subtile et printanière, mêlée à l'odeur des embruns, et écouta le cri d'amour de quelque oiseau nocturne. Jamais, même lors d'un conseil d'administration, il n'avait connu une atmosphère aussi tendue.

— Je me demande où vous vous êtes forgé une si mauvaise opinion de moi, remarqua-t-il, les yeux levés vers le ciel.

« Et pourquoi, ajouta-t-il pour lui-même, j'en suis si affecté. »

— Vous êtes venu ici…

— Parce qu'on m'a invité.

— Pas moi, en tout cas. Vous êtes arrivé avec votre

grosse voiture et votre costume à mille dollars, prêt à m'arracher ma maison.

— Je suis venu ici pour visiter une propriété, corrigea Trent. Personne, moi y compris, ne peut vous obliger à vendre.

« S'il savait combien il se trompe », pensa Catherine avec tristesse. Il existait des gens qui étaient en mesure de la contraindre à le faire. Le percepteur des impôts, par exemple, les fournisseurs, le banquier qui détenait l'hypothèque. Toute la rancœur qu'elle éprouvait contre eux, toute la frustration et la peur accumulées depuis des mois se cristallisaient à présent sur l'homme assis à côté d'elle.

— Je connais les gens de votre espèce. Riches et au-dessus du commun des mortels. Votre seul but dans l'existence est de gagner toujours plus d'argent, sans vous embarrasser de scrupules. Quant au reste, votre vie se résume à de grandes réceptions, de somptueuses résidences d'été et des maîtresses baptisées Fawn.

Trent se retint de pouffer et avoua :

— Je n'ai jamais rencontré de femme appelée Fawn.

— Qu'importe ! s'exclama Catherine en se levant et en commençant d'arpenter le sentier. Kiki, Vanessa, Ava, c'est pareil.

— Si vous le dites.

Elle leva les yeux vers lui, et Trent fut obligé d'admettre que sa silhouette dans le clair-obscur était magnifique. Il brûlait de s'approcher d'elle mais, par prudence, il demeura assis. Il avait une affaire à conclure, et Catherine Calhoun représentait à l'évidence un obstacle majeur. Aussi devait-il se montrer diplomate pour parvenir à ses fins.

— Comment connaissez-vous mon milieu ?

— Ma sœur a été mariée à quelqu'un comme vous.

— Baxter Dumont ?

— Il fait partie de votre entourage ? Bien sûr, quelle question stupide ! Vous jouez sans doute au golf ensemble tous les mercredis.

— Non. Nos relations sont réduites à peu de chose. Je les connais, lui et sa famille, et je sais également que votre sœur et lui ont divorcé depuis un an environ.

— Il lui a rendu la vie odieuse, puis il l'a abandonnée, elle et les enfants pour une espèce de poupée Barbie. Et parce que monsieur est un avocat réputé, issu d'une grande famille, Suzanna a été répudiée sans rien d'autre qu'une misérable pension alimentaire qui arrive en retard tous les mois.

— Je suis désolé de ce qui est arrivé à votre sœur, murmura Trent en se levant à son tour.

Le ton de sa voix n'était plus cassant, mais fataliste.

— Le mariage se révèle souvent un contrat des moins plaisants. Mais la conduite de Baxter Dumont ne signifie pas que chaque membre des familles éminentes de Boston se comporte de manière indigne ou immorale.

— Ils se ressemblent tous, de mon point de vue.

— Eh bien, vous devriez en changer. Mais vous ne le ferez pas parce que vous êtes trop butée.

— Non. Juste parce que je suis assez intelligente pour lire dans votre jeu.

— Vous ne savez rien de moi. Vous me détestiez avant même de connaître mon identité.

— Je n'aimais pas vos chaussures.

Trent écarquilla les yeux.

— Pardon ?

— Vous m'avez très bien entendue...

Catherine croisa les bras et se rendit compte que cette passe d'armes commençait à l'amuser.

— Je ne les aime toujours pas, en fait.

— Ça explique tout...

— D'ailleurs, je n'aime pas votre cravate non plus. Pas plus que votre stylo en or.

D'un doigt insolent, elle pointa la poche de sa veste. En représailles, le regard de Trent s'attarda sur le jean de la jeune femme, son T-shirt blanc et ses boots éculées.

— De toute évidence, vous êtes l'arbitre des élégances.

— Vous détonnez, ici, monsieur St. James, troisième du nom.

Comme Trent faisait un pas vers elle, Catherine esquissa un sourire de défi.

— Moi je crois que vous vous habillez comme un homme parce que vous ignorez encore comment agir de manière féminine, remarqua-t-il.

— Ce n'est pas parce que je sais me défendre et que je ne rampe pas à vos pieds que j'ignore tout de la féminité !

Il lui saisit les bras et l'attira à lui. Leurs corps se touchèrent. Trent scruta les prunelles de Catherine qui se voilaient de confusion.

— A quoi jouez-vous, monsieur St. James ?

— Je teste vos défenses.

Il fixa la moue dédaigneuse de sa bouche. Une bouche entrouverte, aux lèvres pleines et tentantes comme un fruit mûr. Pourquoi ne l'avait-il pas remarquée plus tôt ?

— Comment osez-vous...

Catherine voulait lui ordonner de reculer, mais sa voix la trahit et se mit à trembler.

Les yeux de Trent se rivèrent de nouveau aux siens et soutinrent son regard.

— Vous avez peur ? chuchota-t-il d'une voix sourde.

— Bien sûr que non ! Simplement, je préférerais mille fois être embrassée par un putois.

Catherine fit un pas en arrière. Puis elle se retrouva prisonnière des bras de Trent. Il n'avait pas eu l'intention de l'embrasser jusqu'à ce qu'elle lui jette cette dernière insulte au visage.

— Vous dépassez les bornes, Catherine. Ça va vous attirer des ennuis...

Jamais elle n'aurait imaginé que sa bouche fût si chaude, si dure et si ardente à la fois. Elle s'était attendue à un baiser insipide et insignifiant. Quelle erreur ! A présent, il lui était impossible de détacher sa bouche des lèvres qui écrasaient les siennes. Elle essaya de le repousser mais, inexplicablement, ses bras se nouèrent autour du cou de Trent.

Cette marque d'abandon enflamma celui-ci. Il avait voulu lui faire la leçon — il avait déjà oublié le motif —, et c'est lui qui venait d'apprendre quelque chose. Quelque chose qui le bouleversait. Une femme pouvait être forte et tendre, cinglante et délicieuse. Curieux paradoxe.

Il leva soudain la tête et la secoua, comme pour chasser le brouillard qui embrumait son cerveau.

— Je vous demande pardon... Ma conduite est inexcusable.

Catherine ne répondit pas. Elle était trop émue

pour articuler la moindre parole. Elle se contenta d'esquisser un geste d'impuissance qui accentua encore la culpabilité de Trent.

— Catherine, croyez-moi, je n'ai pas l'habitude de…

Il s'éclaircit la gorge. « Mon Dieu », songea-t-il. Elle était si belle et vulnérable qu'il avait envie de recommencer. Sur-le-champ !

— Je suis confus. Cela ne se reproduira plus.

— J'aimerais que vous me laissiez seule.

Jamais de toute sa vie elle n'avait été si impuissante. Incapable du moindre mouvement. Anéantie. Trent avait ouvert la porte de quelque monde secret puis l'avait refermée avec brutalité.

— Entendu, murmura-t-il.

Malgré son ardent désir de lui caresser les cheveux, il rebroussa chemin, en direction de la maison. Lorsqu'il se retourna, Catherine était toujours immobile, baignée par la lueur du clair de lune, le regard perdu dans l'obscurité.

Son nom est Christian. Je suis retournée plusieurs fois me promener le long des falaises en espérant échanger quelques mots avec lui. Je me répétais chaque fois que c'était pour assouvir ma curiosité, ma fascination pour l'art. Que cela n'avait rien à voir avec lui…

Je suis une femme mariée, mère de trois enfants. Et bien que Fergus ne soit pas le mari romantique de mes rêves d'adolescente, c'est un homme responsable. Peut-être n'aurais-je pas dû céder à l'insistance de mes parents qui souhaitaient pour moi un grand mariage. Mais il est vain à présent de revenir sur le passé.

Il est en outre déloyal de comparer Fergus à un homme que je connais à peine. Dans mon journal intime, cependant, je m'octroie ce plaisir. Fergus ne pense qu'à ses affaires tandis que Christian parle de couleurs, de musique et de beauté.

Comme mon cœur aspire à un peu de poésie !

Alors que Fergus, avec sa générosité froide et calculée, m'a offert des émeraudes le jour de la naissance d'Ethan, Christian m'a donné une fois une fleur sauvage que je conserve ici entre deux feuillets. J'aimerais tant la porter dans un médaillon de verre à la place de ces pierres précieuses si conventionnelles !

Nous n'avons jamais échangé de pensées intimes, ni rien qui puisse paraître inconvenant. Mais c'est une façade. Son regard, son sourire, ses intonations sont magnifiquement troublants. Et une femme honnête n'irait pas flâner, le cœur battant, pendant que ses enfants font la sieste…

Aujourd'hui, je me suis assise sur un rocher et je l'ai regardé manier ses pinceaux. Au large, il y avait un bateau dont les voiles étaient gonflées par le vent. Un instant, je me suis imaginé que nous étions ensemble près du gouvernail. Puis, je lui ai demandé son nom.

— Christian Bradford… Et vous êtes Bianca.

Je n'oublierai jamais la façon dont il a prononcé mon prénom. Tout en malaxant, les yeux baissés, une poignée d'herbes sauvages, je lui ai demandé si sa femme l'accompagnait quelquefois.

— Je ne suis pas marié. Et mon art est ma seule maîtresse.

A ces mots, je n'aurais pas dû frémir ni sourire. Lui non plus.

Si le destin en avait décidé autrement, je l'aurais aimé. C'est une certitude.

Comme moi, il a dû deviner la vérité et nous avons commencé à échanger des propos anodins. Et lorsque je me suis levée pour retourner là où le devoir m'appelle, il a cueilli un joli bouton d'or et l'a glissé dans mes cheveux, les yeux rivés aux miens.

Il est tard, et j'écris à la lueur de la lampe. J'entends la voix de Fergus aboyer des instructions à son valet de chambre dans la pièce d'à côté. Il ne viendra pas ce soir dans ma chambre, et j'en suis heureuse. Je lui ai donné trois enfants, deux fils et une fille. A ses yeux, j'ai rempli mes obligations. Aussi n'éprouve-t-il plus le besoin de me rejoindre la nuit. Ma fonction est d'éduquer les enfants comme il le désire et de recevoir ses invités dans mes plus beaux atours.

Ce n'est pas une tâche difficile. Je m'en suis contentée jusqu'au jour où j'ai longé les falaises.

Ce soir, je dormirai seule et je rêverai de l'homme qui n'est pas mon mari.

4

Catherine, qui contemplait l'aube à travers la fenêtre de la cuisine, se servit une seconde tasse de café.

Elle avait des milliers de choses en tête. Les factures, les commandes de pièces détachées, une vieille antiquité à retaper de fond en comble, un rendez-vous chez le dentiste...

Trenton St. James ne figurait pas sur la liste de ses priorités.

Et ce n'était certainement pas à cause de lui qu'elle n'était pas parvenue à trouver le sommeil. Le baiser de la veille n'était qu'un incident de parcours sur lequel il était inutile de s'attarder. Pourtant, Catherine était bien obligée de reconnaître qu'elle n'avait guère pensé à autre chose au cours des longues heures d'insomnie qu'elle venait de connaître.

Que lui arrivait-il ? Ce n'était tout de même pas son premier baiser ! Bien sûr, il n'avait rien à voir avec celui que lui avait jadis donné Denny Dinsmore, au bal de la Saint-Valentin... En tout cas, songea Catherine en commençant sa troisième tasse de café, il prouvait que Trent avait acquis une redoutable expérience auprès des femmes.

Ce baiser était indigne ! Et incongru au beau milieu d'une querelle homérique. Les hommes comme Trent St. James ignoraient les règles élémentaires d'une conversation loyale, avec traits d'esprit, paradoxes et saine indignation. Ils n'apprenaient qu'à dominer, en y mettant les formes.

Et ce goujat avait réussi. Le charme avait fonctionné. Pendant un bref instant, Catherine avait éprouvé une sensation lumineuse qui allait au-delà de la simple attirance physique. Puis il avait étouffé cette flamme vacillante et l'avait abandonnée à l'obscurité de la nuit.

C'était cette lâcheté qu'elle ne lui pardonnait pas.

— Salut, fillette !

Sanglée dans l'uniforme du service des parcs et de l'environnement, Lila venait de faire son entrée dans la cuisine. Elle avait ramassé ses cheveux en chignon, et une paire de boucles d'oreilles égayait sa coiffure austère.

— Salut ! répéta-t-elle. Tu t'es levée aux aurores, dis donc.

— Moi ?

D'un coup, Catherine oublia ses soucis pour se tourner vers sa sœur.

— Et toi ? J'ai du mal à croire à ce que je vois…

— A toi de juger.

— Justement. Lila Calhoun ne saute jamais du lit avant 8 heures, soit vingt minutes, montre en main, avant de partir en courant de la maison pour arriver avec cinq minutes de retard à son travail.

— Que veux-tu, on se lasse de la routine. En fait,

mon horoscope m'a suggéré de contempler le lever du soleil, ce matin.

— Et alors ? Comment était le spectacle ?

Nonchalante, Lila se beurra une tartine et mordit dedans avec appétit.

— Fabuleux. Et toi, quelle est ton excuse ?

— Une panne de sommeil.

— Y a-t-il un lien quelconque avec la présence de notre invité ?

— Ce genre d'homme ne me torture pas l'esprit, assura Catherine avec une moue dédaigneuse.

— Les hommes comme lui ont été créés pour torturer les cerveaux féminins. Grâce à Dieu…

Lila s'assit et étendit les jambes pour poser les pieds sur une chaise vide en face d'elle.

— Bon, raconte-moi ton problème, maintenant.

— Je n'ai pas dit qu'il y avait un problème.

— Tu n'as pas besoin de le préciser, c'est écrit sur ta figure.

— Je n'aime pas sa présence ici, voilà tout.

Catherine tenta d'esquiver la curiosité de sa sœur en allant laver sa tasse dans l'évier.

— J'ai l'impression que nous sommes déjà chassées de chez nous, remarqua-t-elle. Certes, nous avions discuté de la vente, mais en des termes si vagues que le projet semblait très lointain. Qu'allons-nous faire ? demanda-t-elle en se tournant brusquement vers sa sœur.

Les yeux de Lila s'assombrirent. Malgré son caractère enjoué et optimiste, elle ne pouvait faire taire son angoisse. La maison et la famille étaient ses deux points faibles.

— Je l'ignore. Il va sans doute falloir vendre le service en cristal ou l'argenterie.

— Pense à tante Coco. Elle en aurait le cœur brisé.

— Je sais. Néanmoins, c'est ça ou quitter Les Tours. Je déteste cette perspective, mais il va falloir étudier la question.

— L'idée d'un hôtel ne te rebute pas ?

— Je n'ai pas d'objection de principe, avoua Lila en haussant les épaules. La maison a été construite par ce vieil excentrique de Fergus dans le but de recevoir un bataillon d'invités, servis par une armée de domestiques courant dans tous les sens, et…

Devant l'expression de sa jeune cadette, elle s'interrompit et laissa échapper un profond soupir.

— J'y suis attachée autant que toi, Catherine.

— Je sais.

Ce que Lila garda pour elle, c'est que la signature de l'acte de vente lui briserait le cœur. Pourtant, pour le bien de la famille, elle était préparée à ce sacrifice.

— Nous allons retenir le séduisant M. St. James quelques jours de plus, puis nous nous réunirons, suggéra Lila avec un sourire en coin. A nous quatre, nous ne pouvons pas nous tromper.

— J'espère que tu as raison.

— Ma chérie, j'ai toujours raison ! C'est ma croix…

Elle but une gorgée de jus d'orange.

— Et si tu me racontais ce qui t'a empêchée de dormir ?

— Je viens de le faire.

— Non. N'oublie pas que j'ai des yeux partout ! s'exclama Lila en agitant son verre en direction de sa sœur. Puisque je finirai par découvrir la vérité, autant avouer tout de suite.

— Tante Coco a voulu que je lui montre le jardin, commença Catherine.

Lila sourit.

— Oui, elle est rusée comme une belette. Elle imaginait déjà quelque aventure romanesque. Le clair de lune, les fleurs, le clapotis des vagues contre les rochers... Son plan a marché ?

— Nous nous sommes disputés.

— Bon début, acquiesça Lila. A propos de la maison ?

— De ça, oui...

Distraitement, Catherine se mit à arracher les feuilles mortes du philodendron.

— Et d'autres choses, ajouta-t-elle.

— Par exemple ?

— Le prénom de ses maîtresses. Les grandes familles de Boston. Ses chaussures.

— Ouah ! Très éclectique. J'adore ! Et ensuite ?

Catherine plongea les mains dans ses poches et avoua :

— Il m'a embrassée.

— Oh, oh, ça se corse ! remarqua Lila, qui avait hérité de sa tante un goût immodéré des intrigues amoureuses. Alors, comment c'était ? Il a une bouche sublime... J'ai remarqué ça au premier coup d'œil.

— Si tu tiens à le savoir, embrasse-le !

Après quelques secondes de réflexion, Lila secoua la tête.

— Non. Il est très séduisant, je te l'accorde, mais

ce n'est pas mon type. En outre, c'est trop tard. Alors, est-ce qu'il embrasse bien ?

— Moui, avoua Catherine du bout des lèvres.

— Quelle note lui mettrais-tu ? demanda aussitôt Lila.

Malgré elle, Catherine pouffa devant la question de sa sœur.

— Dans le feu de l'action, je n'ai pas songé à ça.

— De mieux en mieux ! Ainsi, il t'a embrassée, et c'était réussi. Et après ?

— Il s'est confondu en excuses.

Ahurie, Lila écarquilla les yeux et se pencha en avant.

— Quoi ?

— Oui, il s'est excusé de sa conduite inqualifiable et a promis que ça n'arriverait plus. Le lâche !

Catherine écrasa quelques feuilles mortes dans le creux de sa paume, avant d'ajouter :

— Quel genre d'homme est-il pour croire qu'une femme veut des excuses après avoir été embrassée à perdre haleine ?

— Eh bien, je vois trois hypothèses, lui confia Lila en haussant les épaules. Soit, c'est un demeuré, soit son excellente éducation lui joue des tours, soit il manque de logique.

— Je penche pour l'idiotie.

— Hmm… Il va falloir que j'examine la question. Je devrais peut-être faire son thème astral.

— Qu'importe la position de Vénus, je vote quand même pour la stupidité.

Catherine se leva et embrassa sa sœur.

— Merci pour ton diagnostic. Le travail m'appelle.

— Il a de très beaux yeux, remarqua Lila alors qu'elle sortait. Surtout lorsqu'il sourit.

Trent ne souriait pas lorsqu'il réussit enfin à s'échapper des Tours, cet après-midi-là. Après le petit déjeuner, l'intarissable Coco lui avait imposé une visite des caves et du cellier, puis elle l'avait retenu deux heures dans le salon, avec les albums de photos.

En fait, il s'était amusé à contempler celles de Catherine, un adorable bébé qui était ensuite devenue une ravissante adolescente. Elle était mignonne à croquer avec ses nattes !

Une sonnette d'alarme avait retenti dans sa tête quand Coco l'avait questionné sans beaucoup de tact sur sa vision du mariage, des enfants et des relations entre hommes et femmes. Peu à peu, Trent s'était rendu compte que derrière sa bienveillance enjouée et son caractère lunatique, se cachaient une volonté de fer et un esprit aiguisé, calculateur.

En réalité, elle n'essayait pas de lui vendre la maison, mais une de ses nièces. De toute évidence, Catherine était sa favorite tandis qu'il était l'enchérisseur le plus intéressant. Le réveil risquait d'être douloureux pour la chère Mme McPike. Les sœurs Calhoun allaient devoir chercher ailleurs un candidat au mariage. Quant aux St. James, ils obtiendraient le manoir. Trent était déterminé à parvenir au but. Sans passer pour autant par les fourches Caudines du mariage.

Il démarra et descendit l'allée escarpée en tentant de ravaler sa fureur. Lorsqu'il prit conscience qu'il grognait à haute voix, il décida d'aller se promener pour se calmer. Le parc national d'Acadia, où Lila travaillait, s'imposa aussitôt à lui. En fait, il irait dénicher chacune des sœurs sur son lieu de travail et s'emploierait à briser leurs défenses. Diviser, pour mieux régner…

A l'inverse de Catherine, Lila semblait très ouverte tandis que Suzanna apparaissait comme une femme raisonnable et qu'Amanda était à l'évidence quelqu'un de sensé…

Malgré ses résolutions, Trent prit la route du village, dépassa le bureau de paysagiste de Suzanna et le Bay Hotel et obliqua vers le garage de Catherine. C'est par elle qu'il commencerait. La jeune femme était son talon d'Achille. Dès qu'il aurait mis les points sur les i, elle cesserait de caresser l'idée de lui passer la corde au cou.

Au moment où il descendait de sa BMW, Hank grimpait dans sa camionnette de dépannage.

— Bonjour ! le salua Trent.

— La patronne est à l'intérieur, lui indiqua Hank en rabattant sa casquette vers l'arrière. Nous venons d'avoir un joli petit accrochage près de l'office de tourisme, ajouta-t-il avec un grand sourire.

— Félicitations.

— Merci. Dès que la saison démarre, le travail ne manque pas.

Tout disposé à bavarder, Hank pencha sa tête par la vitre baissée. Trent l'observa avec attention. Il avait une vingtaine d'années. Son visage rond était ouvert, son accent très marqué, et ses cheveux, couleur paille, partaient dans toutes les directions.

— Vous travaillez pour Catherine depuis longtemps ?

— Depuis qu'elle a racheté l'affaire au vieux Pete. Il y a trois ans environ. Enfin presque. Elle ne voulait pas m'engager avant que je termine le lycée. Elle est comme ça…

— Ah bon ?

— Ouais. Dès qu'elle a une idée en tête, elle n'en démord plus.

D'un signe de tête, il désigna le garage.

— Elle n'est pas à prendre avec des pincettes, aujourd'hui.

— Ça change de l'ordinaire ?

En s'esclaffant, Hank alluma la radio.

— Je joue mon joker ! cria-t-il pour couvrir la musique. Il y a des jours où il ne faut pas s'y frotter. A bientôt.

Lorsque Trent pénétra à l'intérieur du garage, la jeune femme était plongée jusqu'à la taille sous le capot d'une grosse berline. Là aussi, la radio marchait à plein tube, et les hanches de Catherine se balançaient en cadence.

— Excusez-moi…

Trent se rappela qu'il avait déjà essuyé un échec la veille, en l'abordant de cette manière. Il avança et lui tapa doucement sur l'épaule.

— Si vous voulez bien…

Catherine tourna la tête, juste assez pour apercevoir la cravate. Elle était bleue, aujourd'hui. Et l'identité de son propriétaire ne faisait aucun doute.

— Que voulez-vous ?

— Une vidange.

— Oh !

Sans plus attendre, Catherine se remit au travail. Des bougies à changer.

— Laissez-la dehors, indiqua-t-elle. Avec les clés dans la boîte à gants. Ce sera prêt à 18 heures.

— Traitez-vous toujours les clients de façon aussi désinvolte ?

— Oui.

— Si cela ne vous ennuie pas, je conserverai mes clés, jusqu'à ce que vous soyez moins distraite.

— Comme il vous plaira.

Deux minutes s'écoulèrent dans un silence pesant, troublé seulement par le son de la radio.

— Si vous comptez rester ici, déclara soudain Catherine, autant vous rendre utile… Pourriez-vous vous installer au volant et mettre le moteur en route ?

— Pardon ?

— Vous ouvrez la portière, vous vous asseyez sur le siège du conducteur, et vous tournez la clé de contact.

Elle sortit la tête et souffla sur des mèches folles qui lui mangeaient le front.

— Vous y arriverez ?

— Sans doute…

La situation prenait un tour que Trent n'avait pas prévu. Pourtant il s'exécuta. Le moteur se mit à ronronner avec un bruit rassurant. Du moins, l'estimait-il. Catherine semblait d'un avis différent.

Sans donner d'explication, elle braqua sa lampe sur le moteur et opéra divers ajustements.

— Tout paraît normal, lui fit remarquer Trent.

— Non. Il manque quelque chose.

— Comment pouvez-vous le savoir avec cette radio qui hurle ?

— J'ai de bonnes oreilles… Ah, voilà. C'est mieux. Beaucoup mieux.

Intrigué, Trent sortit du véhicule et se courba par-dessus son épaule.

— Que faites-vous ?

— Mon travail.

Les épaules de Catherine remuèrent avec nervosité, comme si un insecte l'importunait.

— Reculez-vous, s'il vous plaît.

— C'est seulement une saine curiosité.

Sans réfléchir, il posa la main sur le dos de Catherine et se pencha davantage sous le capot. Surprise, la jeune femme sursauta. Elle fit un faux mouvement et poussa un cri de douleur, suivi d'un juron retentissant.

Trent lui prit la main.

— Laissez-moi regarder.

— Ce n'est rien. Maintenant, disparaissez. Si vous étiez resté à l'écart, ma main n'aurait pas glissé.

— Cessez de remuer, bon sang !

D'un geste autoritaire, il lui attrapa le poignet et examina son doigt écorché. Un petit filet de sang, entre les traces de cambouis, lui causa un sentiment de culpabilité, si intense qu'il le jugea ridicule.

— Il faut soigner ça.

— C'est juste une coupure, assura Catherine d'un ton exaspéré.

— Ne faites pas l'enfant. Où se trouve la trousse à pharmacie ?

— Dans la salle de bains, mais je peux aller la chercher moi-même.

Sans tenir compte de ses protestations, Trent la

retint prisonnière tandis qu'il contournait l'avant de la voiture pour arrêter le moteur de la voiture.

— Où est la salle de bains ?

D'un mouvement de la tête, Catherine lui indiqua le couloir qui séparait le garage du bureau.

— Ecoutez, vous deviez simplement me donner vos clés et…

— Pas question ! l'interrompit Trent en la tirant vers le couloir. Vous venez de dire que c'était ma faute si vous vous étiez blessée. Je prends donc mes responsabilités.

— J'aimerais que vous arrêtiez de me traîner comme un sac de patates ! Ça devient une habitude, à la fin !

Sans répondre, Trent poussa une porte et pénétra dans une petite pièce de la taille d'un placard à balais. Sourd aux protestations horripilées de Catherine, il avança sa main sous le robinet d'eau froide. Les dimensions plutôt réduites de l'endroit leur imposaient une grande intimité, leurs corps étaient presque plaqués l'un à l'autre. Pourtant, ils feignirent tous deux de ne pas y prêter attention.

Trent prit le savon et commença à laver avec soin la main de Catherine autour de la blessure.

— L'entaille n'est pas profonde, remarqua-t-il.

— Je vous l'avais dit ! Ce n'est qu'une égratignure.

— Elle pourrait s'infecter…

— Oui, docteur, minauda Catherine.

Trent leva les yeux, prêt à riposter. Mais elle était si adorable, avec ses traînées noires sur le nez et sa moue d'enfant têtue, qu'il s'entendit répondre :

— Je suis désolé.

— Ce n'est pas votre faute.

Pour se donner une contenance, Catherine ouvrit la petite armoire à pharmacie et en sortit la trousse d'urgence.

— Je peux me débrouiller seule, assura-t-elle.

— Je n'en doute pas. Seulement, j'aime terminer ce que j'ai commencé, lui indiqua Trent.

Il prit du coton et la bouteille d'alcool à 90°.

— Attention, ça va piquer.

Catherine émit un léger cri lorsqu'il nettoya la plaie. Instinctivement, elle pencha la tête en même temps que lui, et leurs fronts se heurtèrent. Elle se frotta la tempe de sa main libre et remarqua avec un petit rire :

— Nous formons une drôle d'équipe, tous les deux !

— On dirait, oui.

Les yeux rivés aux siens, Trent souffla sur les doigts de la jeune femme. Dans ses pupilles vertes, il surprit un éclair. La crainte ? La surprise ? Le plaisir ? Il n'aurait su le dire. En tout cas, en cet instant, il aurait volontiers parié la moitié de sa fortune que Catherine Calhoun ignorait tout du scénario romanesque que sa tante avait imaginé.

Il porta sa main à ses lèvres — juste un test, se persuada-t-il — et observa la confusion qu'exprimait soudain le regard de Catherine. Elle entrouvrit les lèvres, mais aucun son ne sortit de sa bouche.

— Un baiser aidera à la guérison, murmura Trent en lui embrassant de nouveau la main.

— Je crois... Il vaudrait mieux...

Soudain, Catherine ne savait plus où elle en était. La pièce semblait minuscule.

— Je vous... remercie, bredouilla-t-elle. Ça va mieux, à présent.

— Il faut un pansement.

— Oh ! je ne...

— Sinon la plaie va se salir et s'infecter.

Trent, qui prenait un plaisir croissant à la situation, coupa un morceau de gaze et commença à l'enrouler autour du doigt de Catherine.

Pour mettre un peu de distance entre eux, celle-ci pivota. Trent l'imita aussitôt. Ils se tenaient désormais face à face, et le dos de la jeune femme touchait le mur.

— Ça fait mal ? lui demanda-t-il.

Elle secoua la tête. Elle n'était pas blessée, elle était tout simplement en train de devenir folle. Car enfin, était-il normal que son cœur batte à se rompre parce qu'un homme entourait son doigt d'un pansement ?

Trent termina de mettre la gaze en place et la fit tenir avec un adhésif. Puis il se redressa. En cet instant, ils étaient aussi proches l'un de l'autre que la veille, durant leur dispute. Et cette promiscuité lui était de plus en plus agréable.

— Puis-je vous poser une question personnelle ? demanda-t-il d'une voix charmeuse.

— Euh... je...

— Allez-vous effectuer la vidange de mon moteur ?

Les yeux de Trent pétillaient de malice, et Catherine ne put s'empêcher de sourire.

— Absolument.

— Alors, vous m'avez donc pardonné pour la nuit dernière ?

— Je n'ai pas dit ça.

— J'aimerais que vous y songiez. Car si je dois être

damné pour ce que j'ai fait, je me dis que je pourrais tout aussi bien pécher encore une fois.

Etourdie par le son de sa voix et l'éclat intense des yeux de Trent, Catherine se pressa un peu plus contre le mur.

— Je ne crois pas que vous vous repentiez le moins du monde de vos privautés d'hier.

En silence, Trent contempla un instant ses grands yeux et sa bouche si attirante.

— Je crains que vous n'ayez raison.

Alors que Catherine ne savait que faire, partagée entre la terreur et le ravissement, le téléphone se mit à sonner.

— Je... je dois répondre.

Elle passa devant lui à la vitesse d'un boulet de canon et se précipita dans le bureau. Trent lui emboîta le pas en réfléchissant. Il n'y avait plus aucun doute, elle était comme lui la victime des lubies de tante Coco. Une autre femme, surtout celle qui aurait nourri des arrière-pensées matrimoniales, aurait souri, ou minaudé. Mais jamais elle n'aurait cédé comme Catherine à la panique. Une panique qui la rendait encore plus séduisante...

D'un geste absent, Catherine décrocha le combiné. Il lui fallut une bonne dizaine de secondes avant de pouvoir articuler la moindre parole.

— Quoi ? Oui. Oui. C'est Catherine. Désolée, monsieur Finney...

Elle exhala un soupir tandis que son correspondant lui expliquait son problème.

— Vous n'auriez pas encore laissé vos phares

allumés ? Vous êtes sûr ? Entendu, entendu. C'est peut-être le starter, alors.

Elle passa une main distraite dans ses cheveux. Elle allait s'asseoir sur le bord du bureau lorsqu'elle aperçut Trent. Elle se redressa d'un bond.

— Pardon ? Pouvez-vous répéter ? Hmm… Ecoutez, je vous propose de faire un saut en rentrant chez moi. Vers 18 h 30 ?

Ses lèvres s'incurvèrent.

— Oui, j'ai toujours un faible pour les langoustes. A tout à l'heure.

— Une mécanicienne qui se rend à domicile, ce n'est pas banal, commenta Trent quand elle eut raccroché.

— Nous soignons nos clients. En outre, ajouta Catherine en s'efforçant de rester calme, je peux difficilement refuser une invitation d'Albert Finney à venir manger des langoustes chez lui.

Trent éprouva une pointe d'irritation qu'il parvint à tempérer.

— Comment va votre main ?

— Très bien. Pourquoi n'accrochez-vous pas vos clés au tableau ?

D'un pas nonchalant, Trent s'approcha du tableau en question et lui obéit.

— Voilà. A présent, répondez à cette question : pourquoi ne m'appelez-vous jamais par mon prénom ?

— Je le fais.

— Non. Vous m'avez assassiné de tous les adjectifs possibles et imaginables, mais je n'ai pas eu droit à mon prénom. Peu importe. J'ai besoin de vous parler.

— Si c'est à propos de la maison, ce n'est ni le moment ni l'endroit.

— Il ne s'agit pas de ça.

— Oh… Dans ce cas, nous pourrions sans doute reporter cette conversation à plus tard, non ?

— Cela ne prendra pas longtemps, assura Trent qui n'avait pas l'habitude d'attendre. Je voulais juste vous avertir, car je crois que vous n'êtes pas au courant des plans machiavéliques de votre tante.

— Tante Coco ? De quels plans parlez-vous ?

— Des histoires de robe blanche et de voile de tulle…

La stupéfaction qui apparut sur le visage de Catherine fut vite remplacée par le soupçon.

— Le mariage ? C'est absurde ! Tante Coco n'a pas l'intention de se remarier. D'ailleurs, elle ne sort avec personne.

— Il ne s'agit pas d'elle, murmura Trent en avançant vers la jeune femme. C'est de vous qu'il est question.

Eclatant d'un rire joyeux, Catherine s'assit sur le bord du bureau.

— Moi ? Mariée ? Quelle riche idée ! Et avec qui, s'il vous plaît ?

— Avec moi.

Le rire de Catherine mourut dans sa gorge. Elle se redressa avec lenteur et prit une voix glaciale pour demander :

— Que sous-entendez-vous au juste ?

— Que votre tante, pour des raisons qui lui sont propres, m'a invité ici non seulement pour visiter la maison, mais pour me présenter ses quatre délicieuses nièces.

Chaque fois que la colère l'étouffait, Catherine devenait incroyablement pâle. Trent avait déjà eu quelques occasions de s'en apercevoir. Cette fois, elle semblait *très* en colère.

— Vous êtes insultant ! s'exclama-t-elle.

— Je n'expose que les faits.

— Sortez !

Elle le poussa vers la porte.

— Partez. Reprenez vos clés, votre voiture et vos accusations grotesques et disparaissez de ma vue. Allez, ouste !

— Attendez encore une seconde et laissez-moi m'expliquer. Si vous me trouvez encore grotesque lorsque j'aurai terminé, je partirai.

— Mais vous êtes définitivement grotesque, mon pauvre ami. Et vous êtes prétentieux et arrogant. Si vous croyez que j'ai des desseins...

— Pas vous, corrigea Trent avec calme. Votre charmante tante. Ne vous a-t-elle pas obligée à m'accompagner dans le jardin, hier soir ?

— Elle voulait se montrer aimable avec son invité.

— J'en doute. Savez-vous comment j'ai passé la matinée ?

— Non, et je m'en contrefiche !

— A feuilleter vos albums de photos.

Avec satisfaction, Trent remarqua que la colère de Catherine s'était chargée d'angoisse, et il décida de pousser l'avantage.

— Des centaines de clichés, agrémentés du même refrain : « N'était-elle pas adorable, ma petite Catherine ? »

— Mon Dieu !

— «... Et si intelligente. » D'après votre tante, vous lisiez le journal local à cinq ans...

La jeune femme émit un cri étranglé.

— ... et vous aviez toutes vos dents.

— Elle n'a pas osé !

— Si. Et ce n'est pas tout. Vous avez raflé tous les premiers prix de mécanique au lycée. Avec le reste de votre héritage, vous avez acheté ce garage à votre ancien employeur. Vous êtes, paraît-il, une femme pourvue d'une grande sensibilité, et qui sait garder les pieds sur terre. Enfin, vous êtes issue d'une excellente lignée et bénéficiez d'une parfaite santé.

— J'ai l'impression d'être une jument mise aux enchères.

— C'est vous qui le dites, remarqua Trent, imperturbable. Naturellement, avec vos antécédents, votre intelligence et votre beauté, vous ferez la plus merveilleuse des épouses.

Le visage de Catherine n'avait plus rien de pâle : il était cramoisi.

— Ce n'est pas parce que tante Coco est fière de moi qu'elle vous demande de m'épouser...

— Dès qu'elle eut terminé de chanter vos louanges et de me montrer les photos — les plus charmantes, soit dit en passant — de votre premier bal...

— Mon...

— ... elle a commencé à m'interroger sur le mariage et les enfants. Puis, dévoilant ses batteries, elle m'a déclaré qu'un homme dans ma position avait besoin d'une relation stable avec une femme de confiance. Comme vous.

— D'accord, d'accord, n'en jetez plus ! soupira Catherine. Si tante Coco dépasse parfois les bornes, c'est seulement parce qu'elle nous adore et qu'elle se considère responsable de notre bonheur. Je suis désolée qu'elle vous ait mis mal à l'aise.

— Je ne vous ai pas raconté ça pour vous embarrasser ou récolter des excuses. J'ai pensé qu'il valait mieux que vous le sachiez avant que les choses ne deviennent incontrôlables.

— Incontrôlables ? répéta Catherine, abasourdie.

— Ou qu'il y ait malentendu...

Bizarre, songea Trent en fourrant les mains dans ses poches. D'habitude, lorsqu'il traitait des affaires, il n'avait aucune difficulté à établir les règles du jeu. Là, c'était une autre histoire. Jamais il n'avait procédé ainsi à tâtons.

— La nuit dernière, reprit-il, je me suis rendu compte que vous aviez vécu jusque-là dans un monde protégé.

Les doigts de Catherine se mirent à tambouriner sur le bord du bureau.

— Je crois en la sincérité, insista Trent. Que ce soit dans mes affaires ou dans ma vie personnelle. Hier soir, nous nous sommes emballés. Nous avons... perdu la tête. Je ne voudrais pas que votre manque d'expérience et les chimères de votre tante vous induisent en erreur.

— En langage clair, vous craignez que je ne nourrisse le désir secret de devenir Mme St. James ?

Déconcerté, Trent se passa la main dans les cheveux.

— Plus ou moins. Je pensais qu'il valait mieux aborder la question avec franchise. De cette manière, vous ne...

— N'aurez pas de désillusions majeures ? suggéra Catherine d'un ton sec.

— Ne me soufflez pas les répliques.

— Comment le pourrais-je ? Vous avez déjà écrit les rôles.

— Zut ! fit Trent.

Catherine avait visé juste, et il détestait ça.

— Je tâche d'être honnête avec vous. Je ne veux pas que vous vous mépreniez quand je vous dirai que je suis attiré par vous.

La fureur de Catherine était telle qu'elle ne remarqua pas combien son propre aveu avait abasourdi Trent.

— Je suppose que je devrais me sentir flattée, déclara-t-elle en haussant un sourcil.

— Je vous laisse juge. Je vous expose les faits.

— Vous voulez des faits ? Eh bien, je vais vous en donner ! D'abord, vous n'êtes pas attiré par moi, mais par l'image du parfait Trenton St. James III que vous me renvoyez. Ensuite, les chimères de ma tante, comme vous les appelez, sont l'expression d'un cœur tendre et généreux. Une chose que vous êtes incapable de comprendre. Vous pourrez arriver à vos fins avec ma maison, mais pas avec moi, mon cher monsieur. Même si vous rampiez à mes pieds avec un diamant aussi gros qu'un œuf de pigeon, je vous rirais au nez. Voilà ma réponse. Vous connaissez le chemin pour rejoindre la sortie, je ne vous raccompagne pas.

Sur ce, Catherine pivota et s'engagea dans le corridor. Trent cilla quand la porte claqua.

— Eh bien, murmura-t-il en se frottant le front, l'horizon s'est drôlement éclairci.

5

Insupportable... Insupportable... Insupportable...

Chaque fois qu'elle pensa à Trent, durant tout le reste de la journée, Catherine ne trouva que cet adjectif pour le qualifier. Oui, Trenton St. James, troisième du nom, était insupportable.

Lorsqu'elle rentra chez elle, la nuit était tombée et la maison endormie. Dans le hall, elle entendit la sonorité familière du vieux piano. Rebroussant chemin, elle se dirigea vers le salon de musique.

C'était Suzanna qui jouait. Elle était la seule personne de la famille à avoir cultivé ses dons musicaux. Amanda avait manqué de constance. Lila était trop indolente pour se plier aux contraintes des gammes. Quant à elle, elle était plus à son affaire avec les clés à molette que les clés de sol...

Néanmoins, elle adorait écouter sa sœur. Rien ne la charmait plus qu'une sonate de Mozart ou une cantate de Bach.

Perdue dans ses pensées, Suzanna plaqua les dernières notes de la troisième *Gymnopédie* d'Erik Satie.

— Magnifique ! s'exclama Catherine en applaudissant.

— Tu parles ! Je suis complètement rouillée.

— Je ne m'en suis pas aperçue.

Le sourire aux lèvres, Suzanna prit la main de sa sœur et remarqua le pansement.

— Oh, tu t'es blessée ?

— Juste une écorchure.

— Tu l'as nettoyée à l'alcool ? A quand remonte ta dernière piqûre antitétanique ?

— Du calme, maman. Mon doigt est propre comme un sou neuf, et j'ai eu mon rappel il y a six mois. Où sont les autres ?

— Les enfants dorment. Enfin, je l'espère. Plie ton doigt.

Catherine soupira et s'exécuta. Satisfaite, Suzanna poursuivit :

— Lila avait un rendez-vous. Amanda est plongée dans des registres. Tante Coco est montée se détendre dans un bain moussant, le visage couvert de tranches de concombre.

— Et lui ?

— Au lit, je suppose. Il est presque minuit.

— Vraiment ? Est-ce que tu m'attendais, par hasard ?

Désarmée, Suzanna se mit à rire.

— Non… Enfin, oui. As-tu réparé la camionnette de M. Finney ?

— Il avait oublié d'éteindre ses feux de position. Je crois qu'il le fait exprès pour que je vienne recharger sa batterie. Il m'a régalée d'une langouste et d'un verre de cabernet.

— S'il n'avait pas l'âge d'être ton grand-père, je dirais qu'il a le béguin pour toi.

— Il l'a. Et c'est réciproque. S'est-il passé quelque chose pendant mon absence ?

— Tante Coco réclame une séance de spiritisme.

— Encore !

Les doigts de Suzanna glissèrent sur le clavier du piano, improvisant une mélodie aux harmonies jazzy.

— Demain soir, après le dîner, précisa-t-elle. Elle insiste. Feu notre arrière-grand-mère Bianca aurait quelque chose à nous dire. A nous et à Trent, d'ailleurs.

— Que vient-il faire là-dedans ?

— Si nous acceptons de lui vendre la maison, il sera plus ou moins son héritier.

— Qu'allons-nous décider ? demanda Catherine d'une voix lasse.

— Nous n'avons pas vraiment le choix.

— Les affaires du garage marchent bien. Je pourrais faire un emprunt.

— Non. Tu ne vas pas risquer son avenir sur le passé.

— C'est mon avenir...

— Et notre passé.

Suzanna se leva, le regard plein de résolution.

— Je sais combien la maison compte pour toi — de même que pour nous toutes. Mon retour ici, après que Baxter... après mon mariage raté, m'a aidée à reprendre le dessus. Chaque fois que je regarde Alex ou Jenny descendre à califourchon la rampe de l'escalier, je me souviens des jours heureux de notre enfance. Je revois maman, assise au piano, et j'entends papa nous lire des histoires, près de la cheminée.

— Alors comment peux-tu envisager de vendre Les Tours ?

— J'ai appris à affronter les réalités, même les plus déplaisantes.

D'un geste affectueux, Suzanna caressa la joue de Catherine. Elle avait cinq ans de plus que sa sœur. Pourtant, elle avait souvent l'impression que leur différence d'âge était bien plus importante.

— Il est certains événements sur lesquels nous n'avons aucune prise. Quand cela arrive, on doit s'efforcer de sauver l'essentiel et d'aller de l'avant.

— Les Tours me semblent faire partie de l'essentiel, tu ne crois pas ?

— Certes. Mais combien de temps encore pourrons-nous tenir le coup ?

— On peut vendre les lithographies de Mucha, la porcelaine de Limoges, quelques bibelots.

— Et repousser une échéance inévitable. Si le temps est venu de renoncer, nous devrions le faire dans la dignité.

— Tu as arrêté ta décision ?

Le regard rêveur, Suzanna fixa la nuit sombre à travers la vitre.

— Non. J'hésite toujours, avoua-t-elle. Avant le dîner, les enfants et moi nous sommes allés marcher le long des falaises. Lorsque je contemple la baie, je ressens une émotion intense, quelque chose d'incroyablement fort qui me broie le cœur. J'ignore quelle est la meilleure solution, Catherine. Je n'ai qu'une certitude : l'inéluctable me fait peur.

— C'est douloureux…

— Oui.

Catherine posa la tête sur l'épaule de sa sœur.

— Il se produira peut-être un miracle.

Depuis le hall obscur où il se tenait, Trent contempla les deux silhouettes mélancoliques. Il aurait aimé n'avoir pas entendu leur conversation. Il aurait voulu s'en moquer. Mais il avait écouté et, pour des raisons qu'il refusait d'approfondir, il était affecté. D'un pas silencieux, il se dirigea vers l'escalier.

— Les enfants, gronda Coco à bout de patience, pourquoi ne lisez-vous pas un bon livre ?

Alex agita un sabre imaginaire devant lui.

— Je veux jouer à la guerre. Mort à l'ennemi !

« Il n'a que six ans, songea Coco, atterrée. Qu'est-ce que ce sera dans dix ans ! »

— Tenez, voici des crayons de couleur, annonça-t-elle, tout en maudissant les samedis pluvieux. Vous devriez dessiner de beaux paysages. Nous les accrocherons ensuite sur la porte du réfrigérateur et organiserons une exposition.

— Des trucs de bébé ! répliqua Jenny, du haut de ses cinq ans.

Elle souleva un invisible fusil à laser et tira.

— Ta-da-da-da-da-da ! Alex, tu es pulvérisé.

— Non. J'ai évacué mes troupes.

— Tu triches !

Ce fut le signal des hostilités. Tandis qu'ils tournoyaient sur le tapis de la chambre d'Alex, Coco leva les yeux au plafond. Pendant un instant, elle fut tentée de quitter la pièce, puis elle décida d'intervenir.

— Arrêtez, ou vous allez vous faire mal. Alex,

est-ce que je dois te rappeler que Jenny t'a fait saigner du nez, la semaine dernière ?

Le souvenir de cet incident réveilla l'orgueil masculin du petit garçon.

— C'est pas vrai.

— Si, si, si, chantonna Jenny en bondissant comme un cabri.

— Excusez-moi...

Trent s'immobilisa sur le seuil.

— Je ne voudrais pas vous interrompre.

— Pas du tout, protesta Coco en se passant la main sur les cheveux. Les enfants, tenez-vous tranquilles et dites bonjour à M. St. James.

— B'jour, lança Alex en continuant d'agripper sa sœur.

Le sourire amusé de Trent donna une idée à Coco.

— Trent, puis-je vous demander une faveur ?

— Bien sûr.

— Les filles travaillent toutes, aujourd'hui, et j'ai une ou deux courses rapides à faire en ville. Est-ce que vous vous sentez de taille à garder un œil sur les petits pendant ce temps ?

— Un œil sur eux ?

— Oh ! ils sont adorables, vous savez ! assura Coco en considérant les enfants avec tendresse. Jenny, ne mords pas ton frère ! Les Calhoun se sont toujours battus en respectant un certain fair-play... Merci, Trent. Je serai revenue avant même que vous ne vous aperceviez de mon départ, promit-elle en passant devant lui.

— Coco, je ne suis pas certain de...

— Et n'oubliez pas la séance de spiritisme de ce soir.

Sur cette dernière recommandation, Coco se hâta de disparaître vers l'escalier.

Jenny et Alex se dépêchèrent de conclure une trêve pour se tourner vers Trent. Lorsqu'ils étaient seuls ou en présence de tante Coco, ils se battaient comme chien et chat. Mais ils unissaient toujours leurs forces contre un ennemi venu de l'extérieur.

— Nous n'aimons pas les baby-sitters, annonça Alex d'un ton menaçant.

— Je n'ai pas envie d'en être un, lui assura Trent.

Alex glissa son bras autour des épaules de sa sœur qui, à son tour, l'enlaça par la taille.

— Nous non plus.

Trent hocha la tête. S'il était capable de diriger une équipe de cinquante personnes, il devait être en mesure de discipliner deux chérubins intrépides, non ?

— D'accord.

— L'été dernier, quand nous sommes allés voir papa, nous avions une gouvernante, raconta Jenny en le considérant avec suspicion. Nous lui avons rendu la vie infernale.

Tant bien que mal, Trent masqua un gloussement dans une quinte de toux.

— C'est vrai, insista la fillette.

— Papa l'a dit, renchérit Alex. Et il a été content de nous donner des fessées.

Les bourreaux d'enfants avaient toujours soulevé l'indignation de Trent. A l'évidence, Baxter Dumont n'avait rien d'un pédagogue, songea-t-il en dissimulant sa désapprobation et sa colère.

— Un jour, confia-t-il, j'ai enfermé ma nanny dans un placard.

Cette révélation éveilla l'intérêt de Jenny et d'Alex.

— Bravo ! approuva celui-ci.

— Elle a pleuré toutes les larmes de son corps, improvisa Trent.

— Eh bien, nous, on a mis un serpent dans son lit et elle a couru dans toute la maison en chemise de nuit.

En souriant avec satisfaction, Jenny attendit de voir si Trent surenchérissait.

— Bien joué, commenta-t-il. As-tu des poupées ?

— Pouah ! Les poupées, c'est mortel.

— Nous, on veut de l'action ! s'écria Alex en brandissant de nouveau son sabre imaginaire. Je suis un cruel pirate et, toi, Jenny, tu es ma prisonnière.

— Ah non ! J'étais déjà prisonnière la dernière fois. C'est à mon tour d'être le méchant pirate.

— Je l'ai dit le premier…

— Tricheur ! hurla Jenny en secouant son frère par le bras.

— Ouh, le bébé ! Ouh, le bébé !

— Stop ! intervint Trent, pour prévenir un nouveau pugilat.

Au son de cette voix masculine et autoritaire à laquelle ils n'étaient pas habitués, les deux enfants se statufièrent.

— *Je* suis Trentor, le plus redoutable des pirates ! rugit Trent. Et je suis sur le point de me lancer à l'abordage de votre navire…

Le jeu qui commença alors l'enchanta autant que les enfants. Alex et Jenny avaient une imagination inépuisable — sans doute un tantinet sanguinaire, mais ils respectaient les règles lorsque celles-ci étaient établies. Alors qu'il rampait sur le parquet ou pointait un pistolet à eau sur l'ennemi, Trent songea que la plupart de ses connaissances auraient été médusées de le voir.

Bientôt, les pirates furent abandonnés pour les envahisseurs de l'espace, puis ensuite pour les cow-boys et les Indiens. Au terme d'une ultime bataille, épique, les trois combattants s'effondrèrent sur le sol, exténués. Alex s'était tellement dépensé qu'il s'endormit sur-le-champ, sa hache en plastique à la main.

— J'ai gagné ! lança Jenny d'un ton triomphant.

La petite fille se nicha contre le bras de Trent et sombra à son tour dans un profond sommeil.

C'est ainsi que Catherine les trouva. Dehors, il pleuvait à verse. La pluie ruisselait contre les vitres. Dans le couloir, on entendait l'eau qui tombait goutte à goutte dans un seau.

La chambre d'Alex était un vrai champ de bataille. Des voitures miniatures, des peluches et quelques dinosaures en plastique gisaient ici et là, victimes de la fureur des combats. En enjambant avec précaution ce désordre, Catherine entra sur la pointe des pieds.

Trent, sans cravate ni chaussures, dormait entre Alex et Jenny. Devant ce spectacle incongru, la jeune femme écarquilla les yeux. Son cœur se mit à battre un peu plus fort. Comme il semblait… doux, songea-t-elle, avant de se reprendre aussitôt. Quelle idée absurde ! Un homme comme lui n'avait rien d'un agneau.

Trent souleva les paupières et la fixa d'un œil ensommeillé.

— Que faites-vous là ? chuchota Catherine.

— Je n'en sais trop rien, répondit-il en promenant son regard autour de lui.

Jenny était nichée dans le creux de son bras et Alex, allongé de l'autre côté, souriait aux anges.

— Je dois être le seul survivant.

— Où est tante Coco ?

— Elle est partie faire des courses. Je veille sur les petits.

— Je vois ça, oui…

— Il y a eu une grande bataille. Je crains que nous n'ayons de nombreuses pertes à déplorer.

En souriant, Catherine prit l'édredon qui se trouvait sur le lit d'Alex.

— Qui a gagné ?

Avec douceur, Trent libéra son bras et posa la tête de la petite fille sur un coussin.

— Jenny a revendiqué la victoire. Mais il y a fort à parier qu'Alex prétendra le contraire à son réveil.

— Assurément.

— Faut-il les mettre au lit ?

— Non. Ils sont bien ainsi.

Catherine étendit l'édredon sur les jambes des deux enfants. Comme elle mourait d'envie de poser sa tête sur l'épaule de Trent !… Elle se dépêcha de chasser cette pensée.

— C'est gentil à vous d'avoir proposé de les garder.

— A vrai dire, je n'ai pas vraiment eu le choix.

— C'est quand même gentil.

Trent se leva et suivit la jeune femme hors de la chambre.

— Je prendrais volontiers une tasse de café.

— Entendu, acquiesça Catherine après une courte

hésitation. Je vais vous en préparer une. Vous l'avez bien méritée.

Tandis qu'ils descendaient l'escalier, elle lui lança un coup d'œil par-dessus son épaule.

— Qu'est-il arrivé à votre chemise ? Elle est toute mouillée...

— Oh ! rien de grave ! assura Trent en frottant le tissu, légèrement embarrassé. J'ai été atteint par le jet mortel d'un pistolet à eau. Comment s'est passée votre journée ?

— Pas aussi aventureuse que la vôtre, j'ai l'impression.

Catherine s'engagea dans la cuisine et s'approcha du fourneau.

— J'ai seulement réparé un moteur.

Dès que le café fut prêt, elle alluma un feu dans la cheminée. Trent, qui la regardait s'affairer, remarqua les gouttelettes d'eau dans ses cheveux et il songea à une pluie de diamants. Il n'était pourtant pas d'un tempérament lyrique... Et lui qui avait toujours eu une préférence pour les femmes aux cheveux longs, très vaporeux, se surprenait à aimer la courte coiffure de Catherine, qui mettait en valeur son cou mince, ses traits fins et sa peau crémeuse.

— Qu'est-ce qui vous intrigue ? l'interrogea-t-elle.

— Oh, rien. Désolé. Il... Euh... Comme c'est agréable, un feu dans une cuisine !

Que lui arrivait-il ? se demanda Catherine. Il était bizarre, tout à coup. L'absence de cravate, peut-être ?

— Tante Coco vous a-t-elle dit où elle allait ?

— Non. Mais ça n'a pas d'importance. J'ai joué avec les enfants.

Alors qu'elle lui tendait une tasse de café, Catherine continua d'étudier l'expression de Trent, intriguée.

— Tenez.

— Merci. Ce retour en enfance m'a rajeuni. Ces deux-là forment une joyeuse paire.

— Suzanna est une mère fantastique. Elle a d'ailleurs commencé d'exercer ses talents avec moi... Au fait, comment marche votre voiture ?

— Beaucoup mieux que ces derniers mois. Et dire que je ne m'étais aperçu de rien. La mécanique n'est pas mon fort.

— Et alors ? Je pourrais en dire autant de mes compétences en matière de business.

Trent acquiesça et but une gorgée de café.

— J'ai regretté votre absence quand je suis allé la reprendre. Hank m'a dit que vous étiez partie dîner. La soirée a dû être excellente. Vous êtes rentrée tard...

— Finney est un homme charmant.

Trent accepta le biscuit que Catherine lui offrait, tâchant d'ignorer un pincement de jalousie.

— Un vieil ami ?

— En effet...

La jeune femme prit une profonde inspiration avant de se lancer dans le discours qu'elle avait ressassé toute la journée.

— J'aimerais clarifier le point que vous avez soulevé hier.

— Inutile. La situation est claire.

— Peut-être, mais j'aurais pu vous expliquer les choses sans me montrer aussi dure.

— Vraiment ? murmura Trent en la contemplant d'un air pensif.

— Oui. J'étais très embarrassée et… j'ai cédé à la colère.

Dans sa voix, il perçut de la mélancolie, comme la veille, lorsqu'elle parlait avec Suzanna dans le salon de musique.

— Je comprends.

Les yeux de la jeune femme croisèrent les siens, et elle soupira.

— Néanmoins, je ne peux pas m'empêcher d'être irritée par votre désir d'acquérir Les Tours. Cela n'a rien à voir avec les manœuvres de tante Coco. Quand je me suis calmée, je me suis rendu compte que vous étiez aussi ennuyé que moi, derrière vos airs polis.

— Une mauvaise habitude…

Catherine agita son biscuit.

— Si vous n'aviez pas évoqué le baiser…

— C'était une erreur. Mais puisque je m'étais excusé, je pensais que nous pouvions en parler en toute franchise.

— Je n'ai jamais souhaité d'excuses. Ni hier ni aujourd'hui.

— Je vois.

— Non, vous ne voyez pas. Ce que je veux dire, c'est que des regrets n'étaient pas nécessaires. Je ne suis sans doute pas aussi expérimentée ou sophistiquée que les femmes que vous fréquentez, mais je ne suis pas assez sotte pour inventer un roman à partir d'un stupide baiser. Cette précision apportée, il me semble que le débat est clos. Si nous devons négocier ensemble, autant que nos relations restent courtoises.

— Je vous aime bien ainsi, avoua Trent.

— C'est-à-dire ?

— Lorsque vous n'envoyez pas des objets non identifiés à toute volée.

Catherine mordit dans son cookie et sourit.

— Hélas ! tous les Calhoun ont des caractères exécrables.

— J'ai été prévenu.

— Voulez-vous un autre gâteau ?

Les yeux écarquillés, elle vit Trent lever la main et lui toucher les cheveux.

— Que… que faites-vous ?

— Vos cheveux sont mouillés. Ils ont un parfum de fleurs sauvages.

— Trent…

Il sourit.

— Oui ?

— Je ne crois pas que ce soit bien de compliquer ainsi les choses.

— Sans doute pas, reconnut Trent.

Pourtant, il caressa de nouveau les boucles de Catherine, puis lui effleura la nuque. Il la sentit frissonner.

— Je pense sans arrêt à vous. Et j'ai toujours cette envie irrépressible de vous toucher. Je me demande pourquoi.

Elle s'humecta les lèvres.

— Parcc que… parce que je vous exaspère.

— Ça, c'est sûr. Mais pas de la façon que vous croyez. Ce n'est pas aussi simple.

De sa main libre, il lui souleva le menton.

— Sinon, pourquoi brûlerais-je d'envie de poser mes mains sur vous chaque fois que nous sommes ensemble ?

Aussi légers qu'une plume, ses doigts descendirent le long de la gorge de Catherine.

— Je préférerais que vous arrêtiez, murmura-t-elle d'une voix à peine audible.

— De quoi ?

— De me toucher.

— Pourquoi ? demanda Trent en prenant sa main blessée pour la porter à ses lèvres.

— Cela me rend nerveuse.

Le regard de Trent se fit soudain plus sombre.

— Vous ne cherchez même pas à me provoquer.

— Parce que j'ignore comment m'y prendre.

Au même moment, il lui embrassa la joue, et Catherine en eut le souffle coupé.

— Chèvrefeuille..., chuchota-t-il en l'attirant à lui. J'adore ce parfum sur vous. Délicieux et sauvage.

Sa bouche chercha la sienne. Dans sa confusion, Catherine songea qu'elle était beaucoup plus tendre que lors de leur premier baiser. Puis, peu à peu, envahie par le feu du désir, elle perdit toute pensée rationnelle.

— Catherine, embrassez-moi.

Au lieu de repousser Trent, comme elle se l'ordonnait, elle noua les bras autour de son cou, et ses lèvres se fondirent dans les siennes.

Trent resserra son étreinte autour de la taille de la jeune femme. Il refusait de songer aux conséquences, aux règles morales, au code du savoir-vivre. Pour la première fois de sa vie, il souhaitait profiter sans arrière-pensée d'un moment divin. Des sensations délicieuses le parcouraient, annihilant toute volonté en lui.

Le feu crépita dans l'âtre. La pluie redoubla de violence. Les effluves épicés qui s'échappaient du pot-pourri de Lila embaumaient la cuisine.

Catherine n'avait plus aucune force. Les bras de Trent étaient trop forts et trop tendres pour qu'elle soit capable de résister. Toute sa vie, elle se souviendrait de cette bouche passionnée contre la sienne, ou de cette voix rauque qui murmurait son prénom. Cet instant, elle l'attendait depuis toujours.

Avec précaution, Trent rompit leur étreinte et s'écarta. Tandis qu'il l'observait, Catherine se passa la langue sur les lèvres, comme pour goûter une dernière fois son baiser. Ce geste acheva de bouleverser Trent.

— Pas d'excuses cette fois, chuchota-t-il.

— Non.

De nouveau, impulsivement, il s'empara de sa bouche.

— Oh, Catherine ! Je vous désire tant… J'ai… j'ai envie de faire l'amour avec vous !

— Oui…

— Quand ? Où ? l'implora-t-il en enfouissant son visage dans les cheveux de la jeune femme.

Emue, elle ferma les yeux.

— Je ne sais pas. Je ne peux pas penser.

Trent la couvrit de baisers fébriles.

— Ne pensez pas. Laissez-moi faire.

— J'ai du mal à imaginer que ce sera vous…, avoua Catherine.

En riant, elle se pressa contre lui.

— Je croyais que j'aurais peur la première fois, mais non. Pas avec vous.

— La première fois ?

Epouvanté, Trent ferma les yeux. La première fois ? Comment avait-il pu agir avec autant de légèreté ? Certes, il avait remarqué son manque d'expérience, mais il n'avait pas pensé une seconde qu'elle était aussi... innocente. Sinon il ne l'aurait pas courtisée ainsi, dans sa propre cuisine.

— Catherine...

— J'ai soif, gémit la voix d'Alex.

Le garçonnet, campé sur le seuil, les dévisageait d'un regard soupçonneux.

— Dites donc, vous deux, qu'est-ce que vous faites ? C'est vilain.

Il toisa Trent, d'homme à homme.

— Je ne comprends pas cette manie d'embrasser les filles.

— Tu verras quand tu seras grand. Je vais te donner un verre d'eau. Ensuite, j'aimerais parler à ta tante en privé.

— Encore des trucs.

— Quels trucs ? s'écria Amanda en entrant.

S'efforçant de paraître naturelle, Catherine versa du café dans une tasse et la tendit à sa sœur.

— Oh, rien.

— Ah, mes amis, quelle journée ! s'écria Amanda en attrapant un cookie.

Suzanna arriva quelques secondes plus tard, suivie de Lila. La cuisine se remplit de rires féminins, et Trent comprit que le moment de grâce s'était évanoui.

Mais quand il surprit le sourire que Catherine lui adressait, il comprit aussi que tout ne faisait que commencer.

6

C'était la première séance de spiritisme de Trent. Et il espérait que ce serait la dernière. Il avait bien tenté de s'y soustraire, prétextant qu'il s'agissait là d'une affaire familiale, mais Coco avait ri en lui tapotant la main.

— Pourquoi vous exclurions-nous ? D'autant qu'il est fort possible que les esprits choisissent de s'exprimer à travers vous.

Cette éventualité acheva de démoraliser Trent.

Dès que les enfants furent au lit, tout le monde prit place autour de la table de la salle à manger. Deux candélabres, juchés sur le haut du buffet, diffusaient une lumière irréelle, et les trois bougies qui trônaient au centre de la table projetaient des ombres mystérieuses sur les murs. Comme pour compléter le tableau, la tempête se déchaînait, au-dehors. La pluie tombait sans discontinuer. Les éclairs trouaient l'obscurité de la nuit tandis que le vent mugissait entre les fracas du tonnerre.

Coco ne portait pas de turban, comme Trent le

redoutait, ni de châle à franges. A son habitude, elle était habillée avec élégance.

— Posez vos mains à plat et formons le cercle, ordonna-t-elle d'un ton autoritaire.

Aussitôt, Catherine glissa la main dans celle de Trent, et Coco s'empara de l'autre. En face de lui, Amanda eut un sourire amusé en fermant le cercle entre Lila et Suzanna.

— Rassurez-vous, Trent. Les fantômes Calhoun ont toujours une conduite irréprochable en société.

— La concentration est essentielle, expliqua Lila. D'après les astres, cette nuit nous est très favorable.

Coco ferma les yeux et entama une sorte de monologue incantatoire.

— Chassons nos pensées profanes et ouvrons nos cœurs. Depuis quelque temps, je sens que ma grand-mère, la malheureuse Bianca, cherche à entrer en contact avec moi. Cette maison était sa résidence d'été, durant les dernières années de sa brève existence. Ce fut l'endroit où se scella son destin tragique, où elle rencontra l'homme qu'elle a aimé et qu'elle a perdu.

Elle s'interrompit, le temps de reprendre son souffle, et annonça :

— Nous sommes ici, grand-maman. Nous vous attendons. Nous savons que votre esprit ne connaît pas le repos.

— Est-ce qu'un esprit a un esprit ? demanda Amanda.

Cette question déplacée valut à son auteur un coup d'œil furibond.

— Chut ! murmura Suzanna.

Alors, on n'entendit plus que le timbre monocorde de la voix de Coco, le crépitement du feu et le mugissement du vent. Trent se sentit propulsé dans un monde inconnu. La main innocente de Catherine, étroitement liée à la sienne, le troublait.

A vrai dire, tout en elle le troublait. Elle ne ressemblait pas à Marla ni à aucune des femmes qu'il avait courtisées sans grande conviction au fil des années. En dépit de son caractère bien affirmé, de ses remarques acerbes, elle était pure et vulnérable. Et il en avait profité, d'une manière indigne.

Certes, ce n'était pas entièrement sa faute. Elle était belle et fascinante, et lui n'était qu'un homme, avec des désirs bien masculins.

Elle avait touché en lui quelque chose de secret et d'intime, une partie de lui-même qu'il s'était pourtant juré de garder inaccessible. Lorsqu'elle lui souriait ou qu'elle le menaçait du regard, il vibrait comme les cordes d'un violon.

Ses réactions étaient ridicules ! Ils vivaient sur deux planètes différentes. Et pourtant avec sa main tiède dans la sienne, il sentait une harmonie qu'il n'avait jamais connue avec qui que ce soit. En fermant les yeux, il se voyait assis à côté d'elle sous une véranda, en train de regarder les enfants jouer sur la pelouse, dans le parfum enivrant des roses et du chèvrefeuille.

Abasourdi par cette vision, il rouvrit brusquement les yeux. Que lui arrivait-il, bon sang ? L'atmosphère étrange qui régnait dans la salle à manger, l'orage qui se déchaînait au-dehors avaient à l'évidence une influence désastreuse sur son imagination. Il n'était pas homme à se satisfaire des joies paisibles de la famille. Seules les affaires le stimulaient. Et l'idée de s'attacher à une mécanicienne effrontée était absurde.

Soudain, un courant d'air froid le glaça jusqu'aux os. La flamme des chandelles vacilla.

— Elle est là ! chuchota Coco avec excitation. Elle est là !

Au comble de la joie, elle libéra ses mains et brisa la chaîne. Jamais l'esprit ne lui avait paru aussi présent. Elle se pencha vers Lila, en quête d'un soutien, mais sa nièce conserva ses paupières closes.

— Une fenêtre a dû s'ouvrir, dit Amanda, toujours prosaïque.

Alors qu'elle allait se lever pour vérifier, Coco s'interposa.

— Non. Restons assis. Ne bougeons pas. Elle est là, n'est-ce pas ?

Un peu effrayée, Catherine hocha la tête. Elle avait l'impression qu'une paume invisible enveloppait sa main jointe à celle de Trent. Bientôt, le froid se dissipa, remplacé par une chaleur bienfaisante. Ce qu'elle éprouvait était si réel qu'elle ne put s'empêcher de regarder par-dessus son épaule, certaine que quelqu'un se tenait derrière elle.

Mais il n'y avait que la lueur dansante des flammes et la farandole des ombres sur le mur.

— Elle est si perdue...

Catherine sursauta en se rendant compte que c'était elle qui venait de parler. Tous les regards convergeaient vers elle. Même Lila avait ouvert les yeux.

— Tu la vois ? murmura Coco.

— Non... non...

Comment expliquer ce qui se passait en elle ? Les yeux voilés de larmes, Catherine chuchota :

— Elle est si triste...

Cette incommensurable tristesse, Trent en sentait également la présence. Comme si un cœur brisé lui parlait. Balivernes ! songea-t-il malgré son trouble. Juste le pouvoir de la suggestion.

— Concentre-toi, adjura Coco. Laisse-la s'exprimer à travers toi.

De l'autre côté de la table, Lila sourit.

— Dis-nous ce que tu vois, ma chérie.

— Un collier, s'entendit répondre Catherine. Une double rangée d'émeraudes serties de diamants. Magnifiques. Eblouissantes. Elle les porte, mais je distingue mal son visage. Oh ! elle est si malheureuse...

— Le collier Calhoun, articula Coco.

Une bouffée d'air glacé traversa alors la pièce. La flamme des bougies vacilla de nouveau, et une bûche s'effrondra dans l'âtre. Puis, d'un coup, la tension disparut.

— Bizarre, bizarre, remarqua Amanda en se levant. Je vais arranger le feu.

De son côté, Suzanna étudiait Catherine avec un mélange d'inquiétude et de curiosité.

— Ça va, mon chou ?

— Oui.

La jeune femme s'éclaircit la gorge et jeta un bref coup d'œil du côté de Trent.

— Ce... ce doit être la tempête, chuchota-t-elle.

Une main posée sur le cœur, Coco laissa échapper un petit soupir.

— Après ces émotions, nous pourrions nous accorder un petit verre de brandy, non ?

Elle se leva en chancelant et se dirigea vers le buffet.

Elle revint vers la table avec une carafe et des petits verres de cristal.

— Tante Coco, lui demanda Catherine, quel est ce collier dont... j'ai parlé ?

— Les émeraudes. Depuis longtemps, il y a une légende qui court dans la famille. Vous en connaissez une partie — l'amour fatal de Bianca pour un autre homme et sa mort tragique. Il est temps que je vous raconte le reste.

Amanda plongea les lèvres dans son verre.

— Toi, tu as gardé un secret ? remarqua-t-elle d'un ton un rien moqueur. Alors, là, tu m'étonnes...

— J'attendais le moment propice. D'après la rumeur, l'amoureux de Bianca était peintre. A l'époque, il y avait toute une colonie d'artistes sur l'île. Elle l'aurait rencontré au cours d'une des nombreuses absences de Fergus. Elle était beaucoup plus jeune que son mari, et on la disait très belle. Mais comme Fergus a détruit toutes ses photos, après sa mort, nous n'avons aucun moyen de vérifier.

— Pourquoi a-t-il fait une chose pareille ? demanda Suzanna.

Coco haussa les épaules.

— Le ressentiment.

— Plutôt la rage, intervint Lila.

— Peu importe, éluda Coco après avoir bu une gorgée de brandy. Il a détruit tout souvenir d'elle, et les émeraudes ont été perdues. Il lui avait offert ce collier à la naissance d'Ethan, son fils aîné. Et mon père, précisa-t-elle à l'intention de Trent. Comme celui-ci n'était qu'un enfant à la mort de Bianca, les événements n'ont donc jamais été très clairs dans son esprit. Mais sa gouvernante, qui a conservé une loyauté absolue envers sa maîtresse, lui a raconté certaines choses. Et notamment, qu'elle portait souvent cette rivière d'émeraudes qu'elle n'aimait pas.

— Pour se punir, décréta Lila. Et comme talisman.

Elle sourit à sa tante.

— Oh ! je connaissais l'existence de ce collier depuis des années ! Je l'ai vu, tout comme Catherine ce soir. La parure comprenait aussi des boucles d'oreilles assorties.

— Tu inventes ! lui lança Amanda.

— Pas du tout ! répliqua Lila avec un mouvement impatient. Ai-je raison, Catherine ?

Gênée, la jeune femme regarda sa tante.

— Oui. Qu'est-ce que tout cela signifie ?

— Je ne suis pas vraiment sûre, mais il semblerait qu'elle attache toujours de l'importance à ces pierres précieuses. Après sa mort, elles ont disparu. On pense que Fergus les a jetées dans l'océan.

Lila secoua la tête.

— Impossible. Cet auguste personnage n'aurait jamais jeté un sou dans la mer — alors, des joyaux !

— Eh bien…

Malgré sa répugnance à juger aussi durement son grand-père, Coco fut obligée d'acquiescer.

— Il est exact qu'il avait la manie de compter.

— Quel euphémisme ! s'exclama Amanda. En fait, il n'avait rien d'un philanthrope. Mais alors, qu'est devenu ce bijou ?

— Ma chérie, c'est le mystère le plus complet. La gouvernante a dit à mon père que Bianca, alors qu'elle était sur le point de quitter Fergus, avait rassemblé tous ses trésors dans une boîte.

— Et au lieu de s'enfuir, elle est morte, murmura Catherine.

— Oui. D'après la légende, la boîte est cachée quelque part dans la maison.

— Ici ? s'écria Suzanna. Crois-tu vraiment qu'un trésor ait pu rester dissimulé ici pendant quatre-vingts ans, sans que personne l'ait découvert ?

— La demeure est immense, souligna Coco. Sans parler du jardin. Elle aurait pu l'enterrer dans les massifs de roses.

— A condition que le collier ait existé, objecta Amanda.

— Il existe ! affirma Lila. Et je pense que Bianca veut que nous le retrouvions.

Les arguments et les suggestions commencèrent à fuser de tous les côtés et, bientôt, Trent leva la main pour interrompre le brouhaha.

— Mesdames, mesdames… Je sais que ceci est une affaire de famille, mais puisque vous m'avez invité à participer à cette… euh, expérience, je me sens dans l'obligation de modérer votre enthousiasme. Avec le temps, les légendes sont souvent déformées. En admettant qu'il y ait bien eu un collier, n'est-il pas plus plausible que Fergus l'ait vendu après la disparition de sa femme ?

— S'il était caché, il ne pouvait pas le vendre, objecta Lila.

— Pensez-vous vraiment que votre lointaine parente ait enterré son trésor dans le jardin, ou qu'elle l'ait dissimulé derrière une pierre ?

Un regard circulaire indiqua à Trent que son scepticisme n'était pas partagé. Il secoua la tête.

— C'est une histoire à dormir debout qui ferait les délices d'Alex et Jenny, mais vous... En outre, vous n'avez pas la moindre preuve de l'existence de cette parure d'émeraudes.

— Je l'ai vue ! protesta Catherine, malgré un sentiment de ridicule.

— Vous l'avez imaginée, corrigea Trent. Réfléchissez. Il y a quelques minutes, six adultes réunis autour de cette table invoquaient les esprits. Il n'y a rien à dire si ce divertissement reste du domaine du folklore, mais vous n'allez pas prendre au sérieux les messages de l'au-delà...

Bien sûr, il garda pour lui le fait que, pendant un instant, ses certitudes rationnelles avaient été quelque peu ébranlées.

Sans un mot, Lila se leva et sortit d'un des tiroirs du buffet un bloc et un crayon. Puis elle se rassit et commença à dessiner.

— Je respecte votre opinion, Trent, mais je suis convaincue que le collier existe bel et bien.

— A cause des racontars d'une gourvernante.

— Non, à cause de Bianca, répondit Lila.

Elle tendit le bloc à sa jeune sœur.

— C'est ça que tu as vu ce soir ?

Catherine contempla le croquis d'une double rangée d'émeraudes enchâssées dans une monture en brillants, le tout rehaussé d'une splendide émeraude montée en pendentif.

— Oui. C'est bien ça.

Trent étudia l'esquisse. Si un tel bijou n'était pas une chimère, il valait une fortune.

— Oh ! mon Dieu ! murmura Coco quand le bloc atterrit sous ses yeux.

A son tour, Amanda jeta un regard aigu sur le dessin avant de le passer à Suzanna.

— Trent n'a pas complètement tort, remarqua Amanda. Il n'est pas envisageable de démolir la maison pierre par pierre. Et d'abord, peut-on se fier aux phénomènes paranormaux ?

Lila se contenta de soupirer.

— Il nous faut une preuve, renchérit Suzanna. Même au début du siècle, un bijou pareil a dû coûter une somme folle. Il doit y en avoir une trace quelque part. Surtout s'il a été revendu.

— Si je comprends bien, gémit Lila, nous allons passer notre dimanche à compulser des montagnes de vieux papiers.

Catherine n'essaya même pas de chercher le sommeil. Elle enfila sa robe de chambre en flanelle et quitta sa chambre. En traversant le couloir, elle entendit le murmure d'une radio — les informations de la nuit — qui filtrait sous la porte d'Amanda, et le son d'un sitar lorsqu'elle dépassa celle de Lila. Elle poursuivit son chemin et frappa à celle de Trent.

Lorsqu'il entrebâilla la porte, la veste de pyjama ouverte et les yeux ensommeillés, elle eut un léger frisson.

— Catherine ?

— Il faut que je vous parle. Je peux entrer ?

Trent hésita. Comment se comporter en homme raisonnable lorsque même une robe de chambre en flanelle devient érotique ?

— Il vaudrait mieux attendre demain matin.

— Impossible.

L'estomac de Trent se contracta. Mais, songea-t-il, le plus vite il s'expliquerait, le mieux ce serait. Il s'effaça pour laisser Catherine entrer et referma la porte.

— Voulez-vous vous asseoir ?

— Merci, je... je me sens trop nerveuse.

Elle s'avança vers la fenêtre et regarda par la vitre.

— Je suis contente que la pluie ait enfin cessé de tomber. Suzanna s'inquiétait pour ses fleurs...

Interrompant ces propos anodins, elle pivota et demanda soudain :

— Trent, il faut que je connaisse votre véritable opinion sur la soirée.

— La soirée ? demanda prudemment Trent.

— Oui, sur la séance de spiritisme... Oh ! j'ai l'air d'une sotte en vous parlant de ça ! Trent... je dois savoir. Avez-vous ressenti quelque chose d'anormal ?

Il prit les mains tremblantes qu'elle lui tendait.

— Je ne vois pas ce que vous voulez dire.

— Oh ! je vous en prie ! s'impatienta Catherine. Soyez honnête avec moi. C'est important...

— D'accord. Mais d'abord, j'aimerais que vous me disiez ce que vous avez ressenti, vous.

— Eh bien, tout à coup, l'air est devenu glacial. Puis j'ai eu l'impression que quelque chose ou quelqu'un se tenait à la fois derrière nous et entre nous deux. J'ai été surprise, pas effrayée. Nous nous tenions par la main, comme en ce moment, et...

De ses grands yeux verts, Catherine supplia Trent de continuer. A contrecœur, il poursuivit :

— Une main invisible s'est posée sur les nôtres.

— Oui, murmura la jeune femme en fermant les yeux. C'est exactement cela.

— Nous avons eu la même hallucination..., commença Trent.

Elle l'interrompit en riant.

— Non, je vous en prie, épargnez-moi vos explications rationnelles. Je sais que ça signifie quelque chose d'important. *Je sais*, Trent.

— Le collier ?

— Ce n'est qu'une partie. Pas l'essentiel. Tôt ou tard, nous découvrirons la vérité sur cette légende. Mais ça, c'était comme... comme une bénédiction.

— Catherine...

Le visage transfiguré, elle lui caressa la joue.

— Je vous aime, Trent. Et rien dans ma vie n'a jamais été aussi authentique que cet amour.

Il demeura coi. Il était partagé entre l'envie de la repousser avec douceur, et le désir de la serrer contre lui pour que cet instant unique dure à jamais.

— Catherine...

Déjà, elle était dans ses bras. Ils s'étaient ouverts comme s'ils étaient doués d'une volonté propre. La chaleur de Catherine se répandit en lui comme une drogue.

— Je l'ai su dès que vous m'avez embrassée la première fois, lui confia-t-elle. Je le refusais et puis, tout à coup, j'ai senti que ma vie était transformée. Embrassez-moi encore, Trent. Embrassez-moi maintenant.

Incapable de résister à cet appel, il s'empara de sa bouche. Son être brûlait de passion. Et Catherine était si délicieusement abandonnée contre lui qu'il n'aurait pu refuser le don qu'elle lui faisait.

Elle glissa les mains sous sa veste de pyjama et savoura le plaisir des muscles de Trent sous ses doigts. Ils avaient la fermeté et la force qu'elle attendait.

Insatiable, il parcourait son visage et son cou de baisers ardents. Des effluves de chèvrefeuille lui montaient à la tête. Laissant échapper de petits gémissements, Catherine se cambra en arrière, amoureuse et offerte. Fou de désir, Trent écarta les pans de sa robe de chambre et découvrit avec stupeur et ravissement qu'elle était nue.

Bonheur. Espoir. Amour. En même temps que ces sentiments submergeaient son cœur de leur évidence, une terreur insidieuse vint ternir leur éclat.

Le souffle court, il recula. La robe de chambre de Catherine glissa alors sur une de ses épaules. Déjà, malgré lui, Trent y avait posé les lèvres, goûtant sa saveur et sa douceur.

— Voulez-vous que je reste ce soir ?

— Oui... non, balbutia Trent.

Non, elle ne devait pas rester. Et pourtant, la tenir à distance était la chose la plus cruelle qu'il pouvait s'infliger.

— Catherine... je n'ai pas été sincère avec vous. Tout a été si vite...

Désemparé, fiévreux, il laissa échapper un long soupir.

— Oh ! mon Dieu ! Vous êtes si belle. Non... il ne faut pas. Nous devons parler.

— Mais nous l'avons fait, protesta faiblement Catherine.

Si elle continuait à le regarder ainsi, songea Trent, il allait perdre la tête.

— Je n'ai pas été assez clair. Si j'avais su que… vous étiez innocente, je n'aurais pas… enfin, j'espère que j'aurais été plus prudent. A présent, je ne puis qu'essayer de réparer.

— Je ne comprends rien à ce que vous me dites, Trent.

— Et c'est justement là le problème, déclara-t-il en s'écartant. Je suis très attiré par vous, Catherine, c'est une évidence. Mais je regrette de vous l'avoir montré.

Envahie d'un froid soudain, Catherine noua la ceinture de sa robe de chambre.

— Vous êtes troublé parce que je n'ai pas d'expérience avec les hommes, c'est ça ?

— Troublé n'est pas le terme exact. Il y a des règles, vous savez.

Elle continua à le dévisager, sans mot dire.

— Catherine, une jeune femme comme vous mérite davantage que ce que je peux vous donner.

— C'est-à-dire ?

— Un serment. Un avenir.

— Le mariage.

— Oui.

Sous le coup de la colère, le visage de Catherine se vida de tout son sang.

— Vous croyez que ma présence ici fait partie des plans de tante Coco ?

— Non. Evidemment que non.

— Bien, dit Catherine en faisant un effort pour se détendre. Tout n'est pas négatif, alors.

— Je sais que vos sentiments sont sincères — sans doute exagérés, mais vrais. Je suis fautif. Si tout n'était pas arrivé si vite, je vous aurais expliqué que je n'ai pas l'intention de me marier. Jamais. Je ne pense pas qu'un homme et une femme puissent se montrer loyaux l'un envers l'autre, ni être heureux ensemble toute leur vie.

— Pourquoi ?

Médusé, Trent écarquilla les yeux.

— Pourquoi ? Eh bien, tout simplement parce que ça ne marche pas. Mon père est abonné aux mariages et aux divorces. Sa vie conjugale ressemble à un interminable match de ping-pong. La dernière fois que j'ai reçu des nouvelles de ma mère, elle se mariait pour la troisième fois. Désolé, Catherine, mais je ne vois pas comment on peut échanger des serments en sachant qu'ils seront rompus ensuite. Et le problème, c'est que j'éprouve un sentiment pour vous.

— Pas assez fort…

Assez puissant, toutefois, pour lui briser le cœur, songea Catherine avec amertume.

— Bien, reprit-elle, je suis contente que nous ayons dissipé le malentendu.

Avec une démarche de somnambule, elle se dirigea vers la porte.

— Bonsoir.

Trent la retint par l'épaule.

— Catherine.

— Ne vous excusez pas ! lui lança-t-elle d'une voix tendue. Ce n'est pas nécessaire.

Désemparé, Trent se rendit compte qu'il aurait préféré la colère, les insultes, à la triste mélancolie qu'il lisait dans les yeux de Catherine.

— Allez-y, bon sang ! Dites ce que vous pensez de moi ! Insultez-moi...

— On ne répond pas à la sincérité par des insultes, répliqua-t-elle en faisant volte-face. Je suis juste désolée pour vous...

La main de Trent retomba. Catherine redressa la tête. Derrière la souffrance, se dressait le rempart de la fierté.

— Vous me rendez d'une main polie quelque chose que vous n'aurez plus.

Sur ces paroles, elle quitta la pièce.

Il y avait une réception, ce soir. J'ai passé une partie de la journée à remplir la maison de fleurs et de lumières. Fergus est toujours heureux lorsque je supervise les préparatifs. Je me suis demandé s'il avait remarqué ma distraction, ces derniers temps, mes promenades de plus en plus fréquentes le long de la falaise, ou les heures que je passe dans la tour à rêver d'amour. Il semble que non.

Les Greenbaum, les McAllister, les Prentise étaient là. Toutes les personnes qui ont l'heur de plaire à Fergus assistaient à la soirée. La salle de bal était garnie de gardénias et de roses rouges. Pour l'occasion, Fergus avait engagé un orchestre de New York, et la musique était excellente. Comme à son habitude, Sarah McAllister a bu trop de cham-

pagne. Son rire perçant m'a crispée, jusqu'à ce que le souper soit servi.

Ma nouvelle robe dorée a été un succès et m'a valu une jolie série de compliments. J'ai remarqué qu'Ira Greenbaum ne quittait pas des yeux ma rivière d'émeraudes, pendant que je dansais. Ces bijoux me donnent l'impression d'être une prisonnière avec ses fers au cou.

Comme je suis injuste ! Ils sont magnifiques et je les possède uniquement parce que je suis la mère d'Ethan.

Durant la soirée, je me suis échappée pour aller dans la nursery. Ethan s'est réveillé et m'a demandé en bâillant si je lui avais apporté une tranche de gâteau.

Il ressemble à un ange quand il dort. Comme son frère et sa sœur. Mon amour pour eux est si fort, si profond que je me demande pourquoi je n'arrive pas à transférer un peu de cette affection sur leur père.

Sans doute la faute m'en incombe-t-elle. Après les avoir embrassés, je suis redescendue en souhaitant avec désespoir pouvoir courir vers les falaises, au lieu de retourner rire et danser avec les invités de Fergus.

Mais je ne dois pas aller là-bas. Mon devoir est de retrouver mon mari. J'ai donc dansé avec lui, le cœur aussi froid que les pierres précieuses qui ornent mon cou. J'ai souri lorsqu'il m'a félicitée sur mes talents d'hôtesse. Tandis que nous valsions en musique, ses yeux exploraient le salon, en quête de regards d'envie ou d'admiration.

J'aurais voulu crier : « Fergus, pour l'amour du ciel, regarde-moi, séduis-moi. La crainte et le respect ne suffisent pas. Fais-toi aimer de moi. Sauve notre union. »

Mais je me suis tue. Lorsqu'il m'a dit d'un ton impérieux qu'il n'était pas nécessaire que je danse avec Cecil Barkley, j'ai acquiescé.

A présent, la maison est silencieuse et je songe à ma prochaine rencontre avec Christian.

Oh ! mon Dieu ! Que vais-je devenir ?

7

Assise en tailleur, Catherine se trouvait au beau milieu d'un océan de papiers. A quelques mètres, Amanda détaillait et classait avec méthode le contenu de plusieurs cartons.

— Ce travail aurait dû être fait depuis des siècles, soupira-t-elle.

— Tu veux dire qu'il aurait fallu jeter tout ça au feu !

D'un geste machinal, Amanda rajusta ses lunettes.

— Non. Certaines de ces archives sont fascinantes et méritent d'être conservées. Les entasser pêle-mêle dans des boîtes n'est pas une bonne façon de sauvegarder la mémoire familiale.

— Parce que, d'après toi, une recette de confiture de groseilles est un fait marquant de l'histoire des Calhoun ?

— Tante Coco estime que oui. Cela va dans le dossier Cuisine. J'ai même créé une sous-partie Recettes.

Catherine agita une feuille, puis dissipa le nuage de poussière qu'elle avait provoqué.

— Et une facture pour six paires de gants blancs d'enfant et une ombrelle de soie bleue ?

— Habillement. Attention à l'ordre chronologique… Hmm, intéressant. Je viens de tomber sur un des bulletins d'école primaire de tante Coco. Je te lis : « Cordelia est une enfant très sociable. Cependant, elle a tendance à être dans la lune et a des difficultés à terminer ses devoirs. »

— C'était une information exclusive de notre envoyée spéciale, Amanda Calhoun ! commenta Catherine sur le ton d'une présentatrice de journal télévisé.

Avec un soupir, elle se redressa pour détendre les muscles de son dos et tourna la tête vers la fenêtre du grenier. Les rayons d'un magnifique soleil traversaient les vitres opacifiées par une épaisse couche de saleté. Amanda tapa du pied avec impatience.

— Où diable est Lila ? maugréa-t-elle. Suzanna est au théâtre avec les enfants, mais Lila était réquisitionnée.

— Elle va venir, murmura Catherine.

— Oui, quand tout sera fini.

Alors qu'elle se penchait sur une nouvelle liasse de papiers, Amanda éternua.

— Jamais je n'ai vu quelque chose de plus dégoûtant.

— Les vieux papiers respirent toujours la poussière. C'est presque un pléonasme.

— Non, je parle des écrits du grand-oncle Sean. Ecoute plutôt : « Il y avait une jeune femme du Maine, dont la poitrine rendait fous les indigènes. Ils… » Hum ! Je te passe la suite, ça sombre carrément dans le pornographique !

Devant le silence de sa sœur, Amanda leva les yeux.

— Ça va, mon chou ?

— Hein ? Oh… oui.

— C'est vrai ce mensonge ? Tu as la tête de quelqu'un qui n'a pas fermé l'œil de la nuit.

Catherine haussa les épaules et se replongea dans sa lecture.

— Cette séance de spiritisme m'a anéantie, avoua-t-elle.

— Moi aussi. Jusque-là, j'avais toujours trouvé qu'il y avait une atmosphère particulière dans la tour de Bianca. Je pensais que c'était le fait de savoir qu'elle s'était jetée dans le vide. Mais la nuit dernière…

Elle frissonna et serra frileusement ses bras contre elle.

— Je sais que tu as vraiment vu quelque chose.

— Le collier existe, Amanda.

— Existe ou existait ? J'aimerais quand même bien avoir une preuve concrète en main.

— Il est quelque part, assura Catherine. Je ne pense pas que j'aurais pu le voir s'il avait été mis en gage ou jeté dans l'océan. Je sais que ça peut paraître loufoque mais, à mon avis, Bianca désire que nous le trouvions.

Avec un soupir résigné, Amanda se laissa aller contre le dossier de sa chaise, qui émit un grincement de protestation.

— Et le plus cocasse, sœurette, c'est que je pense la même chose. Pourvu que personne à l'hôtel n'apprenne que j'occupe mes loisirs à chercher un vieux trésor, sur les injonctions de feu mon arrière-grand-mère… Oh !

— Tu as trouvé quelque chose ? demanda Catherine en se levant d'un bond.

— Non, non, juste un vieil agenda, daté de 1912. L'encre a un peu jauni. L'écriture est déliée, élégante.

C'est celle d'une femme cultivée. De Bianca, selon toute probabilité. Ecoute ça : « Envoyer invitations. » La liste des invités suit. Ouah ! Quelle réception ! Les Prentise y assistaient. Je parie qu'il s'agit de ceux qui habitaient Prentise Hall, une des villas incendiées en 1947.

— « Parler des roses au jardinier, lut Catherine par-dessus l'épaule de sa sœur. Dernière séance d'essayage de la robe du soir en faille dorée. Rencontre avec Christian à 15 heures. » Christian ?

Elle posa une main nerveuse sur l'épaule d'Amanda.

— Est-ce qu'il s'agit de son artiste ?

— Devine ! Oh ! tiens, ici : « Réparation du fermoir et de la monture des émeraudes » ! Peut-être le fameux collier…

— Ça doit être ça.

— Nous n'avons toujours pas de factures.

D'un regard empli de lassitude, Catherine contempla les monceaux de papiers qui s'entassaient autour d'elles.

— Autant chercher une aiguille dans une botte de foin.

— Nos chances augmentent chaque fois que nous éliminons un carton, remarqua Amanda avec son habituel pragmatisme.

— Mandy, aurons-nous le temps ? C'est un travail de bénédictin.

— N'exagère rien. Cela fait tout juste deux heures que nous explorons ces cartons.

— Ce n'est pas ce que je veux dire. Même si nous trouvons la facture, il restera à chercher le collier. Ça peut prendre des années. Or il va falloir vendre, n'est-ce pas ?

— Nous discuterons de ce sujet demain soir, lors du conseil de famille.

Troublée, Amanda ébouriffa les cheveux de sa sœur cadette.

— Ecoute, pourquoi n'irais-tu pas faire une sieste ? Tu es exténuée.

— Non, répondit Catherine d'un ton sec.

Elle se leva et se mit à marcher de long en large.

— Je préfère m'occuper l'esprit. Sinon, je risque d'étrangler quelqu'un…

— Trent, par exemple ?

— Eh bien, oui… Enfin, non…

Avec un soupir, elle enfouit les mains dans ses poches.

— En fait, il n'est pas responsable de ce gâchis.

— De quoi parlons-nous ? De la maison ?

Découragée, Catherine s'assit de nouveau par terre.

— J'ai décidé que tous les hommes étaient stupides, égoïstes et superficiels.

— Tu es amoureuse de lui, murmura Amanda.

— Touché ! lança sa sœur avec un sourire affligé. Et pour t'épargner la prochaine question, non, il ne partage pas mes sentiments. Il n'a aucune intention de fonder une famille et il est navré de ne pas m'avoir prévenue avant que je commette l'erreur de tomber amoureuse de lui.

— Je suis désolée, ma chérie…

Amanda retira ses lunettes et s'assit à côté de sa sœur.

— Je devine combien tu souffres. Mais tu ne le connais que depuis quelques jours. L'engouement…

— Non, ce n'est pas un béguin.

D'un geste machinal, Catherine avait plié la recette de confiture pour en faire un petit avion de papier.

— J'ai découvert que tomber amoureuse n'était pas une question de temps. Cela peut t'arriver à tout instant, sans prévenir…

— Je ne suis pas experte sur ce chapitre, reconnut Amanda en lui passant le bras sur les épaules. Par chance, je n'ai jamais eu à me soucier de ça.

Elle s'interrompit une seconde, les sourcils froncés.

— S'il t'a blessée, reprit-elle d'un ton menaçant, nous lui ferons regretter d'avoir croisé une Calhoun !

— La proposition est tentante. Mais c'est moi qui me suis blessée moi-même. Retournons travailler.

Elles venaient à peine de reprendre que Trent fit son entrée à l'improviste. En regardant Catherine, il eut l'impression d'affronter un bloc de glace. Il se tourna vers Amanda et rencontra un peu moins d'hostilité.

— Je venais vous proposer mon aide.

Amanda glissa un coup d'œil vers sa sœur et nota son mutisme. « Une arme très efficace », jugea-t-elle.

— C'est très gentil à vous, Trent. Mais c'est une affaire de famille.

— Laisse-le, intervint Catherine sans lever la tête. Il sera dans son élément.

D'un mouvement négligent, Amanda lui désigna un fauteuil.

— Vous pouvez vous installer ici. On range les documents par thèmes et par années.

— Parfait.

Trent prit place à la table et se mit au travail, dans un silence glacial.

— Voilà une facture, annonça-t-il au bout de quelques instants.

Comme aucune des deux sœurs ne réagissait, il précisa :

— Pour la réparation d'un fermoir.

— Montrez-moi ça !

Le temps que Catherine les rejoigne, Amanda s'était déjà emparée du papier.

— Aucune précision sur le collier, marmonna-t-elle, déçue.

Catherine désigna la date qui figurait au haut de la feuille.

— Oui, mais la date est bonne, regarde : 16 juillet 1912.

— Aurais-je raté un épisode ? demanda Trent.

— Nous avons trouvé l'agenda de Bianca de cette année-là, expliqua Amanda. Elle mentionne que le fermoir de ses émeraudes a été réparé.

— Alors, ce doit être ce que vous cherchez…

Ses yeux se fixèrent sur Catherine, mais ce fut Amanda qui répondit.

— C'est déjà une satisfaction de savoir que le collier Calhoun existait bel et bien en 1912, mais nous n'avons pas le moindre indice sur ce qui lui est arrivé par la suite.

Elle mit la facture de côté.

— Poursuivons nos recherches.

Au même instant, la voix de Lila se fit entendre dans l'escalier :

— Amanda ! Téléphone !

— Dis que je rappellerai !

— C'est l'hôtel. C'est urgent, paraît-il.

— Oh ! la barbe !

Amanda ôta ses lunettes et fixa Trent avec méfiance.

— Je reviens dans deux minutes, lui indiqua-t-elle.

Il attendit que le bruit de ses pas dans l'escalier se soit éloigné pour remarquer :

— Elle est très maternelle.

— Nous nous soutenons mutuellement.

— Je l'avais noté. Catherine…

Devant le regard acéré de la jeune femme, Trent s'interrompit.

— Oui ?

— En fait, je… je voulais m'assurer que vous alliez bien.

— Dans quel sens ?

Elle avait de la poussière sur le visage. Trent mourait d'envie de le lui dire, de la voir sourire. Et de l'entendre rire tandis qu'elle se frotterait la joue.

— Après ce qui s'est passé la nuit dernière… J'ai senti combien vous étiez bouleversée lorsque vous avez quitté ma chambre.

— En effet, reconnut Catherine en s'emparant d'un nouveau document, je n'aurais pas dû vous faire une telle scène. C'est à moi de m'excuser, cette fois. Cette séance de spiritisme m'a perturbée.

« Pas seulement l'esprit, songea-t-elle en silence. Mais aussi le cœur. »

— Je me suis comportée comme une idiote.

— Non, voyons, rétorqua Trent avec un calme déconcertant. Bien sûr que non. Vous… vous avez dit que vous m'aimiez.

— Pourquoi ne pas mettre ça sur le compte de l'atmosphère insolite de la soirée ?

En effet, cette proposition était raisonnable. Pourtant, elle donna à Trent un douloureux sentiment d'abandon.

— Vous ne le pensiez pas ?

— Trent, nous ne nous connaissons que depuis quelques jours...

— Cependant, vous sembliez si... désespérée, quand vous êtes partie.

— Regardez-moi, Trent. Ai-je l'air accablée, aujourd'hui ?

— Non... Non, mais vous...

— Très bien. Alors, tournons la page. Ce sera mieux pour nous deux.

« C'était bien là ce que tu voulais ? » songea Trent. Le cerveau vide, il se leva.

— Oui, dit-il simplement.

— Si vous descendez, vous seriez gentil de demander à Lila de monter du café.

— Entendu.

Catherine attendit un long moment après que Trent fut parti. Puis, quand elle fut certaine qu'il était loin, elle enfouit son visage dans ses mains et se mit à pleurer.

Une fois dans sa chambre, Trent sortit de sa serviette un dossier en souffrance et se mit au travail.

A peine dix minutes plus tard, il regardait distraitement par la fenêtre. Il se reprocha aussitôt sa distraction, attrapa un stylo et tâcha de se concentrer. Mais après avoir relu trois fois le premier paragraphe, il comprit qu'il n'y parviendrait jamais. Il se leva avec brusquerie et se mit à arpenter la pièce comme un lion en cage.

Cette situation était ridicule ! Il avait travaillé sans aucun problème dans des chambres d'hôtel plus anonymes les unes que les autres, à travers le monde entier. Et ici, il disposait d'un agréable bureau, d'une cheminée dans laquelle il pourrait allumer un feu. Il n'y avait vraiment aucune raison pour qu'il soit incapable de se concentrer durant une heure pour vérifier les termes d'un contrat…

En fait, si, il y avait une raison. Il ne pouvait libérer son esprit de l'image de Catherine, pieds nus, dans sa robe de chambre de flanelle grise. Il revoyait ses yeux brillants, son sourire enchanteur. Et cette vision lui causait une indicible douleur dans la région du cœur.

L'explication de cette douleur était simple : la culpabilité. Il se sentait coupable parce qu'il avait blessé Catherine. Oui, il l'avait blessée comme jamais encore il n'avait blessé aucune autre femme. Son accueil glacial dans le grenier était d'ailleurs là pour le prouver.

Et s'il retournait lui parler ? La main sur le bouton de la porte, Trent se ravisa. De nouvelles justifications ne feraient qu'aggraver les choses. Certes, il avait sa mauvaise conscience à soulager, mais ce n'était pas une raison pour imposer de nouveau à Catherine une position gênante.

De plus, de toute évidence, elle se remettait mieux que lui des événements de la veille.

Irrité, Trent décida qu'un peu d'air lui ferait le plus grand bien. Il attrapa sa veste et sortit de la maison.

Machinalement, il se dirigea vers les falaises. Il

descendit le sentier escarpé et longea la pente abrupte qui surplombait la mer. Un vent vif lui mordait le visage. Le ciel était gris et nuageux, et les fleurs sauvages qui poussaient avec témérité entre les rochers ployaient sous les bourrasques de vent.

Trent, qui marchait le dos voûté, s'arrêta soudain pour contempler la mer — reprenant sans le savoir l'attitude d'un peintre qui, trois décennies plus tôt, avait posé son chevalet au même endroit.

Le paysage qui s'offrait à lui était grandiose. Un chaos de rochers roses et gris, battus sans relâche par le vent et les vagues, et voilés par des lambeaux de brume. Plus loin, l'immensité de la mer, noire et tourmentée.

Alors qu'il s'imprégnait de cette beauté sauvage, Trent eut un sentiment de manque. Il aurait aimé qu'elle soit avec lui. Catherine aurait souri, songea-t-il. Oui, elle aurait souri en se mettant face au vent, en inspirant à fond l'air chargé d'embruns. Si elle s'était trouvée là, à son côté, Trent n'aurait pas éprouvé cette impression de solitude.

D'un mouvement instinctif, il tourna la tête. Comme si Catherine avait pu entendre son appel silencieux et courait à sa rencontre... Mais il n'y avait rien d'autre que le vent et cette nature sauvage. Pourtant, le sentiment d'une autre présence persistait. Pendant un bref instant, il avait même cru reconnaître le parfum du chèvrefeuille.

Son imagination lui jouait des tours! songea-t-il en repoussant d'une main tremblante une mèche de cheveux. Puis il entendit un bruit de sanglots, à peine perceptible, porté par le vent. Aussitôt, il tendit l'oreille pour distinguer d'où venaient les pleurs.

Etait-il la proie d'une hallucination ? Non. Les gémissements étaient bien réels. Poussé par une nécessité impérieuse, Trent dégringola la pente abrupte. Le fracas de quelques pierres roulant à côté de lui le ramena à la réalité.

A quoi jouait-il, bon sang ? Comptait-il jouer les alpinistes et descendre cette falaise pour poursuivre un fantôme ? C'était ridicule ! S'efforçant au calme, il scruta les environs pour trouver la preuve qu'il n'avait pas rêvé.

Il venait juste de rebrousser chemin lorsque des cris plaintifs se firent de nouveau entendre. Pas des cris. Des aboiements. Qui venaient du bas. En se penchant, Trent explora un monticule de rochers et découvrit entre deux blocs de pierre un adorable chiot.

Soulagé, il se mit à rire. Il n'était donc pas devenu fou. Tandis qu'il allongeait la main, le chiot apeuré essaya de reculer au fond de sa cachette. Les yeux terrifiés, il fixait Trent en tremblant de tous ses membres.

Avec d'infinies précautions, Trent le souleva et le nicha au creux de son bras.

— Ne crains rien. Tout va bien maintenant. Je ne vais pas te faire de mal.

D'un doigt hésitant, il lui caressa la tête, entre les deux oreilles. Aussitôt en confiance, le chiot se mit à lui lécher la main.

— Je me doute que tu dois te sentir un peu seul. Moi aussi, pour tout te dire. En tout cas, je ne vais pas t'abandonner ici. Nous allons rentrer ensemble à la maison.

Il logea son protégé à l'intérieur de sa veste et reprit son ascension. Lorsqu'il fut à mi-chemin, il leva les yeux vers le sommet de la falaise. Curieusement, il eut la certitude qu'il n'aurait jamais dû entendre les gémissements du chiot. La distance et les rafales de vent auraient dû les étouffer. Pourtant, il avait entendu... quelque chose et avait fini par découvrir le petit animal perdu.

— Bizarre...

Perplexe, il continua son ascension et prit la direction du manoir. En remontant l'allée du jardin, il songea brusquement à la manière dont il allait bien pouvoir présenter son nouvel ami à ses hôtesses. Avait-il le droit de leur imposer la présence d'un animal ?

Tandis qu'il hésitait sur la conduite à adopter, Catherine sortit de la maison.

— Nous n'avons plus de lait, lui expliqua-t-elle en boutonnant son blouson de jean. Avez-vous besoin de quelque chose ? Je vais au village.

« De la nourriture pour chien », pensa aussitôt Trent, avant de s'éclaircir la gorge.

— Non, merci. Je... euh...

Le chiot remua contre sa chemise.

— Et vos recherches ? demanda-t-il en s'efforçant d'avoir l'air naturel.

— Nous avons trouvé deux ou trois choses intéressantes, mais rien qui nous dise où se trouve le collier.

Le découragement de Catherine se changea en curiosité quand elle remarqua les curieuses ondulations qui déformaient la veste de Trent.

— Tout va bien ?

— Oui… Je me suis promené.

— Bien, bien, bien, fit Catherine, de plus en plus intriguée par le comportement de Trent. Tante Coco est en train de préparer le repas.

— Merci.

La jeune femme avait fait quelques pas pour s'éloigner lorsqu'un cri aigu la stoppa dans son élan.

— Pardon ? lança-t-elle en se retournant.

— Rien.

Trent laissa échapper un gloussement involontaire. Le chiot, qui remuait comme un diable, lui chatouillait à présent les côtes.

— Ça va ? demanda encore Catherine.

Au même moment, le petit chien passa son museau dans l'entrebâillement de la veste de Trent, lequel esquissa un sourire candide.

— Oui, oui.

Oubliant toute réserve, Catherine s'avança vers lui.

— Oh ! qu'il est mignon !

— Je l'ai trouvé dans le creux d'un rocher. Je ne savais pas quoi…

Attendrie, Catherine prit l'animal dans ses bras.

— Pauvre petite bête. Tu es perdu ?

Elle frotta la joue contre son pelage lustré. Trent sourit.

— Adorable, n'est-ce pas ? Il a été certainement abandonné.

— Il est encore tout petit, acquiesça Catherine en le caressant entre les oreilles. Où l'avez-vous trouvé exactement ?

— En bas, dans les rochers. Je ne pouvais tout de même pas le laisser mourir.

— Bien sûr que non !

En levant les yeux, Catherine s'aperçut qu'elle était presque dans les bras de Trent. Elle recula d'un bond.

— Je... je l'emporte dans la cuisine, bredouilla-t-elle. Il doit être mort de froid et de faim.

— D'accord. Pendant ce temps, je descends en ville acheter du lait.

— Merci.

Avec un sourire las, Catherine remonta les marches du perron et disparut à l'intérieur.

A son retour, Trent découvrit quatre jolies femmes penchées au-dessus du petit orphelin.

— Tante Coco, il se régale de ton pâté de foies de volaille, s'écria Amanda. Suze et les enfants vont être fous de bonheur, quand ils reviendront.

— De toute évidence, nous avons affaire à un gourmet, renchérit Lila. N'est-ce pas, mon petit chéri ?

— Je ne sais pas si cette nourriture est très indiquée..., s'inquiéta tante Coco.

Le chiot, surpris et ravi de sa bonne fortune, se désintéressa soudain de la nourriture et se mit à courir dans tous les sens. Dès qu'il eut repéré Trent, il fonça sur lui et s'accrocha à une jambe de son pantalon.

Les quatre femmes se redressèrent et interrogèrent en même temps le nouveau venu.

— Une seconde ! leur lança-t-il.

Après avoir posé son sac de provisions sur la table, il attrapa son protégé et lui caressa le dos.

— J'ignore d'où il vient. Je l'ai découvert par hasard en me promenant le long des falaises. Il s'était réfugié derrière un rocher et laissait échapper de petits gémissements déchirants.

— Nous devrions nous renseigner dans le voisinage pour vérifier que personne ne l'a égaré…

Devant le concert de protestations que cette suggestion déclencha, Coco s'interrompit.

— Euh… ce n'était qu'une proposition, ajouta-t-elle. Puisque c'est lui qui a trouvé notre jeune ami, j'estime que c'est à Trent de décider.

— Je vous laisse carte blanche ! dit celui-ci en sortant un carton de lait du sac à provisions. On pourrait lui en donner un peu, non ?

Amanda se dépêcha de sortir un bol. Un débat animé s'instaura entre elle et Lila sur la quantité à verser.

Catherine, elle, fixait le sac d'un regard curieux.

— Qu'avez-vous acheté d'autre ? demanda-t-elle à Trent.

— Oh ! des bagatelles…

Durant quelques secondes, il tâcha de prendre un air détaché avant de s'avouer vaincu.

— Je n'ai pas pu résister, reconnut-il en exhibant un collier de cuir rouge.

Catherine sourit.

— Oh ! très chic…

— Une laisse, aussi, annonça Trent en continuant d'extraire du sac ses trésors. Et de la nourriture pour chien.

Catherine s'approcha de lui pour poursuivre l'inventaire.

— Wouah ! Un os de cuir vert.

— J'ai pensé qu'il lui fallait quelque chose à ronger. Pour ses dents, vous comprenez ?

— Bien sûr, acquiesça Catherine d'un air faussement grave. Et voici une balle en plastique et une souris en mousse. J'ignorais que vous étiez aussi sentimental, monsieur St. James...

Trent, qui gardait pour lui le fait qu'il avait cherché en vain un panier et un coussin, baissa les yeux sur le chiot qui lapait son lait avec entrain.

— Moi aussi, avoua-t-il.

— Au fait, comment s'appelle-t-il ? demanda Lila.

— Eh bien, je...

— A vous de le baptiser.

— Dépêchez-vous ! conseilla Amanda. Sinon, Lila va se charger de l'affubler d'un nom impossible.

— Alors, ce sera Fred, annonça Trent.

Indifférent à l'agitation qu'il provoquait, Fred se coucha à côté du bol de lait et s'endormit.

— Alors, va pour Fred, conclut Amanda. Viens, Lila, c'est à ton tour de jouer les Sherlock Holmes dans le grenier.

D'un geste autoritaire, Coco poussa ses deux nièces hors de la cuisine pour laisser Catherine en tête à tête avec Trent.

— Je ferais mieux de les suivre, murmura la jeune femme.

Mais Trent l'arrêta au passage.

— Non, attendez.

— Attendre quoi ? demanda Catherine en reculant.

— Je... Comment va votre main ?

— Très bien.

— Bien, fit Trent, qui songea en même temps qu'il devait passer pour un parfait idiot. J'en suis heureux.

— Si c'est tout...

— Non. En fait… j'ai remarqué un bruit suspect dans le moteur de ma voiture, quand je suis descendu au village.

Catherine eut une moue dubitative.

— Ah oui ? Un bruit suspect… De quel genre ?

« Du genre imaginaire », songea Trent en prenant soin de garder cette précision pour lui.

— Juste un léger grincement, expliqua-t-il en haussant les épaules d'un air évasif. J'espérais que vous pourriez examiner ça.

— Entendu. Apportez-la demain au garage.

— Demain ?

— Oui, tous mes outils sont là-bas. Y a-t-il autre chose ?

— Oui, en me promenant près des falaises, j'ai regretté que vous ne soyez pas avec moi.

Troublée, Catherine détourna les yeux.

— Nous désirons des choses différentes, Trent. Restons-en là. Et s'il vous plaît, tâchez de venir de bonne heure, demain. Mon emploi du temps est chargé.

8

Catherine alluma son chalumeau et se pencha sous le capot d'une antique Plymouth de 62.

Rien ne semblait aller, aujourd'hui. Ainsi, depuis son arrivée au garage, elle s'efforçait en vain d'oublier la réunion de famille qui était prévue pour le soir même. Malgré les heures passées à compulser de vieux registres, aucune nouvelle preuve relative à l'existence du collier n'avait été trouvée. Et par conséquent, aucun miracle n'était intervenu pour sauver Les Tours.

A la perspective d'un avenir bien sombre s'ajoutait une seconde nuit d'insomnie. Alors qu'elle était déjà couchée, les aboiements persistants de Fred avaient sorti Catherine du lit. Elle avait quitté sa chambre et, s'approchant de celle de Trent, elle l'avait entendu rassurer le chiot.

Pendant un long moment, elle était demeurée immobile à écouter le murmure de sa voix derrière la porte close. Sa sollicitude à l'égard du petit chien n'avait fait que renforcer les sentiments de Catherine. Et plus elle l'aimait, plus elle souffrait.

Au petit matin, à son réveil, elle avait commis l'erreur de se regarder dans le miroir de la chambre. Quelle tête ! Néanmoins, ses yeux cernés et ses traits tirés étaient un moindre mal. Les factures apportées par le facteur la préoccupaient bien davantage.

Car si le garage marchait bien, ainsi qu'elle l'avait affirmé à Suzanna, il lui fallait encore jongler avec la trésorerie. Les clients ne s'acquittaient pas toujours de leurs dettes dans les plus brefs délais... Dans six mois, ses comptes seraient équilibrés, mais il serait alors trop tard pour sauver Les Tours.

Sa vie prenait une nouvelle direction. Etait-ce la bonne ?

Alors qu'il venait de pénétrer dans le garage, Trent s'immobilisa. Armée d'un chalumeau, Catherine était à moitié plongée sous le capot d'une voiture et effectuait à l'évidence un travail de soudure. Ses gestes étaient précis, presque chirurgicaux. Elle portait une combinaison de mécanicien, de gros gants et un volumineux casque de protection. Comme d'habitude, la radio marchait à plein volume.

« Est-ce qu'un homme est bon pour la camisole lorsqu'il craque complètement pour une femme vêtue comme un cosmonaute ? » se demanda Trent.

Alors qu'elle changeait de position, Catherine remarqua sa présence. Avec précaution, elle éteignit la flamme de son chalumeau, puis souleva la visière de son casque.

— Je n'ai rien trouvé d'anormal sur votre voiture,

annonça-t-elle. Les clés sont dans le bureau. Vous pouvez les récupérer.

Et, sans plus de commentaires, elle rabaissa sa visière.

— Catherine.

— Oui ?

— Que diriez-vous d'un dîner ?

De nouveau, Catherine souleva sa visière, et elle fixa Trent avec circonspection.

— C'est-à-dire ?

— Eh bien, j'aimerais… que vous dîniez avec moi ce soir.

— Cela fait plusieurs soirs que je dîne en votre compagnie, il me semble.

— Non, je voudrais que nous dînions dehors.

— Pourquoi ?

— Pourquoi pas ?

— Ecoutez, c'est très gentil de votre part, mais je risque d'être un peu bousculée, ce soir. Nous avons une réunion de famille.

Alors qu'elle allait rabaisser sa visière, Trent arrêta son geste.

— J'aime voir votre visage quand je vous parle. Demain, alors ?

— J'ai du travail qui m'attend. Quant à votre invitation, je suis obligée de la décliner.

— Vous êtes toujours en colère contre moi ?

Catherine laissa échapper un profond soupir tandis que ses yeux se faisaient plus sombres.

— Nous avons déjà discuté de ce sujet. Aussi, je ne vois pas l'intérêt de fixer un rendez-vous pour en parler.

— Un rendez-vous est un bien grand mot. Ce sera juste un dîner d'amis — avant que je reprenne la route de Boston.

La nouvelle prit Catherine par surprise. Le cœur lui manqua, et elle dut se tourner vers ses outils pour recouvrer un semblant de contenance.

— Vous... vous repartez ? parvint-elle à demander.

— Oui. J'ai plusieurs importantes réunions prévues pour le milieu de la semaine. Je suis attendu au bureau mercredi après-midi.

« Et voilà, c'est aussi simple que ça, songea Catherine en serrant un écrou avec une clé à molette. Désolé si je vous brise le cœur, mais j'ai plusieurs importantes réunions prévues pour le milieu de la semaine... »

— J'aimerais passer un peu de temps avec vous, reprit Trent. Je me sentirais tellement mieux si nous nous quittions en bons termes.

— Egoïste ! marmonna Catherine entre ses dents.

Elle se détendit et ajouta :

— Pourquoi pas ? Entendu pour demain soir. Vous méritez bien une soirée d'adieux.

— Merci, Catherine. Vous ne savez pas combien j'apprécie votre geste.

Déjà, Trent se penchait vers elle pour l'embrasser sur la joue. Elle abaissa sa visière avec un claquement sec.

— Reculez, Trent ! lui lança-t-elle. Vous risqueriez d'être brûlé.

Chez les Calhoun, les réunions de famille étaient, par tradition, très bruyantes, entrecoupées de rires et de pleurs, de disputes et d'interminables digressions.

Celle-ci fit exception à la règle. Amanda, forte de ses compétences financières, était assise à la tête de la table et présidait l'assemblée.

La pièce était silencieuse. Les enfants, qui avaient joué toute la journée avec Fred, avaient rejoint leur lit sans rechigner tandis que Trent s'était éclipsé avec tact, juste après le dîner. Son absence importait peu, estima Catherine. Il apprendrait leur décision assez tôt. D'ailleurs, n'était-elle pas déjà connue ?

— Je n'ai pas besoin de rappeler ce qui nous amène à nous réunir ce soir, commença Amanda d'une voix grave. Trent rentre à Boston mercredi, et il faut lui communiquer notre réponse avant son départ.

— Il serait plus malin de concentrer nos efforts sur ce fichu collier ! intervint Lila.

Suzanna posa la main sur le bras de sa sœur.

— Les recherches dans le grenier continuent, lui rappela-t-elle. Néanmoins, je ne pense pas qu'il soit judicieux d'entretenir un optimisme excessif à ce sujet. Retrouver le collier sera un travail de longue haleine. Et rien ne dit que nous y arriverons jamais.

— Trente jours, voilà ce qu'il nous reste…

Tous les yeux se braquèrent sur Amanda.

— C'est… c'est ce que m'a confié l'avocat, la semaine dernière, expliqua-t-elle.

— Stridley t'a contactée et tu nous l'as caché ! s'indigna tante Coco.

— J'espérais obtenir un délai supplémentaire. Je n'ai pas réussi. Si nous avons réglé les taxes foncières et que nous sommes en mesure de payer les assurances et les mensualités de l'emprunt, la facture de chauffage de cet hiver est plus élevée que prévu.

Quant aux réparations du toit, elles ont entamé une importante partie de notre budget.

— La situation est si mauvaise ? demanda Catherine.

Comme si elle cherchait à soulager une violente migraine, Amanda se massa le front.

— J'en ai peur, avoua-t-elle. Certes, nous avons toujours la solution de vendre encore des pièces de valeur pour garder la tête au-dessus de l'eau. Mais les nouveaux impôts arriveront à échéance dans quelques mois, et nous reviendrons à la case départ.

— Je peux me séparer de mes perles, suggéra tante Coco.

— Pas question ! répliqua Lila. Nous étions convenues depuis le début que certaines choses ne seraient jamais vendues. Si nous devons affronter la réalité, faisons-le maintenant.

Amanda s'éclaircit la gorge.

— Il faut prévoir une visite du plombier, annonça-t-elle. Si la cheminée n'est pas ramonée, nous risquons un incendie. Il y a aussi les honoraires de l'avocat de Suzanna...

— C'est mon problème ! intervint l'intéressée.

— C'est le nôtre, corrigea sa sœur avec l'assentiment général. Nous sommes une famille. Ensemble, nous avons connu le pire, et nous nous en sommes sorties. Hélas ! ces dernières années, les charges et les impôts ont beaucoup augmenté. Certes, nous ne sommes pas pauvres, mais Les Tours engloutissent peu à peu tout notre patrimoine. Si je pensais que nous sommes capables de surmonter cette crise, pour au moins un an ou deux, je serais tout à fait pour la vente du service de porcelaine, ou autres antiquités.

Mais à quoi bon colmater une brèche dans un mur qui s'effondre ?

— Mandy ! s'écria Catherine.

Amanda serra les lèvres.

— Il faut ouvrir les yeux, poursuivit-elle. La lecture et l'analyse des chiffres amène à une seule et unique solution : la vente. Avec la somme que nous propose St. James, nous serons en mesure de payer nos dettes et de conserver nos meubles de famille. En revanche, si nous refusons, les huissiers viendront nous saisir d'ici à quelques mois.

Une larme coula sur sa joue.

— Je... je suis désolée. Je ne vois pas d'alternative.

Suzanna glissa un bras autour de ses épaules.

— Ce n'est pas ta faute. Nous savions toutes que c'était inéluctable.

— Nous avons perdu notre trésor de guerre lors du dernier krach boursier, rappela Amanda en secouant la tête. Je sais, j'ai investi dans...

— Nous avons investi dans des valeurs que nous avait recommandées un agent de change réputé, corrigea Lila. Bien sûr, tout aurait été pour le mieux si le marché n'avait pas baissé... Mais comme on dit, avec des si...

Coco embrassa sa nièce.

— Nous sommes ensemble, et c'est ce qui compte.

— Oui, c'est l'essentiel, renchérit Catherine. Alors, que faisons-nous ?

— Invitons Trent à nous rejoindre, proposa Amanda qui avait recouvré son sang-froid. En espérant que son offre est toujours valable.

Catherine se leva et se dirigea vers la porte d'une démarche peu assurée.

— Je vais le chercher.

Hébétée, elle emprunta le corridor, traversa le hall et s'engagea dans l'escalier. Elle n'arrivait pas à le croire. Non, elle n'arrivait pas à croire que sa maison chérie ne lui appartiendrait bientôt plus. Elle n'arrivait pas à croire qu'elle n'aurait alors plus le privilège de contempler la mer depuis la terrasse qui communiquait avec sa chambre, qu'elle n'aurait plus le bonheur de gravir l'escalier en colimaçon jusqu'au sommet de la tour de Bianca et de découvrir Lila nichée près de la fenêtre, le visage rêveur. Elle ne verrait plus Suzanna jardiner ni les enfants courir dans les allées. Amanda ne dévalerait plus les marches pour foncer à un rendez-vous et le joyeux remue-ménage de tante Coco, dans la cuisine, ne ferait plus partie de son quotidien.

Une page se tournait.

Trent trouva la famille rassemblée autour de la table de la salle à manger, et devina sur-le-champ que les Calhoun serraient les rangs. Catherine était venue le chercher dans sa chambre, raide comme la justice, le regard meurtri.

— Mesdames ?

Coco désigna une chaise vide à sa droite.

— Asseyez-vous, Trent, je vous en prie. J'espère que nous ne vous dérangeons pas.

— Pas du tout.

Trent chercha à accrocher le regard de Catherine, mais celle-ci fixait obstinément le plafond.

— Est-ce une nouvelle séance de spiritisme ? demanda-t-il.

— Non, pas cette fois, lui répondit Lila avant de se tourner vers sa sœur. Mandy, c'est à toi.

— Entendu.

Amanda sentit la main de Suzanna qui agrippait la sienne sous la table.

— Voilà, Trent. Nous avons discuté de votre proposition d'acheter Les Tours et nous avons décidé d'accepter.

— Vous acceptez ?

— Oui, fit Amanda d'une voix blanche. Si votre offre tient toujours…

— Elle tient, bien sûr, acquiesça Trent.

Abasourdi, il se tourna vers Catherine.

— Vous allez vraiment vendre ?

La jeune femme rassembla son courage.

— N'est-ce pas ce que vous souhaitiez ? N'est-ce pas la raison de votre visite ?

« Quel ton sec ! » songea Trent avec amertume. Certes, il avait ce qu'il voulait. Mais cette victoire facile ne le comblait pas de joie.

— C'est une excellente nouvelle pour ma société, reconnut-il. Cependant… je tiens à m'assurer que vous êtes toutes d'accord.

— Nous le sommes, lui répondit Catherine en fixant le mur.

— Nos avocats respectifs régleront les détails, intervint Amanda. Néanmoins, avant qu'ils ne rédigent le protocole, j'aimerais passer en revue les clauses essentielles.

— Volontiers.

Lorsque Trent donna le prix auquel seraient vendues Les Tours, les yeux de Catherine se voilèrent de larmes.

— Ma société est prête à vous accorder des délais. Je me doute que vous procéderez à un inventaire avant de… déménager.

— A la vérité, lui indiqua Suzanna, nous préférerions quitter les lieux le plus vite possible…

Des yeux, Suzanna quêta l'approbation de ses sœurs.

— Du moins, dès que nous aurons trouvé une autre maison.

— Si je peux vous être utile…

— Vous en avez fait assez ! coupa Catherine avec froideur. Nous nous débrouillerons.

Lila se redressa.

— J'aimerais préciser un point. Vous achetez la maison et le terrain. Pas le contenu.

— En effet, le mobilier et tous les objets personnels vous appartiennent.

— Y compris le collier, qu'il soit retrouvé avant ou après notre départ. Et je veux que cette clause soit stipulée par écrit, Trent. Si, au cours des travaux d'aménagement, on découvre les émeraudes, celles-ci reviendront à la famille Calhoun.

— Entendu. Je veillerai à ce que cela soit mentionné dans le contrat.

— Et la tour de Bianca…, ajouta Lila dans un souffle. Ne l'abîmez pas…

L'atmosphère était soudain devenue intolérable, tant elle s'était chargée d'émotion. Coco se leva.

— Que diriez-vous d'un verre de vin ?

Catherine s'extirpa de sa chaise, avec une envie irrépressible de fuir.

— Excusez-moi. Si nous avons terminé, je me retire. Je suis morte de fatigue.

Trent lui emboîta aussitôt le pas, mais Suzanna le retint par le bras.

— Non, restez ici. Je m'en charge.

Catherine rejoignit la terrasse et laissa le vent froid venu de la mer sécher ses larmes. En cet instant, elle aurait aimé qu'une tempête se lève, qui aurait fait écho à la colère et à la passion violente qui déchiraient son cœur.

S'appuyant contre la balustrade de pierre, elle songea à la cruauté du destin qui avait mis Trent sur son chemin. Trent, qui refusait son amour et qui lui enlevait sa maison. S'il avait partagé ses sentiments, il n'aurait jamais eu la cruauté d'enlever Les Tours aux Calhoun.

— Catherine…

Suzanna, qui venait de surgir dans l'obscurité, glissa le bras sous celui de sa sœur.

— La nuit est glaciale. Pourquoi ne pas retourner à l'intérieur…

— Ce n'est pas juste, murmura Catherine.

— Non, en effet, ça ne l'est pas.

— Il ne sait même pas quel sacrifice cela représente pour nous. Il refuse même de comprendre.

— Peut-être que personne à part nous ne peut comprendre. En tout cas, ce n'est pas sa faute, ma chérie. Il n'est pas responsable de nos ennuis financiers.

Avec un soupir, Suzanna contempla ce jardin qu'elle aimait tant.

— Voilà presque huit ans, j'ai quitté l'île pour rejoindre Boston, en croyant que c'était le plus beau jour de ma vie. Quelle idiote !

— Ne parle pas de ça, intervint Catherine d'une voix douce. Je sais combien cela te fait souffrir.

— Pas autant que jadis. J'étais amoureuse, une jeune mariée à qui s'offrait un avenir radieux, sans nuages. Et pourtant, lorsque je me suis retournée et que j'ai vu Les Tours disparaître à l'horizon, j'ai pleuré comme un bébé. Ce sera plus facile cette fois...

Des larmes brûlantes aux yeux, Suzanna ajouta dans un souffle :

— Enfin, je l'espère.

— Nous trouverons une autre maison, j'en suis certaine, lui assura Catherine en posant la tête sur son épaule. Tu as raison, Trent n'est pas fautif. Mais...

Suzanna sourit.

— Tu as besoin d'un bouc émissaire.

— Il m'a blessée. Je ne l'admets pas de gaieté de cœur, crois-moi. J'aimerais pouvoir dire qu'il a tout fait pour me séduire ou même qu'il m'a laissée devenir amoureuse de lui. Mais je suis tombée dans ce piège toute seule.

— Et lui ?

— Il est indifférent.

— Vraiment ? A voir la façon dont il te dévore des yeux, je ne serais pas aussi catégorique que toi.

— Oh ! je l'attire... Mais l'amour ne l'intéresse pas. Ainsi, avec son habituelle courtoisie, il a refusé de tirer avantage de mon « manque d'expérience ». Ce sont ses propres termes.

— Oh.

De nouveau, Suzanna tourna son regard vers le spectacle du jardin et des collines environnantes. Mieux que quiconque, elle savait que le rejet était la pire des tortures.

— Ce n'est pas une grande consolation, mais ç'aurait été encore plus difficile pour toi, s'il n'avait pas eu… cette délicatesse.

— Sa sollicitude va jusqu'à souhaiter que nous devenions bons amis ! ajouta Catherine d'un ton peu amène. Il m'a même invitée à dîner demain soir. Sans doute cherche-t-il à s'assurer que je ne me lamente plus et qu'il peut rentrer à Boston l'esprit serein.

— Quelle a été ta réponse ?

— J'ai accepté. Je vais lui prouver que mon éducation est aussi bonne que la sienne. Il va regretter d'avoir posé les yeux sur Catherine Calhoun.

Décidée, Catherine se redressa et virevolta autour de sa sœur.

— As-tu toujours ta fabuleuse robe rouge ? Celle qui a un décolleté vertigineux dans le dos ?

— Cette question ! s'exclama Suzanna avec un sourire entendu. Bien sûr que oui !

— Alors, allons l'essayer !

Incroyable quelle métamorphose une robe pouvait permettre ! songea Catherine qui s'observait, non sans satisfaction, dans le grand miroir de sa chambre.

Son maquillage étudié semblait réussi. Grâce au

rouge à lèvres d'Amanda, sa bouche était du même rouge étincelant que la robe. Ses yeux étaient ombrés de vert sombre — merci, Lila. Et ses cheveux brillaient de reflets ardents. Trenton St. James, troisième du nom, allait tomber en syncope.

— Suzanna m'a dit que tu avais besoin de chaussures.

Lila, qui venait d'entrer dans la chambre, s'arrêta pile, bouche bée.

— Oh ! excusez-moi, j'ai dû me tromper de chambre…

Catherine lui adressa un sourire éclatant et tournoya.

— Quel est ton verdict ?

— Trent va avoir besoin d'une séance de réanimation, avec tente à oxygène.

L'œil approbateur, Lila tendit à sa sœur une paire d'escarpins à talons hauts.

— Tu es dangereusement belle, mon chou.

— Tant mieux ! Voyons à présent si je peux marcher sur ces échasses sans trébucher.

— C'est une question de pratique. Je vais chercher Mandy.

Quelques instants plus tard, les trois sœurs aidaient Catherine à faire ses premiers pas de femme du monde.

— Je ne suis pas habituée aux talons, avoua la vedette de la soirée. Amanda, comment peux-tu travailler toute la journée avec ça ?

— C'est une question de talent.

— Marche lentement, sans te presser, conseilla Lila. Comme si tu avais tout ton temps.

Amanda acquiesça.

— Oui, imite Lila. C'est notre experte en matière de lenteur…

— La lenteur est une des clés de la séduction, ma chère ! répliqua l'intéressée, piquée au vif.

Catherine s'exécuta.

— Bravo ! s'exclama Amanda en battant des mains. Tu as une démarche de reine. A propos, quel manteau porteras-tu ?

— Je n'y ai pas réfléchi.

— Je vais te prêter ma cape de soie noire. Tu risques la pneumonie mais, avec ça, tu seras superbe. Quant au parfum, je vais emprunter à tante Coco celui qu'elle a reçu à Noël.

— Non, il est trop chargé, assura Suzanna en secouant la tête. Catherine doit garder son parfum habituel. Le contraste avec son nouveau look le rendra fou !

Loin de se douter de ce qui se tramait à son insu, Trent était installé dans le salon et remerciait Coco pour son hospitalité.

— Cela a été un plaisir pour nous que de vous recevoir, mon cher, lui assura-t-elle. J'espère que nous nous reverrons bientôt.

Son intuition féminine ne la trompait jamais. Trent était toujours attiré par une de ses nièces. Elle ne déclarait pas forfait…

— Je l'espère. En tout cas, Coco, je vous admire d'avoir élevé quatre ravissantes jeunes femmes.

— Elles m'ont apporté beaucoup de bonheur… Cette maison va me manquer, avoua Coco en jetant un regard autour d'elle. Pour être honnête, je ne croyais pas que cela m'affecterait autant. Je n'ai pas grandi ici, pourtant. Nous voyagions une grande partie de l'année — sans doute parce que Les Tours rappelaient à mon père la disparition tragique de sa mère. Ensuite, j'ai suivi mon mari à Philadelphie, où je suis restée quelques années encore après sa mort. Ce n'est qu'après l'accident de Judson et Deliah que je suis venue m'occuper de mes nièces.

Elle esquissa un sourire confus.

— Je suis désolée de vous ennuyer avec ces histoires.

— Pourquoi vous excuser ? rétorqua Trent en buvant une gorgée de whisky. Je n'ai jamais eu une maison de famille comme celle-ci. Et c'est seulement maintenant que je commence à comprendre ce qu'elle peut signifier pour vous...

— Vous savez quoi, mon cher Trent. Vous devriez trouver une charmante jeune femme et fonder un foyer. Quelle tristesse de rentrer dans un appartement vide...

Trent se pencha et caressa la tête de Fred, pour se dispenser de répondre. Quand le chiot aboya, il leva la tête. La première chose qu'il vit fut une paire de hauts talons. Puis son regard suivit deux longues jambes fuselées et une robe cramoisie qui épousait un corps aux formes indubitablement féminines.

— Y a-t-il un problème ? demanda Catherine, devant son regard abasourdi.

« S'il y a un problème ? » songea Trent dans la confusion la plus totale. Eh bien, pour commencer, il y avait ces lèvres rouges qui brillaient des feux de la tentation.

— Catherine ? bredouilla-t-il en se levant tant bien que mal.

— Nous dînons toujours ensemble ce soir ?

— Nous… oui… Vous êtes magnifique.

— Vous aimez ? Le rouge est une couleur flatteuse.

— Elle vous va à ravir. Je… je ne vous avais jamais vue en robe auparavant.

— Ce n'est pas la tenue idéale pour changer un joint de culasse, fit remarquer Catherine avec un sourire mutin. Nous y allons ?

— Où ?

— Dîner.

— Ah… Euh, oui. Bien sûr.

Goûtant avec euphorie le trouble évident qui s'était emparé de Trent, Catherine inclina la tête, comme le lui avait enseigné Suzanna, et tendit sa cape.

Les mains de Trent tremblèrent tandis qu'il s'en emparait. Pourtant, il avait accompli ce geste galant des centaines de fois.

— Ne m'attends pas, tante Coco.

— Non, chérie.

Dès que la porte d'entrée se fut refermée, les trois sœurs Calhoun rejoignirent tante Coco, et laissèrent éclater leur triomphe.

9

— Je suis heureuse que vous m'ayez convaincue de sortir ce soir, déclara Catherine tandis que Trent lui ouvrait la portière.

— J'avais peur que vous ne vous décommandiez.

Catherine se glissa sur le siège avant.

— Pourquoi ? A cause de la maison ? Le problème est réglé… A présent, je préférerais que nous évitions le sujet.

— Entendu.

Trent fit le tour de la voiture et s'installa au volant.

— Amanda m'a donné l'adresse d'un bon restaurant.

Les clés dans le creux de sa main, il ne pouvait détacher son regard de la jeune femme qui était assise à côté de lui, éblouissante dans son fourreau de soie rouge.

— Quelque chose ne va pas ? lui demanda-t-elle.

— Non.

« Enfin, presque », songea Trent. Il avait l'impression que son système nerveux s'était complètement déréglé. Après avoir démarré, il essaya de reprendre le fil de la conversation.

— J'ai pensé que vous aimeriez dîner au bord de l'océan.

— C'est une excellente idée ! A propos, avez-vous entendu de nouveau ce bruit suspect dans votre moteur ?

— J'ai dû rêver..., répondit évasivement Trent. Vous ne m'avez jamais expliqué comment vous en étiez arrivée à vous lancer dans la mécanique.

Catherine changea de position, et il huma avec délices des effluves de chèvrefeuille.

— Parce que j'étais douée, tout simplement. A six ans, j'ai démonté la tondeuse à gazon pour voir comment elle fonctionnait. Je crois que c'est là que j'ai attrapé le virus. Et vous, pourquoi avoir choisi l'hôtellerie ?

— Ma famille le souhaitait.

Surpris par sa propre réponse, Trent s'interrompit, avant d'ajouter :

— Et j'ai acquis une certaine compétence dans ce domaine.

— Vous y avez pris goût ?

S'il y avait pris goût ? C'était une question que Trent ne s'était jamais posée...

— Oui, je suppose, répondit-il.

— Vous supposez ? répéta Catherine en haussant les sourcils. Et moi qui croyais que vous étiez très sûr de vous.

Trent lança un regard aigu dans sa direction et faillit quitter la route.

— Il semblerait que non.

Lorsqu'il se gara devant l'entrée du restaurant, il s'était habitué à la transformation de la jeune femme. Du moins, il le pensait. Quand il lui ouvrit la portière et qu'elle sortit de la voiture, il sentit son cœur s'emballer.

— Etes-vous sûr que tout va bien, Trent ?

— Eh bien, à vrai dire, non. Je n'en suis pas si sûr…

Aucun homme au monde ne pouvait résister à une femme aussi érotique. Il passa une main sur la nuque de Catherine et murmura :

— Laissez-moi vérifier.

Elle se déroba avant qu'il n'ait pu poser les lèvres sur les siennes.

— Attention ! lança-t-elle. Vous ne devez pas oublier que ce n'est pas un rendez-vous galant. Juste un dîner amical.

— J'aimerais changer les règles.

— Trop tard.

Avec un sourire, elle lui tendit la main.

— Venez. Je meurs de faim.

— Vous n'êtes pas la seule, murmura Trent avant de la guider vers l'intérieur du restaurant.

Une jolie table les attendait près de la grande baie vitrée qui surplombait l'océan. En sourdine, on entendait le murmure des vagues, tandis qu'à l'horizon le soleil dardait ses derniers feux. Trent commanda une bouteille de vin tandis que Catherine examinait le menu.

— Je n'étais jamais venue ici, remarqua-t-elle en se déchaussant discrètement sous la table. C'est ravissant.

— Je ne vous garantis pas que la cuisine sera aussi délicieuse que celle de votre tante.

— Personne n'égale tante Coco ! La pauvre, elle doit être désolée de vous voir partir. Il n'est rien qu'elle aime autant que mitonner des petits plats pour un homme.

— Et vous ? demanda Trent.

— Quoi, moi ?

— Etes-vous triste de me voir partir ?

Gênée, Catherine se plongea dans la lecture de la carte, qui contenait nombre de spécialités à base de fruits de mer. Curieusement, aucun plat ne parvint à retenir son attention.

— Tant que vous êtes encore là, c'est difficile à dire, avoua-t-elle. J'imagine que vous allez avoir de quoi vous occuper dès votre arrivée à Boston.

— En effet. Je pense ensuite prendre des vacances. Bar Harbor me semble un bon choix.

— Des milliers de personnes le pensent, acquiesça Catherine, qui vit alors avec soulagement arriver le garçon et le vin.

— Et vous, si vous aviez le choix, où aimeriez-vous aller ?

— Voilà une question bien difficile. Surtout pour quelqu'un comme moi qui n'ai jamais voyagé…

Tout en réfléchissant, Catherine sirota une gorgée de vin.

— Ce serait un endroit au bord de la mer, imagina-t-elle, où je pourrais tous les soirs admirer le coucher du soleil. Un endroit reposant et chaleureux… Je suppose que j'aurais dû répondre Paris ou Londres.

Trent posa la main sur la sienne.

— Non. Catherine…

La jeune femme leva les yeux sur le maître d'hôtel qui attendait, immobile, près de leur table.

— Vous… ne voulez pas commander ? bredouilla-t-elle.

— Si.

Lorsqu'ils furent de nouveau seuls, Catherine glissa ses mains sous la table et demanda :

— Avez-vous déjà vu une baleine ?

— Je… non, répondit Trent, un peu étonné par cette question.

— Eh bien, quand Les Tours seront reconverties en hôtel, vous devriez prendre un jour de repos et faire une excursion sur un des bateaux touristiques. La dernière fois que j'ai passé la journée en mer, j'ai vu trois belles baleines à bosse. Il faut bien se couvrir, car l'air du large est glacial. On est un peu secoué par la houle, mais c'est une fabuleuse balade. C'est même la grande attraction de l'île. Beaucoup d'hôtels proposent d'ailleurs…

— Catherine…

Trent l'interrompit et lui serra le poignet avant qu'elle ne soulève son verre. Il sentit le battement désordonné de son pouls. Ce n'était pas la passion, cette fois, songea-t-il avec amertume. Mais le chagrin de perdre son paradis.

— Les papiers ne sont pas signés, lui rappela-t-il. Il est encore temps d'étudier d'autres options.

Ainsi, songea Catherine, il avait deviné son désarroi. Ses yeux exprimaient la sollicitude et les regrets. Mais cela rendait les choses encore plus difficiles.

— Il n'y a pas d'autre solution, assura-t-elle. Ou nous vous cédons Les Tours maintenant, ou le manoir sera vendu aux enchères dans quelques mois pour payer impôts et factures. Le résultat sera le même. Et pour nous, il est plus digne de s'en séparer aujourd'hui.

— Pourquoi ne vous ferais-je pas un prêt ?

— Nous ne pouvons pas accepter votre argent, Trent.

Il soupira et resta un instant silencieux.

— Vous savez, Catherine, j'ai vraiment l'impression de dépouiller la veuve et l'orphelin…

— Nous sommes cinq femmes fortes et autonomes ! répliqua Catherine en parvenant à sourire. Nous ne vous blâmons pas. Excepté moi. Mais je reconnais que je suis injuste. Mes sentiments pour vous ne me rendent pas la tâche facile.

— Vos sentiments ? Quels sentiments ?

A son tour, la jeune femme laissa échapper un profond soupir tandis que le serveur apportait les entrées.

— Vous m'avez tout pris. Ma demeure et mon cœur… Tant pis, je m'en remettrai. Est-ce tout ce que vous désirez savoir ?

Quand Trent reprit sa main, elle n'essaya pas de se dérober.

— Je ne voulais pas vous blesser, murmura-t-il, savourant le contact des doigts fins de Catherine. Je suis juste incapable de promettre — à vous ou à quiconque — amour et fidélité.

Elle retira sa main.

— C'est triste… Moi, je perds seulement une maison. Je peux en trouver une autre. Vous, vous perdez le reste de votre vie et vous n'en avez qu'une — à moins, bien sûr, que vous ne croyiez, comme

Lila, à la métempsycose... Ce vin est délicieux. Quel est le nom de ce nectar ?

— Du pouilly fumé.

— Il faudra que je m'en souvienne.

Durant la suite du dîner, Catherine continua à bavarder avec une fausse légèreté, tout en mangeant sans appétit. Lorsque le café fut servi, elle souffrait le martyre.

Affecter une fausse indifférence alors qu'elle se trouvait face à l'homme qu'elle aimait était inhumain. Elle aurait voulu crier, lui dire combien elle lui en voulait de jouer avec ses émotions. Au lieu de cela, elle avait seulement la force de se réfugier dans son orgueil. Et de poursuivre cette conversation anodine.

— Votre mère vit-elle aussi à Boston ?

— Non. En fait, elle voyage sans arrêt. Elle n'a pas vraiment un tempérament sédentaire.

— Elle s'entendrait bien avec Colleen Calhoun, alors. C'est la tante de mon père et la fille aînée de Bianca. Elle a élu domicile sur les bateaux de croisière. De temps en temps, nous recevons une carte postale depuis un coin impossible de la planète. Elle a quatre-vingts ans et des poussières mais, croyez-moi, elle a toujours du caractère. Elle ne jure que par le célibat et elle est féroce comme un requin. Nous vivons dans la terreur de ses visites.

— J'ignorais que vous aviez d'autres parents, avoua Trent en fronçant les sourcils. Elle sait peut-être quelque chose sur le collier ?

Catherine eut une moue dubitative.

— Ça m'étonnerait. Elle n'était encore qu'une enfant quand Bianca est morte, et elle a passé la majeure partie de son adolescence en pension. De toute manière, si nous arrivions à la prévenir — ce qui constituerait déjà en soi un exploit —, elle reviendrait à toute vapeur pour remuer chaque pierre. Si elle n'a jamais aimé Les Tours, elle a en revanche un indéniable faible pour l'argent.

— On dirait qu'elle ne vous ressemble guère, ni à vos sœurs ni à Coco, remarqua Trent.

— Oh ! nous avons une belle sélection de phénomènes dans la famille ! Le grand-oncle Sean, le plus jeune fils de Bianca, a été tiré comme un lapin, alors qu'il s'enfuyait par le balcon de la chambre d'une femme mariée… Il est ensuite parti pour les Indes, et personne n'en a plus jamais entendu parler. Cela se passait pendant les années 30. Il y a encore Ethan, mon grand-père, qui a perdu des sommes faramineuses dans les casinos et sur les champs de courses. Le jeu était son péché mignon, et c'est ce qui l'a tué. Il avait ainsi parié qu'il ferait l'aller et retour entre Bar Harbor et Newport en moins d'une semaine. Sur le trajet du retour, il a essuyé une violente tempête. Son bateau a chaviré et il a disparu corps et biens. Même son dernier pari, il l'a perdu…

— Eh bien, quels aventuriers ! s'exclama Trent.

— Ce sont des Calhoun, déclara Catherine, comme si cela expliquait tout. Bien, il est tard. Peut-être devrions-nous rentrer…

Alors qu'elle allait se lever, elle se souvint qu'elle était pieds nus. Elle tâtonna pour retrouver ses escarpins.

— Que se passe-t-il ? lui demanda Trent.

— J'ai... perdu mes escarpins.

« Tant pis pour l'image sophistiquée ! » songea Catherine.

Trent se pencha pour vérifier et aperçut les longues jambes galbées de sa compagne.

— Ah..., fit-il avant de s'éclaircir la gorge et de fixer les yeux sur la moquette. Les voilà.

Il les ramassa et se redressa en souriant.

— Tendez vos jambes. Je vais vous aider...

Tandis qu'elle glissait le pied dans un escarpin, Trent lui effleura les chevilles du bout des doigts. A peine une caresse... Quand il leva les yeux, il surprit une flamme de désir dans ceux de la jeune femme.

— Vous ai-je dit combien vous aviez de belles jambes ? lui déclara-t-il.

Elle se raidit.

— Non. Mais... c'est gentil de le remarquer.

— Difficile de faire autrement. Rendez-vous compte : même sous une combinaison de mécanicien, elles sont incroyablement attirantes !

Ignorant les battements précipités de son cœur, Catherine se pencha en avant.

— Ça me rappelle...

En cet instant, Trent pouvait l'embrasser. Leurs bouches n'étaient plus qu'à quelques centimètres l'une de l'autre.

— Quoi ?

— Vos amortisseurs ne résisteront pas plus de trois cents kilomètres.

Avec un sourire, elle se leva.

— J'y jetterai un coup d'œil en arrivant à la maison, promit-elle.

Heureuse d'avoir marqué un point, la jeune femme sortit la tête haute du restaurant.

Dans la voiture, elle se félicita de son sang-froid. Elle s'en était bien tirée. Si Trent ne souffrait sans doute pas autant qu'elle, Catherine était au moins certaine d'avoir réussi à l'embarrasser une fois ou deux. Demain, il repartait pour Boston...

Elle se tourna vers la vitre et sonda l'obscurité, réprimant tant bien que mal ses larmes. Oui, il rentrerait chez lui, mais il ne l'oublierait pas si facilement. La dernière vision qu'il aurait d'elle serait celle d'une jeune femme pleine d'assurance, vêtue d'une irrésistible robe rouge. C'était tout de même plus flatteur que l'image d'une garagiste en salopette, les mains pleines de cambouis.

Plus important encore que tout cela, Catherine s'était prouvé quelque chose à elle-même. Qu'elle pouvait aimer, et qu'elle pouvait laisser s'échapper cet amour.

Elle leva les yeux tandis que la voiture s'engageait dans la propriété. Au loin, la tour de Bianca se dressait dans la nuit.

— Il y a de la lumière, là-haut, remarqua Trent en ralentissant.

— Lila, murmura Catherine. Elle va souvent s'y réfugier.

Le manoir disparut derrière les arbres, et ils ne virent pas s'éclipser la mince silhouette qui était postée derrière la fenêtre de la tour.

A l'intérieur, Lila dévala l'escalier.

— Ils arrivent !

Aussitôt, quatre femmes se ruèrent vers la fenêtre la plus proche, dévorées de curiosité.

— Merci pour cette soirée, dit Catherine en descendant de la BMW.

— Vous... vous reverrai-je avant mon départ ?

— Sans doute pas. Disons-nous au revoir maintenant.

— Non, demain. J'ai besoin de vous revoir.

— Le garage ouvre à 8 heures. Je serai là-bas.

Avec un soupir, Trent posa les mains sur ses épaules.

— Oh ! je vous en prie, Catherine ! Vous savez très bien ce que je veux dire.

— Non.

— Alors venez à Boston.

— Pourquoi ?

— Eh bien, vous m'avez dit que vous n'y étiez jamais allée. Et puis, nous pourrions... passer un peu de temps ensemble.

Sous sa cape, Catherine ne put s'empêcher de frissonner.

— Vous me demandez d'avoir une liaison avec vous, c'est ça ?

— Oui... Non... Oh, attendez !

Derrière la fenêtre, Lila sourit.

— Il est fou amoureux d'elle, mais il est trop stupide pour s'en rendre compte.

— Chut ! lui ordonna Coco.

Au pied des marches, Trent fit une nouvelle tentative.

— Avec vous, rien ne se passe comme je le souhaite. Je m'étais juré de me comporter en gentleman et, à présent, je rêve de vous prendre dans mes bras.

— Vous ne m'aimez pas.

— Je ne sais pas ce qu'est l'amour, Catherine.

Mais je sais que je tiens à vous. Croyez-vous que ce serait suffisant ?

— Non, Trent. J'attends plus. Je mérite plus.

Les yeux rivés aux siens, elle noua les bras autour de son cou.

— Ceci est mon baiser d'adieu.

Elle pressa les lèvres contre les siennes, en hurlant en silence sa passion, puis elle s'arracha à l'étreinte de ses bras.

— Catherine…, l'appela Trent.

Déjà, elle avait pivoté et gravissait les marches du perron.

— Catherine…

Elle s'arrêta devant la porte.

— Catherine…

Avec un soupir, elle se décida à faire volte-face et lança d'une voix faible :

— Adieu, Trent.

Ma vie, si calme et si ordonnée, est devenue un mensonge et un enfer. A présent que l'automne approche, nous faisons les préparatifs pour regagner New York, et je remercie le ciel de quitter enfin l'île de Mount Desert.

Ces derniers jours, j'ai été à deux doigts de briser mon serment de fidélité. Que Dieu me pardonne pour l'adultère que j'ai commis dans le secret de mon cœur.

Dans une semaine, nous serons partis, et je ne verrai sans doute plus jamais Christian. Au moment où j'écris ces lignes, je sais qu'il m'attend au bord de la falaise. Pourtant, je n'irai pas le rejoindre ce soir. Lorsque j'en aurai la force, je retournerai là-bas uniquement pour lui dire adieu.

10

— Voilà les papiers que vous m'avez réclamés, monsieur St. James.

Les yeux tournés vers la fenêtre, plongé dans sa rêverie, Trent ne réagit pas. Depuis son bureau, il contemplait l'animation trépidante qui était le lot quotidien de Boston.

— Monsieur St. James ?

Il consentit enfin à se tourner vers sa secrétaire.

— Oui ?

— Voici le dossier que vous m'aviez demandé.

— Merci, Angela.

Machinalement il consulta sa montre.

— Il est plus de 17 heures, remarqua-t-il. Vous devriez rentrer chez vous. Votre famille vous attend.

Angela hésita. Cela faisait maintenant plus de six ans qu'elle travaillait pour Trenton. Mais au cours des trois dernières semaines, quelques faits marquants étaient intervenus, qui la troublaient. Ainsi, il avait commencé à l'appeler par son prénom, et s'inquiétait de sa vie de famille. La veille, il l'avait même complimentée sur sa nouvelle robe… D'où venait ce stupéfiant changement d'attitude ?

— Pardonnez mon indiscrétion, monsieur St. James, mais puis-je vous demander si… tout va bien ?

Trent ébaucha un sourire.

— N'ai-je pas l'air en pleine forme ?

— Si, bien sûr. Un peu fatigué peut-être… En fait, c'est depuis votre retour de Bar Harbor, vous semblez distrait, différent…

— En effet, on peut dire que je suis distrait. Différent, aussi. Et pour répondre à votre première question, je ne suis pas dans mon assiette.

— Eh bien, si je peux faire quelque chose, surtout…

En silence, Trent étudia un instant sa secrétaire avec attention.

— Angela, depuis combien de temps êtes-vous mariée ?

Interloquée, la jeune femme cilla.

— Dix ans.

— Etes-vous heureuse ?

— Oui. Très.

— Pourquoi ?

— Pourquoi ? répéta Angela, de nouveau surprise. Eh bien, je… je crois que c'est parce que mon mari et moi, nous nous aimons.

Trent hocha la tête.

— Et ça suffit ?

— L'amour vous permet de traverser bien des tempêtes, avoua Angela avec un sourire. A deux, il est souvent plus facile de manœuvrer un navire.

— Vous vous considérez donc comme une équipe… Avez-vous beaucoup de goûts en commun ?

— Non ! Même pas. Jœ aime le football — que je déteste. Il écoute du jazz — auquel je ne comprends rien... Mais nous adorons vivre ensemble... Ecoutez, monsieur St. James, si vous êtes dans cet état parce que Marla Montblanc s'est mariée la semaine dernière, autant vous avouer que je suis heureuse que vous ne soyez pas le... malheureux élu.

— Marla s'est mariée ?

Surprise que son patron n'en sache rien, Angela acquiesça avec un vigoureux hochement de tête.

— Oui, monsieur. Avec ce joueur de golf professionnel. C'était dans toutes les gazettes.

— Tiens, je ne l'avais pas remarqué.

En fait, l'attention de Trent avait été attirée par d'autres articles.

Intriguée, Angela constata qu'il ne semblait guère s'en émouvoir. Comment cela se faisait-il ? Une autre femme ! comprit-elle aussitôt. Si c'était elle qui affectait à ce point son patron, elle avait toute sa sympathie.

— Monsieur, si quelqu'un ou quelque chose vous préoccupe, vous ne devriez pas trop analyser...

Surpris, Trent sourit de nouveau.

— Moi, j'analyse trop, Angela ?

— Vous êtes quelqu'un de très méticuleux, monsieur St. James, et vous étudiez les détails avec un soin infini — ce qui est excellent dans les affaires. Mais un tel comportement n'est pas forcément une bonne chose dans la vie personnelle.

— J'en suis arrivé à la même conclusion ! s'exclama Trent en se levant. Merci, Angela.

— Bonsoir, monsieur.

Avec un grand sourire, la secrétaire quitta le bureau,

et Trent se replongea dans sa contemplation des rues de Boston. Le mariage de Marla lui était apparu comme un fait mineur. En revanche, il avait lu avec attention — pour ne pas dire fièvre — les articles de journaux concernant le futur hôtel St. James aux Tours. Des articles qui faisaient allusion à ce mystérieux trésor qui retardait la vente…

Si Trent ignorait d'où venait la fuite, elle ne l'étonnait guère. De même, ainsi qu'il l'avait prévu, ses avocats avaient froncé les sourcils devant la clause exigée par Lila.

Et Catherine ? Cette publicité autour de sa famille devait la blesser. De nombreux journalistes s'étaient précipités à Bar Harbor, bien décidés à faire des émeraudes et de leur histoire un formidable roman-feuilleton. Avec un sourire, Trent imagina la jeune femme en train d'expulser de son garage des reporters trop indiscrets.

Dieu, comme elle lui manquait ! Le matin, en se levant, il se demandait ce qu'elle faisait. Et la nuit, il rêvait d'elle. Et depuis trois semaines qu'il l'avait quittée, il lui semblait qu'il pensait chaque jour un peu plus à elle.

Le contrat de vente des Tours était sur son bureau depuis la veille. Pourtant, il n'arrivait pas à le signer. Chaque fois qu'il l'ouvrait, il ne voyait que deux mots : Catherine Calhoun.

Soudain, une idée lui vint à l'esprit. Le projet était plutôt curieux, mais il fallait que ça marche. Il allait traiter l'affaire la plus importante de sa vie.

En souriant, il attrapa le téléphone…

*
* *

Hank recula pour souffler et admirer son travail, puis il annonça :

— La Mustang est réparée, Catherine.

La jeune femme, qui était plongée sous un capot, sortit la tête et le buste.

— Une fois que nous l'aurons nettoyée, ce sera une merveille.

— Veux-tu que je m'occupe de la Ford ?

— Non, répondit Catherine en empoignant une clé à molette. Tu m'as dit au moins vingt fois que tu avais un rendez-vous galant ce soir. Alors, range tes outils et file !

— Merci. Au fait, vous avez trouvé une autre maison ?

Ignorant un douloureux pincement au cœur, Catherine se concentra sur son travail.

— Non. Nous allons en visiter une demain.

— Ce ne sera plus la même chose, une fois que les Calhoun auront quitté Les Tours… En tout cas, à propos de cette histoire de collier, il y a sûrement quelque chose de vrai. Les journaux ne parlent que de ça. Imagine ! Si vous le trouvez, vous serez toutes millionnaires, et tu pourras aller te faire dorer la pilule en Floride.

En dépit de sa tristesse, la jeune femme ne put s'empêcher de rire.

— J'ai bien peur que la Floride ne doive attendre. Car cette boîte de vitesses, elle, n'attendra pas.

— Veux-tu que je ferme le bureau ?

— Fiche-moi le camp, Hank ! Et passe une bonne soirée.

Après le départ de son assistant, Catherine marqua une pause. En fait, elle aurait aimé le retenir un peu plus longtemps. Sa présence l'empêchait de sombrer dans la tristesse.

D'un jour à l'autre, leur avocat pouvait leur téléphoner pour fixer la date de la signature de l'acte de vente. Peut-être avait-il même passé le coup de fil fatidique cet après-midi... Une raison de plus retenait Catherine dans son garage.

Trent viendrait-il ? Non, certainement pas. Il enverrait un subalterne ! songea-t-elle en replongeant sous le capot avec rage.

Quelques minutes plus tard, alors qu'elle en avait fini avec sa réparation, elle se redressa et étira ses muscles endoloris. Au même moment, elle prit soudain conscience que la radio était arrêtée. Elle pivota et aperçut Trent.

— Que faites-vous ici ?

— J'attendais que vous ayez terminé.

Ebloui par la beauté de la jeune femme — elle était encore plus resplendissante que dans son souvenir —, il avança d'un pas.

— Comment allez-vous ?

— Occupée et fatiguée. Je suppose que vous êtes ici pour la maison ?

— Oui. En partie.

— C'est Amanda qui s'occupe des détails, déclara Catherine en s'essuyant les mains avec un chiffon. Si vous avez besoin de discuter de quelque chose, elle se trouve au Bay Watch.

— C'est avec vous que j'ai besoin de discuter.

— Ah oui ? Eh bien, moi je n'ai rien à vous dire.

— Moi si.

Sans qu'elle s'en soit vraiment aperçue, Trent s'était approché d'elle, petit à petit. D'un mouvement impulsif, il la prit dans ses bras et s'empara de sa bouche.

— Voilà plus de trois semaines que j'en rêve, murmura-t-il contre ses lèvres.

— Partez !

— Catherine…

— Que Dieu vous maudisse, sortez ! s'écria-t-elle en se libérant avec vigueur. Je vous déteste. Vous m'entendez ? Je vous déteste ! Quelle sorte de monstre êtes-vous pour ainsi revenir vous moquer de moi ?

Tout en parlant, Catherine reculait. Soudain, elle heurta son établi. A tâtons, elle y chercha quelque objet et brandit alors un marteau.

— Si vous approchez, menaça-t-elle, je vous brise le nez !

Trent la contempla avec ravissement.

— Ah, je vous retrouve ! Ecoutez-moi, je vous en prie. J'ai changé mes plans.

— Vraiment ? Cela signifie-t-il que vous ne voulez plus acheter Les Tours ?

— Oui… enfin, non. Je vous propose de garder l'aile est, avec la tour de Bianca, tandis que je transforme l'aile ouest en hôtel de luxe. Une sorte de relais-château. D'après mes calculs, nous pourrons facilement aménager une dizaine de suites et installer un restaurant trois étoiles dans le billard, ainsi qu'un bar dans la tourelle.

— Dix suites ?

— Oui, dans l'aile ouest. Avec un soin bien particulier apporté à la personnalité de chaque chambre, au respect de l'architecture d'origine. Je pense que nous pourrions ainsi bénéficier d'une clientèle qui ne serait pas simplement saisonnière...

Déboussolée, Catherine pressa ses doigts sur ses tempes.

— Nous... vous louerons le reste de la maison ?

— Je pensais plutôt à une association. La société St. James prendrait à sa charge la rénovation de la demeure, et nous partagerions les bénéfices, moitié moitié.

— Ça ne marchera pas ! Qui voudra payer pour séjourner dans une maison occupée par ses propriétaires ?

— N'oubliez pas que Les Tours ont à leur actif une légende, un fantôme et un mystère. Les gens paieront très cher pour venir ici. Et quand ils goûteront la bouillabaisse de tante Coco...

— Tante Coco ?

— Je lui ai offert de diriger les cuisines. Elle est enchantée. De son côté, Amanda pourrait assumer la coordination générale de l'établissement. Alors, qu'en pensez-vous ?

Médusée, Catherine demeura quelques instants sans voix.

— Pourquoi faites-vous ça ? demanda-t-elle enfin.

— Je veux que vous conserviez votre maison, Catherine.

— La culpabilité opère des miracles...

— Ce n'est pas la culpabilité, ma chérie. Mais l'amour...

Il l'enlaça avec autorité.

— Ne vous enfuyez pas. Ne parlons plus affaires. Parlons de vous et moi.

— Vous n'avez pas le droit de recommencer à me torturer.

— Je ne vous torture pas. J'essaie de vous dire que je vous aime.

Les yeux écarquillés, Catherine s'immobilisa.

— Quoi ?

— Taisez-vous et écoutez-moi. Je viens de passer les trois semaines les plus épouvantables de mon existence... Catherine, j'ai besoin de vous. Il n'y a qu'avec vous que je puisse connaître le bonheur. Dites-moi que vous m'aimez encore. Donnez-moi une nouvelle chance.

— Je vous aime toujours, reconnut la jeune femme. Pour ce qui est d'une nouvelle chance, je ne peux pas vous la donner.

— Catherine...

— Parce que vous n'avez pas saisi la première.

En entendant cela, Trent la serra contre lui.

— Non, Trent ! Je vais vous mettre du cambouis partout.

— Autant s'y habituer tout de suite ! lança-t-il, avant de s'emparer une nouvelle fois de sa bouche.

Catherine comprit qu'il était inutile de résister.

— Peut... peut-être vaudrait-il mieux fermer les portes du garage ? demanda-t-elle dans un souffle.

— Non. Faisons les choses par ordre.

Il extirpa de sa poche un petit écrin qu'il ouvrit, avant de le lui tendre.

— Vous m'avez dit une fois que si je vous offrais un

diamant, vous me ririez au nez. J'ai donc pensé que j'aurais peut-être plus de chance avec une émeraude.

Des larmes de joie embuèrent les yeux de Catherine tandis qu'elle contemplait le bijou.

— Si c'est une demande en mariage, il n'y a pas besoin de compter sur la chance. Ma réponse est oui.

Un grand sourire aux lèvres, Trent lui passa la bague au doigt et lança :

— Alors, rentrons à la maison !

LA PASSION D'AMANDA

Prologue

Bar Harbor, 8 juin 1913

Cet après-midi, je suis allée sur la falaise. C'est notre première journée aux Tours depuis dix longs mois, et il fait un temps superbe. Là-bas, j'ai entendu la mer gronder sous mes pieds ; au loin, un petit voilier faisait une tache blanche sur les flots saphir ourlés de nacre. Oui, tout est semblable à l'été dernier : la chaleur, le ciel sans nuages, le mouvement incessant des vagues et le bourdonnement des insectes.

Pour moi, cependant, rien n'est comme avant, puisqu'il a disparu.

J'aurais dû m'y attendre. Pour quelle raison aurait-il passé tout l'hiver dans l'île ? Néanmoins, j'espérais tant le revoir, assis devant son chevalet, face à la mer, armé de son pinceau, menant avec sa toile une bataille mystérieuse et épuisante. Une bataille dont il sortait toujours vainqueur ! Je voulais tellement qu'il tourne sa chère tête brune vers moi, et qu'il me regarde de ses yeux gris, à la fois si doux et si intenses... Qu'il prononce mon nom, avec ce léger accent irlandais, comme il l'avait fait durant tout l'été dernier.

Mon cœur palpite dans ma poitrine comme un oiseau affolé. Devant moi, l'horizon s'étend à l'infini. Dans mon dos, les tours grises du manoir se profilent sur l'azur avec arrogance.

N'est-ce pas étrange d'aimer autant cette maison qui abrite tous nos étés, alors que son propriétaire — mon mari, Fergus Calhoun — est l'être le plus froid, le plus dénué de compassion que je connaisse ?

Je suis Bianca Calhoun, mère de Colleen, Ethan et Sean. Une femme respectable, fidèle, une mère dévouée. J'ai fait un mariage de raison — organisé par les familles — et non d'amour, mais jamais je ne trahirai les vœux que j'ai prononcés devant Dieu. Oui, je suis Bianca Calhoun. Je n'ai ni le temps ni le droit de rêver à d'impossibles amours…

Et pourtant… Pourtant, je suis là et je l'attends. Christian a volé mon cœur, et n'est pas revenu. A-t-il quitté l'île de Mount Desert ? Est-il parti pour toujours, emportant avec lui ses toiles, ses pinceaux, et mon âme ? Peint-il déjà d'autres mers sous d'autres cieux ?

Ce serait encore le mieux. Depuis que je l'ai rencontré, ici, sur la falaise, l'été dernier, je ne pense qu'à lui. J'ai un mari que je respecte, à défaut de l'aimer, et trois enfants que j'adore. Je me dois d'être fidèle, ne serait-ce que pour eux. Comment les trahirais-je pour le souvenir de quelque chose qui n'a même pas été ? Et qui ne sera jamais ?

Le soleil se couche lentement. A présent que je suis rentrée et me suis enfermée dans ma tour, j'écris ces quelques lignes dans mon journal, à la lumière orangée qui filtre par la fenêtre. Il faudra bientôt allumer les bougies. Dans quelques instants, je descendrai aider la nurse à coucher les enfants. Sean commence à marcher, Ethan parle bien pour ses trois ans et, à cinq ans, Colleen est déjà une petite fille très coquette.

C'est à eux que je dois penser, non à Christian. Nous allons passer une soirée tranquille en famille, probablement l'une des seules de l'été. Demain, nous sommes invités, et Fergus envisage de donner une réception la semaine prochaine. Il faut donc...

Mon Dieu ! Il est là !

Il marche sur la falaise, je l'aperçois de ma fenêtre. Une ombre qui se profile contre le soleil couchant, qui se tourne vers ma tour. Malgré la distance, je jurerais qu'il m'a vue. Et qu'il a prononcé mon nom, à voix très basse.

1

Vlan ! Amanda Calhoun se heurta la tête contre un mur. Un torse puissant, aux muscles d'acier, vêtu de toile bleue. Elle perdit le souffle — et tous ses paquets en même temps. Stressée, pressée, énervée, de fort méchante humeur, elle entreprit de les ramasser sans même jeter un coup d'œil au propriétaire du torse.

L'idiot ! S'il avait au moins regardé où il allait ! C'était malin... Elle était déjà en retard, et il avait fallu qu'elle — non, qu'il — se mette en travers de sa route ! Elle se mordit la langue pour réprimer le flot d'insultes qu'elle destinait à cet individu. Pour l'instant, à genoux sur le trottoir, tout ce qu'elle voyait de lui, c'était une paire de bottes de cuir tanné, aux talons éculés.

Et une main large, solide, qui se tendait vers elle.

— Permettez-moi de vous aider...

La voix grave, à l'accent traînant, lui tapa aussitôt sur les nerfs. Elle rejeta d'une secousse de la tête sa mèche trop longue, qui l'empêchait de voir, avant de rattraper de justesse un paquet qui glissait dangereusement vers la rue.

— Inutile ! grommela-t-elle.

Depuis ce matin, Amanda était une véritable boule de nerfs, doublée d'une pile électrique. La journée avait été dévorée par le travail, les courses, les millions de choses à faire en vue du mariage. Et ce n'était pas un cow-boy aux bottes mal cirées et à l'accent western qui allait l'empêcher de rentrer — enfin ! — chez elle.

— Je peux me débrouiller toute seule.

Elle récupéra le dernier paquet. Lui aussi. Ils le tirèrent chacun de leur côté. Le résultat était inévitable : le contenu s'éparpilla un peu partout. De la lingerie ultraféminine.

— Comme c'est léger ! murmura l'étranger en examinant un bout de tissu rouge orné de dentelle.

Il avait déjà l'accent moins traînant, remarqua Amanda. D'un geste vif, elle lui reprit le petit bustier et le fourra dans l'un des autres sacs.

— Et alors ? lança-t-elle d'un ton hargneux.

— Oh ! mais c'est supermignon ! s'empressa-t-il d'ajouter, amusé.

Amanda rejeta ses mèches en arrière et leva les yeux pour voir celui qui osait commenter ainsi ses achats. Pour l'instant, elle n'avait rencontré que ses bottes. Encore agenouillé sur le trottoir, l'homme semblait immense. Carrure impressionnante, bras musclés, grandes mains… Large sourire, aussi, qu'elle aurait pu trouver sympathique en d'autres circonstances. Mais là, plaqué sur un visage qu'elle avait décidé de détester au premier coup d'œil, il était déplacé. Quant au reste des traits… Ils étaient plutôt étranges : des yeux gris-vert, très clairs, qui tranchaient sur une peau cuivrée, un nez droit, un peu fort, et des pommettes larges et saillantes. Une tête de guerrier sur un corps d'athlète. Le tout couronné d'une masse de cheveux blond-roux, bouclés et trop longs.

Oui, Amanda aurait pu le juger intéressant, s'il ne s'était pas trouvé sur son chemin au moment précis où il ne fallait pas.

— Je suis très pressée...

— J'ai remarqué.

Il la dévisagea, intrigué, et demanda :

— On vous a prévenue qu'il y avait le feu chez vous, ou quoi ?

Amanda se releva, le salua d'un bref hochement de tête.

— Excusez-moi...

— Non, attendez !

Il se leva à son tour. Elle tapait déjà le bout de son escarpin noir sur le ciment, impatiente de s'en aller, tandis qu'il dépliait son mètre quatre-vingt-cinq. Surprise, elle dut lever la tête pour soutenir son regard, alors qu'elle était habituée à se trouver au niveau de la plupart des hommes qu'elle connaissait.

— Pourquoi ?

— Je vais vous conduire. Ça ira plus vite pour éteindre ce fichu incendie...

Amanda arqua un sourcil, se donnant l'air sévère et glacé d'une lady de l'époque victorienne. Voilà que ce mufle avait le culot de se moquer d'elle, maintenant !

— Inutile, merci. Je n'ai besoin de personne.

— Moi, si, rétorqua-t-il. Je viens de débarquer, et vous pourriez peut-être m'aider. Je me sens un peu seul, dans cette ville.

— Adressez-vous à l'office du tourisme, conseilla Amanda d'un ton sec. Ou à la chambre de commerce.

Elle pivota, lui tourna le dos... et virevolta de nouveau lorsqu'une main s'abattit sur son poignet.

— Ecoutez, je ne sais pas quelles sont vos habitudes, dans l'Ouest sauvage..., commença-t-elle en tentant de dégager son bras.

— Oklahoma City, pour être précis.

— ... Mais ici, sur la côte Est, la police se fait une joie d'interpeller les voyous qui harcèlent les femmes dans la rue.

— Oh, vraiment ?

— Vraiment.

— Il va falloir que je me surveille, dans ce cas, car j'ai l'intention de rester ici un bon moment. Et je n'aime pas la solitude.

— Vous pouvez toujours coller des affiches avec votre numéro de téléphone dessus ! Et maintenant, laissez-moi partir.

— Bien sûr. Mais ce serait dommage d'oublier ceci.

Il lui tendit un slip minuscule, en dentelle noire, rebrodé de boutons de rose.

Amanda le lui arracha des mains, le mit en boule et le glissa dans la poche de sa veste bleu marine. Puis elle partit à vive allure.

— Ravi de vous avoir rencontrée ! lui lança-t-il.

Elle pressa encore le pas, comme si son rire narquois la poursuivait.

Une demi-heure plus tard, une pile de paquets dans les bras — elle tenait le dernier en équilibre sous son menton —, Amanda claqua la portière de sa voiture d'un coup de talon et s'avança vers le vieux perron en pierres grises, couvertes par endroit d'une mousse brunâtre.

Tous les tracas de la journée — y compris sa désagréable rencontre avec un cow-boy mal embouché — s'effacèrent comme par enchantement de son esprit à la vue des quatre tours qui se découpaient magistralement sur le ciel orangé. Après sa famille, le grand amour d'Amanda, c'était cet étrange manoir que l'on appelait familièrement Les Tours.

D'un coup d'épaule, elle ouvrit la porte au lourd cadenas jamais fermé, avant de se faufiler à l'intérieur de l'immense hall dallé de marbre noir et blanc.

Au-dessus de sa tête, le plancher se mit à vibrer.

— Tante Coco ! appela-t-elle.

Un glapissement lui répondit, et une masse noire s'élança dans l'escalier. Trois marches avant la fin, elle trébucha et atterrit en boule aux pieds d'Amanda.

— Tu y es presque arrivé, cette fois, Fred ! déclara-t-elle avec admiration.

Très content de lui, le chiot s'étira, se secoua, et se mit à sauter joyeusement tout autour de la jeune femme.

— Tante Coco !

— J'arrive…

Aussi grande que sa nièce — un mètre soixante-dix, au moins — mais beaucoup plus imposante, Cordelia Calhoun McPike apparut dans l'entrée. Elle portait un pantalon et un chemisier abricot, le tout protégé par un grand tablier blanc éclaboussé de sauce tomate.

— J'étais dans la cuisine, chérie. Nous allons goûter ma nouvelle recette : des cannellonis aux dix parfums.

— Catherine est rentrée ? demanda Amanda à voix basse.

— Oh, non…

Coco jeta un coup d'œil furtif au miroir de l'entrée, et fit bouffer ses cheveux. La veille, elle les avait fait teindre en blond platine.

— Elle est encore au garage. Un problème de soutanes, je crois.

— Soupapes, tante Coco.

— Si tu veux… Elle ne rentrera pas avant une bonne demi-heure.

— Parfait ! Viens vite dans ma chambre que je te montre mes achats !

— Ma parole, on dirait que tu as dévalisé le centre commercial ! Attends, laisse-moi t'aider…

Coco récupéra de justesse deux paquets qui menaçaient de dégringoler des bras de sa nièce, et elles montèrent toutes les deux à l'étage.

— Je me suis amusée comme une folle ! déclara allégrement Amanda en pénétrant dans sa chambre.

— Je croyais que tu avais le shopping en horreur ?

— Pas quand j'achète pour quelqu'un d'autre !

Avec un soupir de soulagement, elle se déchargea de ses colis sur le grand lit à baldaquin.

— Je me suis tellement dépêchée… J'avais peur que Catherine ne soit déjà là. Pour mon malheur, il a fallu que je tombe sur un énergumène échappé d'un western de série Z, qui m'a retardée de dix bonnes minutes. Non content d'avoir fait tomber tous mes paquets, il a eu le culot de me faire des propositions malhonnêtes.

— Oh…

Coco, qui avait toujours eu un goût prononcé pour les histoires d'amour — qu'elles fussent dans les livres ou dans la réalité —, dévisagea sa nièce, l'œil pétillant d'intérêt.

— Il était comment ?

— Imagine Rambo en blond. Ou Tarzan en jean, marmonna Amanda qui farfouillait dans les sacs en papier. Regarde !

Fièrement, elle déplia une chemise de nuit bleu pâle, très transparente.

— C'est nous qui allons faire la valise de Catherine pour sa lune de miel. Elle va avoir le choc de sa vie lorsqu'elle découvrira toute cette lingerie affriolante ! Oh, tante Coco…

Amanda s'assit sur le lit, l'air désolé.

— Ne recommence pas à pleurer, je t'en prie.

— Je ne peux pas m'en empêcher, murmura sa tante en reniflant.

Elle sortit de la poche de son tablier un mouchoir en batiste marqué à ses initiales, et se tamponna légèrement les yeux.

— Quand je pense que c'est la plus jeune de vous quatre. Mes quatre petites filles chéries… Vous n'étiez que des bébés lorsque vos parents ont disparu. Et maintenant, vous voilà bonnes à marier !

Ses sanglots redoublèrent d'intensité, avant de se calmer.

— Tu sais bien que j'adore Trenton…

Avec un sourire, elle pensa à son futur neveu.

— ... il est parfait pour Catherine, mais ce mariage est si précipité...

— Ne m'en parle pas ! soupira Amanda. C'est moi qui dois tout organiser. Comment veux-tu que j'y arrive ? Il ne nous reste que deux semaines ! Ils auraient mieux fait de s'enfuir en Ecosse ou à Las Vegas...

— Jamais de la vie !

Scandalisée, Coco se moucha un bon coup et fourra son mouchoir dans sa poche.

— Vous devez vous marier toutes les quatre ici ! Mets-toi bien cela en tête, car lorsque ce sera ton tour...

— Pouah ! fit Amanda d'un air dégoûté. Le mariage n'est même pas sur ma liste de priorités !

— Toi et tes listes ! soupira Coco, avant de se tourner vers sa nièce pour la regarder bien en face. Il y a au moins une chose que tu ne peux pas programmer, Amanda chérie. Le coup de foudre. Prends Catherine, par exemple : elle ne pensait certainement pas se marier cette année, et la voilà qui essaie sa robe blanche et son voile entre deux cours de mécanique ! Cela peut t'arriver au moment où tu t'y attends le moins. D'ailleurs, pas plus tard que ce matin, je lisais dans le marc de café que...

— Oh non ! Pas le marc de café, gémit Amanda.

Coco se redressa, indignée.

— Tu sais parfaitement que j'ai un don de voyance. Comment peux-tu le nier, après notre dernière séance ?

— Hum... C'est vrai. Il s'est peut-être passé quelque chose, après tout, concéda Amanda.

— Comment cela, « peut-être ? »

— Je voulais dire « sûrement », admit la jeune femme, tête basse.

Sa sœur Catherine avait ainsi eu une vision de leur arrière-grand-mère, Bianca. Et celle-ci portait son fameux collier d'émeraudes. Catherine avait pu décrire le célèbre bijou disparu depuis des décennies, en compter les pierres, et discerner tous les détails du fermoir. A vous donner des frissons dans le dos !

— Et vous avez toutes — je dis bien *toutes*, insista Coco en lançant un regard appuyé à sa nièce — eu l'impression d'une... présence dans la pièce. Le boudoir de la tour de Bianca.

Vaincue, Amanda hocha la tête.

— C'est vrai. Mais ne compte pas sur moi pour apprendre à lire l'avenir dans une boule de cristal !

— Ce que tu peux être terre à terre, ma chérie ! Je me demande de qui tu tiens... Probablement de tante Colleen. Non, Fred, on ne mange pas la dentelle ! poursuivit Coco sur le même ton en tirant sur le collier du chien, occupé à mâchouiller le dessus-de-lit. En ce qui concerne le marc de café...

Coco se redressa de toute sa taille.

— J'ai vu un homme, ce matin.

— Un homme au fond de ta tasse, vraiment ?

— Il est très proche de nous, ajouta Coco en ignorant l'ironie de sa nièce.

— C'est le plombier. Rappelle-toi qu'il y a des travaux dans l'une des caves depuis deux jours.

— Non. Il n'habite pas Mount Desert.

L'air mystérieux, Coco ferma à demi les paupières.

— En fait, il vient de loin. Il va jouer un rôle

important dans notre vie. Particulièrement dans la tienne, ou dans celle de Lila.

— Je préférerais que ce soit dans la sienne, décida Amanda. D'ailleurs, où est-elle ?

— Elle avait rendez-vous avec quelqu'un, après son travail. Todd... Ou Rod...

— Ou Bob, suggéra Amanda en soupirant. Bon sang, elle m'avait promis de rentrer directement pour m'aider à trier ces maudits papiers ! Il va bien falloir que l'on trouve ces émeraudes un jour ou l'autre !

Avec un nouveau soupir, Amanda se leva, prit sa veste et la rangea dans son armoire.

— Nous les trouverons, mon chou. C'est ce que souhaite Bianca. Elle nous montrera le chemin à suivre, j'en suis sûre.

— Voyons, tante Coco... il nous faut un peu plus que des visions pour les découvrir.

Ce n'était pas l'argent qui motivait Amanda — même si le collier de Bianca Calhoun valait une fortune. Non, c'était sa volonté de mettre fin à la rumeur publique. Lorsque Trent, le fiancé de Catherine, avait offert de racheter Les Tours, la légende des émeraudes avait fait les gros titres de tous les journaux locaux. Bien entendu, l'histoire avait été amplifiée, enjolivée, modifiée par les journalistes... Cette publicité avait bouleversé leur vie de façon bien déplaisante, songea Amanda tandis que Coco poussait des « Oh ! » et des « Ah ! » devant chaque article de lingerie qu'elle retirait des paquets.

Au début du siècle, le petit port de Bar Harbor était considéré comme l'endroit à la mode pour passer l'été. Fergus Calhoun y avait fait bâtir Les Tours, une construction vaguement gothique, le comble de l'élégance à l'époque. Perché au sommet de la falaise, le manoir avait abrité les étés de Fergus, de sa jeune femme Bianca et de leurs trois enfants.

Un jour, au cours d'une promenade, Bianca avait rencontré un jeune peintre. Cela avait été le coup de foudre. Longtemps déchirée entre la raison et son cœur, Bianca avait fini par céder à ce dernier, et avait décidé de quitter Fergus et de s'enfuir avec son amant. A en croire la légende, elle devait emporter pour tout bagage un superbe collier d'émeraudes que lui avait donné Fergus à la naissance de son second enfant, et premier fils. Elle l'avait d'ailleurs soigneusement caché à cette fin.

Au moment de partir, cependant, désespérée de laisser ses enfants, certaine qu'elle ne les reverrait jamais, incapable de rester avec Fergus et passionnément amoureuse de Christian, elle avait eu une crise de folie. Ouvrant la fenêtre de son boudoir, elle s'était jetée dans le vide. Fergus avait alors sombré dans une profonde dépression, et on avait dû l'enfermer dans un asile de peur qu'il n'attente à ses jours ou à ceux de ses enfants.

Quatre-vingts ans plus tard, le mystère des émeraudes restait entier. On n'avait jamais retrouvé le collier. Les descendants du couple maudit avaient eu beau fouiller les quatre tours et rassembler tous les papiers possibles laissés par leurs aïeux, ils n'avaient pas découvert la moindre piste. Et depuis l'annonce de la restauration du manoir, ils étaient poursuivis par une meute de journalistes et d'amateurs de chasse au trésor. Bref, on les importunait quotidiennement.

C'est pourquoi Amanda avait décidé de retrouver le collier. Ainsi, il n'y aurait plus de trésor perdu et de mystère insoluble. La légende n'aurait plus de raison d'être. On les laisserait tranquilles... enfin !

— Quand Trent doit-il revenir ? demanda-t-elle à sa tante.

— Bientôt. Il ne supporte pas d'être séparé de Catherine. Il quittera Boston dès qu'il aura mis de l'ordre dans ses affaires. Et ensuite...

Des larmes brillèrent de nouveau dans les yeux sombres de Coco.

— Oh non, ne recommence pas, tante Coco ! Songe plutôt à la réception... et au travail fou qui t'attend. Tu vas enfin montrer de quoi tu es capable à tous ces gens. Ce sera un excellent entraînement pour ta nouvelle carrière. Pense un peu : dans un an exactement, tu dirigeras les cuisines de l'hôtel des Tours ! Le fleuron de la chaîne St. James.

— C'est vrai, acquiesça Coco dans un souffle.

Trois coups frappés à la porte d'entrée, au rez-de-chaussée, firent bondir Fred.

— Reste ici et imagine ton avenir, tante Coco ! lança Amanda. Pendant ce temps, je vais ouvrir.

Elle fit la course avec le chien dans l'escalier, ses talons aiguilles martelant le chêne tandis que les griffes du chien dérapaient sur les marches cirées. Il finit par s'emmêler les pattes, comme toujours, et termina sa descente tant bien que mal. En riant, Amanda le prit par le collier et ouvrit la porte.

Son rire s'étrangla dans sa gorge quand elle découvrit à qui elle avait affaire.

— Oh ! C'est vous !

— Le monde est vraiment petit, dit la voix traînante. Et il est plein d'agréables surprises.

— Vous... vous m'avez suivie ! s'exclama Amanda d'un ton accusateur.

— Non, mais j'aurais dû le faire. Je m'appelle Sloan O'Riley.

— Je me fiche de votre nom. Retournez-vous et marchez... le plus loin possible !

Comme elle tentait de lui fermer la porte au nez, il la maintint largement ouverte. D'une seule main.

— Ce serait dommage. J'ai fait un sacré bout de chemin pour visiter cette vieille bâtisse.

Amanda aurait voulu le gifler. Ses yeux bleus lancèrent des éclairs.

— Eh bien, tant pis pour vous ! Figurez-vous que nous sommes chez nous, ici. Vous avez dû lire mille sornettes dans les journaux et vous vous êtes mis en tête de fouiller la maison pour découvrir le collier ! Ce n'est pas l'île au Trésor, ici, monsieur le cow-boy ! J'en ai par-dessus la tête de vous voir tous débarquer à n'importe quelle heure du jour ou de la nuit, armés d'une pelle et d'une lampe de poche !

« Elle est superbe ! songea Sloan en attendant posément que la jeune femme en ait fini. Un corps impétueux, un regard plein de colère, un front têtu, un menton volontaire, et une bouche... une bouche sûrement très douce lorsqu'elle cesse de débiter des choses désagréables ! »

— Terminé ? demanda-t-il, narquois, au moment où Amanda reprenait son souffle.

— Non ! Et si vous ne décampez pas sur-le-champ, je lâche mon chien !

Comme s'il n'avait attendu que ce moment pour entrer en scène, Fred aboya, le poil hérissé.

— Il a vraiment l'air féroce, remarqua Sloan.

Il se pencha vers l'animal, tendit la main vers sa truffe, le laissa flairer un moment. Fred secoua la tête, puis remua joyeusement la queue.

— Très féroce, répéta Sloan en le grattant entre les oreilles.

Amanda se campa devant lui, les mains sur les hanches.

— Je vais prendre un fusil.

— Amanda ? Qui est-ce ? demanda Coco, qui descendait les dernières marches de l'escalier.

— Un futur cadavre ! lui annonça sa nièce d'un ton sec.

— Pardon ? Oh... Bonsoir, monsieur.

Aussitôt, Coco fit bouffer ses cheveux. Puis, les cils papillonnants et la bouche en cœur, elle tendit la main à Sloan en susurrant :

— Je suis Cordelia McPike.

— Enchanté.

Sloan lui décocha un sourire charmeur, prit la main fine qu'elle lui tendait et la porta à ses lèvres.

— Je disais justement à votre sœur...

— Ma sœur !

Coco eut un rire ravi.

— Amanda est ma nièce. La troisième fille de mon

frère. Naturellement, mon frère était beaucoup plus âgé que moi.

— Tante Coco, c'est ce type qui a fait tomber tous mes paquets dans la rue, cet après-midi, intervint Amanda. Il m'a suivie jusqu'ici. Il veut forcer notre porte pour faire sa petite chasse au trésor !

— Amanda chérie, ne sois pas si abrupte, voyons.

— C'est pourtant une semi-vérité, intervint Sloan. Votre nièce et moi nous nous sommes rencontrés un peu... brutalement, tout à l'heure. Et j'aimerais beaucoup visiter votre maison.

— Je vois, dit lentement Coco.

Un peu déçue, elle soupira.

— Je suis vraiment désolée mais, dans ce cas, je ne peux pas vous faire entrer. Vous comprenez, nous sommes tellement occupés par ce mariage...

Sloan lança un regard perçant à Amanda.

— Vous allez vous marier ?

— Pas moi. Ma sœur. Mais cela ne vous regarde pas, et nous avons des millions de choses à faire, ce soir. Si vous voulez bien...

— ... partir, acheva Sloan avec amusement. Tout de suite. Je vous prie simplement de bien vouloir prévenir Trent que Sloan O'Riley est en ville.

— O'Riley ? répéta Coco.

Elle le dévisagea un instant, la bouche ouverte.

— Vous êtes M. O'Riley ? Oh, mon Dieu, je suis absolument désolée de vous avoir reçu ainsi ! Entrez, je vous en prie !

— Mais, tante Coco...

— Amanda, c'est M. O'Riley !

— J'ai bien entendu. Pourquoi le fais-tu entrer ?

— Mais enfin, Amanda, c'est l'ami de Trent ! Il a appelé ce matin pour nous prévenir, tu ne t'en souviens pas ?

Coco passa nerveusement la main dans ses mèches platine avant de conclure, dépitée :

— Non, évidemment, tu ne peux pas t'en souvenir, puisque je ne t'en ai pas parlé. Quelle affreuse réception nous vous avons réservée ! s'exclama-t-elle en portant les mains à ses joues roses de confusion. J'espère que vous nous pardonnerez...

— Voyons, chère madame, tout le monde a le droit de faire une petite erreur de temps en temps !

— Tante Coco, intervint Amanda.

Elle avait toujours la main sur la poignée de la porte d'entrée, prête à mettre l'étranger dehors.

— Peux-tu m'expliquer ce que t'a dit Trent, exactement, à propos de ce monsieur ?

— M. O'Riley est l'architecte que nous attendions, ma chérie.

Tandis que Coco lui adressait un sourire radieux, sa nièce inspecta Sloan du bout de ses bottes mal cirées jusqu'aux boucles de sa crinière trop longue.

— Un architecte ? demanda-t-elle avec une moue dédaigneuse.

— Mais oui... C'est lui qui va s'occuper de la rénovation de la tour ouest. Et ensuite, de nos appartements privés. Nous allons travailler tous ensemble sur le projet, et M. O'Riley...

— Sloan, interrompit l'intéressé d'une voix douce.

— Sloan, répéta Coco, tout sourire. Dans ce cas, appelez-moi Coco, puisque nous allons nous voir tous les jours, maintenant...

— Génial ! grommela Amanda en fermant la porte d'entrée d'un coup sec.

Sloan glissa ses pouces dans les poches de son jean et lui dédia son sourire le plus sexy pour murmurer :

— Exactement ce que je pense.

2

— Entrez, entrez, je vous en prie... Que puis-je vous offrir ? Du café, du thé ?

— Plutôt une canette de bière, ironisa Amanda.

Sloan acquiesça d'un hochement de tête.

— Ce sera parfait.

— De la bière, alors ? dit Coco en faisant pénétrer son invité dans le salon.

Elle s'essuya nerveusement les mains sur son tablier. Dommage qu'elle n'ait pas eu le temps de secouer les coussins du canapé ce matin ! Et les fleurs ? Elle ne les avait même pas changées !

— Je vais vous en chercher tout de suite. Amanda va vous tenir compagnie, ajouta-t-elle avant de s'éclipser.

— Asseyez-vous.

La jeune femme désigna un fauteuil, puis se laissa tomber dans un vieux Chesterfield au cuir tanné par les ans.

— Je suppose que je vous dois des excuses, commença-t-elle.

Sloan caressa la tête de Fred qui, apparemment

conquis, avait fermé les yeux et arborait une expression extasiée.

— Pourquoi ?

— Si j'avais su que Trent vous avait demandé de venir, je ne me serais pas montrée aussi désagréable.

— Vraiment ?

Il se cala contre son dossier, Fred allongé à ses pieds, et dévisagea son hôtesse en silence.

Des anges passèrent. Toute une colonie.

Amanda s'éclaircit la voix. Etant dans son tort, elle décida d'appliquer une stratégie bien féminine : l'attaque.

— Vous auriez pu me le dire, lorsque vous vous êtes présenté.

— Sûrement, déclara Sloan d'un ton placide. Qu'est-ce que c'est que ces émeraudes que vous m'avez accusé de vouloir chercher ?

— Oh ! c'est le collier des Calhoun ! Il appartenait à mon arrière-grand-mère. L'histoire était dans tous les journaux locaux, cet été.

— Je viens de passer deux mois à Budapest.

Il sortit un long cigare de sa poche.

— La fumée vous dérange ?

— Non.

Tandis qu'elle se levait pour chercher un cendrier, Sloan suivit son hôtesse des yeux. Il adorait sa façon de marcher, son allure rapide, directe, qui signifiait clairement : « Otez-vous de mon chemin ! »

Il gratta une allumette, tira sur son cigare par petites bouffées. Puis il balaya la pièce d'un regard paisible. Son cerveau enregistrait les moindres détails : les rideaux défraîchis de soie très lourde, le lustre ancien, les superbes boiseries, la peinture craquelée par endroits, les ravissants petits bronzes disposés sur une console…

— Trent m'a téléphoné là-bas en me demandant de m'occuper de la rénovation des Tours dès la fin de ma mission.

— Et vous avez accepté sans même voir la propriété ?

— J'avais justement envie d'aller sur la côte Est, répondit Sloan en haussant les épaules.

« Elle a des yeux magnifiques, songea-t-il. Froids et soupçonneux, mais d'un bleu céleste. » Il se demandait s'il arriverait jamais à lui arracher un sourire.

— Et Trent me connaît. Il ne m'aurait jamais proposé ce travail s'il n'avait pas pensé qu'il me plairait. J'ai toute confiance en lui.

Amanda tapait machinalement le bout de son escarpin sur le plancher. Un tic qui indiquait que les choses n'avançaient pas assez vite à son gré.

— Vous le connaissez depuis longtemps ? demanda-t-elle.

— Quelques années. Nous étions ensemble à Harvard.

— Harvard ?

Sa voix s'était étranglée tandis que son pied s'immobilisait, la pointe en l'air.

— Vous avez étudié à Harvard ?

Tout autre aurait pu se sentir insulté devant l'air stupéfait de la jeune femme. Sa réaction ne fit qu'amuser Sloan.

— Oui, oui. Ils acceptent même les cow-boys, là-bas, dit-il en exagérant son accent traînant.

Lorsqu'il la vit rougir, son sourire s'élargit.

— Je ne voulais pas vous vexer, bredouilla-t-elle. C'est juste que…

— Je n'ai pas l'air assez yuppie ?

Les yeux mi-clos, il souffla lentement un rond de fumée.

— Il ne faut pas se fier aux apparences, Amanda. Votre maison en est la preuve.

— Comment cela, ma maison ?

— Lorsqu'on la voit de l'extérieur, on se demande si c'est une forteresse, un château, ou bien le cauchemar d'un architecte bon pour l'asile. Si on la regarde plus en détail, on se rend compte qu'elle a une personnalité bien à elle : solide, arrogante, élégante, avec un charme très particulier.

Il se pencha vers elle et acheva, sur le ton de la confidence :

— J'ai tendance à croire que les maisons reflètent la personnalité de leurs propriétaires. Qu'en pensez-vous ?

Amanda n'eut pas le temps de répondre. Sloan s'était levé d'un bond en voyant Coco entrer dans le salon, un plateau dans les mains.

— Asseyez-vous, je vous en prie. Nous sommes tellement contentes de voir un homme, dans cette maison. N'est-ce pas, Amanda ?

— J'en suis toute retournée, ironisa celle-ci.

— Voici votre bière. Elle est brune. J'espère que vous aimez ?

— J'adore les brunes, assura Sloan en plongeant les yeux dans ceux d'Amanda.

Ce fut elle qui détourna le regard la première.

Tout agitée, Coco passa une assiette pleine de biscuits salés et de petites saucisses chaudes.

— Servez-vous... Amanda et moi, nous allons prendre du porto. Est-ce que ma nièce vous a raconté l'histoire de cette maison ? demanda-t-elle en décochant un sourire radieux à son visiteur.

— Pas encore. Trent m'a simplement indiqué qu'elle appartient à votre famille depuis le début du siècle.

— Oh oui... Si l'on compte les enfants de ma nièce Suzanna, cela fera la cinquième génération de Calhoun. Fergus...

Du menton, elle désigna le portrait d'un homme au visage froid, animé d'un regard un brin cynique.

— ... avait fait construire Les Tours en 1904. C'était sa résidence d'été. Il y habitait avec sa femme Bianca et leurs trois enfants. Bianca s'est jetée par la fenêtre de la tour un soir de septembre...

Coco soupira longuement, comme chaque fois qu'elle évoquait la possibilité de mourir d'amour.

— Après ce suicide, mon grand-père a perdu peu à peu la raison.

— Tante Coco, je suis sûre que nos petits problèmes familiaux n'ont aucun intérêt pour M. O'Riley.

— Sloan, lui rappela celui-ci avec un sourire, avant de se tourner vers Coco. Votre histoire ne m'intéresse pas, elle me fascine. Continuez, je vous en prie...

Coco tapota ses cheveux du bout de ses ongles soigneusement manucurés.

— La maison est passée aux mains de mon père, Ethan. C'était leur second enfant, mais leur premier fils — et grand-père prenait la lignée des Calhoun très au sérieux. Evidemment, la sœur aînée d'Ethan,

Colleen, n'a pas apprécié de voir la maison lui passer sous le nez. Elle s'est brouillée avec nous et ne nous parle guère.

— Ce dont nous lui sommes très reconnaissantes ! intervint Amanda.

— Disons qu'elle n'est pas très facile, admit Coco. Le jeune frère de mon père, oncle Sean, a eu des problèmes. Une histoire avec une femme qui s'est mal terminée, je crois... Il est parti pour les Indes et y est resté. A la mort de mon père, c'est mon frère Judson qui a hérité des Tours. Avec sa femme, Deliah, il avait décidé de rénover toute la maison. Il l'adorait. Malheureusement, ils sont morts tous les deux dans un accident d'avion, laissant quatre petites orphelines. J'étais moi-même veuve, et je me suis installée ici pour élever Amanda et ses sœurs, conclut Coco avec un petit soupir.

Reprenant son ton mondain, elle demanda :

— Désirez-vous une autre bière, Sloan ?

— Non, merci. Puis-je vous demander pour quelle raison vous avez décidé de transformer la maison en hôtel ?

— C'est Trenton qui nous en a donné l'idée. Et nous lui en saurons gré toute notre vie, n'est-ce pas, Amanda ?

— Absolument, répondit la jeune femme avec résignation.

Par expérience, elle savait qu'à certains moments il était impossible de contredire sa tante.

Satisfaite, celle-ci hocha la tête et but son porto à petites gorgées, avant d'ajouter :

— En fait, nous avons quelques difficultés financières.

L'entretien de la maison est très lourd. Croyez-vous au destin, Sloan ? demanda-t-elle à brûle-pourpoint.

Il eut un demi-sourire.

— Ma mère est irlandaise, mon père a du sang indien cherokee. Avec un pareil héritage, comment voulez-vous que je fasse autrement ?

Coco sourit, ravie.

— Dans ce cas, vous allez comprendre… C'est le destin qui a soufflé à M. St. James, fondateur de la chaîne d'hôtels du même nom, de faire le tour de l'île de Mount Desert en voilier, l'été dernier. Il a aperçu Les Tours et en est tombé amoureux sur-le-champ. Lorsqu'il nous a offert d'acheter la maison à un très bon prix, nous n'avons vraiment pas su quoi faire. Nous avions toute la toiture à réparer, la façade extérieure se lézardait… Bref, la tentation d'accepter était forte. D'un autre côté, c'est là que nous habitons…

— Je comprends.

— Et puis, le destin a encore frappé ! poursuivit Coco, radieuse. Nous étions sur le point de vendre lorsque le fils de M. St. James — Trenton — est venu nous voir, il y a deux mois. Il a eu le coup de foudre pour Catherine. C'est tellement romantique ! Ils se marient dans quinze jours.

Emue, Coco s'interrompit pour tamponner délicatement ses yeux avec son mouchoir brodé.

— Trent a tout de suite compris l'attachement de Catherine à cette maison, ainsi que le dilemme qui était le nôtre. Il a proposé de racheter uniquement la tour ouest et de la transformer en une série de suites de grand luxe. Ainsi, nous gardons notre foyer et nous pouvons faire toutes les réparations nécessaires. N'est-ce pas merveilleux ?

— C'est magnifique, affirma Sloan. Tout le monde y trouve son compte ! Trenton est très astucieux.

Coco hocha la tête et se pencha vers son interlocuteur, l'œil brillant.

— Puisque vous croyez au destin, Sloan... vous croyez sans doute aussi aux fantômes ?

— Tante Coco !

— Amanda chérie, je connais ton tempérament pragmatique et je sais que tu détestes que l'on en parle. C'est incroyable, poursuivit-elle en prenant Sloan à témoin. Malgré ses origines celtes, elle n'a pas la moindre fibre psychique !

— Je laisse ce genre de croyances à Lila ! s'exclama Amanda avec un petit rire.

— Mon autre nièce, expliqua Coco. Elle a un don de clairvoyance. Mais revenons à vous. Que pensez-vous du monde surnaturel ?

Sloan reposa son verre.

— Dans ce genre de maison, il y a toujours un ou deux fantômes qui se baladent.

— Exactement ! s'écria Coco, enthousiaste. Tu vois, Mandy chérie ? Dès que j'ai aperçu Sloan, j'ai su que nous avions des points communs.

De nouveau, elle se tourna vers le jeune homme.

— Bianca hante toujours les lieux, vous savez. A notre dernière séance de spiritisme, elle nous est apparue...

Elle fit signe à Amanda qui ouvrait la bouche, l'air indigné, de ne pas l'interrompre.

— D'ailleurs Catherine, qui est presque aussi

incrédule qu'Amanda, l'a vue elle-même. Bianca nous a demandé de chercher le collier.

— Les émeraudes ? demanda Sloan.

— Oui, acquiesça Coco d'un ton solennel. Nous n'avons cessé d'étudier les papiers de famille dans l'espoir de découvrir une indication concernant l'endroit où Bianca l'avait caché, mais en vain.

— Nous le trouverons peut-être au cours des travaux, suggéra-t-il.

— Espérons-le.

Elle dévisagea Sloan d'un air pensif.

— Nous devrions tenter une autre séance. Après tout, vous êtes peut-être médium, vous aussi.

Amanda s'étrangla dans son verre de porto.

— Tante Coco ! M. O'Riley est venu pour effectuer des travaux, pas pour faire tourner les tables !

— J'adore mélanger le plaisir et les affaires, rétorqua gaiement l'intéressé.

Coco eut une inspiration soudaine.

— Dites-moi, Sloan… Je suppose que vous n'êtes pas d'ici ?

— Non. Je suis né dans l'Oklahoma.

— Vraiment ? Mais c'est très loin.

Le regard que Coco lança à sa nièce signifiait : « Tu vois ? Je te l'avais annoncé tout à l'heure ! »

— Bien entendu, reprit-elle en revenant à Sloan, puisque c'est vous qui mènerez les travaux de restauration, vous allez jouer un rôle important ici.

— Je l'espère.

Brusquement, Coco se leva.

— Le marc de café, souffla-t-elle à Amanda, avant d'expliquer à Sloan, un gracieux sourire aux lèvres :

Je vais préparer le dîner. Voulez-vous vous joindre à nous, ce soir ?

Sloan hésita une fraction de seconde. Il avait prévu de se livrer à une visite rapide des lieux, puis de rentrer à l'hôtel et de dormir dix heures. L'air crispé d'Amanda le fit changer d'avis. Une soirée en sa compagnie serait nettement moins reposante, mais mille fois plus passionnante !

— J'en serais ravi.

— Parfait ! Amanda, si tu montrais à Sloan la tour ouest, pendant que je suis dans la cuisine ?

Intrigué, Sloan attendit qu'elle ait disparu pour demander :

— Le marc de café ?

— Ne comptez pas sur moi pour vous parler de ce genre de fadaises ! lui répondit Amanda d'un ton sec.

Elle esquissa un geste vers la porte.

— Vous êtes prêt pour la visite ?

— Tout à fait.

Il la suivit vers le double escalier qui s'élevait en parallèle jusqu'au premier étage, puis se séparait pour desservir les tours est et ouest.

— J'ai entendu votre tante vous appeler Mandy. Que préférez-vous ? Amanda ou Mandy ?

— Je réponds aux deux.

— Pour moi, ces noms sont porteurs d'images différentes, remarqua Sloan d'une voix douce. Amanda est une femme vive, sûre d'elle-même, un peu raide. Mandy est plus… douce.

Amanda s'arrêta sur le palier et lui fit face.

— Et pour Sloan ? Quelle image doit-on associer à ce prénom ?

Il s'arrêta juste une marche au-dessous. Ainsi, leurs yeux se trouvaient exactement au même niveau.

— C'est à vous de me le dire !

Il avait le sourire le plus suffisant, le plus satisfait de lui qu'Amanda ait jamais vu. Et chaque fois qu'il lui souriait ainsi, elle sentait tout son corps vibrer.

« D'agacement, bien sûr », décida-t-elle.

— Hum ! Difficile de deviner... C'est que nous n'avons pas l'habitude des cow-boys, sur la côte Est !

Comme Amanda pivotait et se dirigeait vers une lourde porte de chêne massif, Sloan la rattrapa et lui prit le bras.

— Vous êtes toujours aussi pressée ?

— Je déteste perdre du temps.

Il lui pressa légèrement le coude tout en marchant à son côté.

— Je saurai m'en souvenir.

Quand il pénétra dans la première suite de pièces en enfilade, Sloan découvrit avec enthousiasme un endroit grandiose. Comment ne pas être impressionné par les plafonds à caissons, les cheminées de marbre, les boiseries et les parquets de chêne, les fenêtres en vitraux ? Bien sûr, les peintures étaient fanées et, dans certains murs, les lézardes avaient la largeur d'un doigt ; le parquet s'affaissait par endroits, et les moulures de plâtre étaient presque toutes moisies. Mais ce n'était rien en regard du charme et de l'élégance qui se dégageaient des proportions harmonieuses. Ce serait un vrai bonheur — en même temps qu'une prouesse technique — de restaurer la tour et de lui faire recouvrer sa splendeur passée, tout en y intégrant les accessoires indispensables au confort moderne. Trent avait prévu d'y installer une dizaine de suites ultraluxueuses pour une clientèle habituée aux meilleurs palaces.

— Cette tour n'a pas été habitée depuis des années, indiqua Amanda quand ils atteignirent le palier du second étage.

Elle passa un doigt sur l'une des boiseries et constata avec dégoût l'épaisseur de la couche de poussière.

— Il était impossible de la chauffer durant l'hiver. Toute l'isolation thermique est à refaire, expliqua-t-elle en ouvrant la porte de ce qui avait dû être autrefois une vaste chambre à coucher. Sans parler du reste...

Le reste ? Sloan s'arrêta au milieu de la pièce. Le « reste », ainsi que le disait si évasivement Amanda, impliquait un parquet plus que vermoulu, des vitres manquantes et remplacées par des panneaux en contreplaqué, des plaques de moisissure au plafond, des fresques mangées par l'humidité, et des trous de souris un peu partout dans les boiseries.

Il s'approcha de la cheminée en marbre noir, fracturée en plusieurs endroits.

— On devrait vous chasser d'ici ! déclara-t-il, l'œil sombre.

— Pardon ?

— On n'a pas le droit de laisser se dégrader ainsi de pareilles merveilles.

Sa voix tremblait de colère. Confuse, Amanda regarda la cheminée abîmée qu'il était en train d'examiner.

— Ce n'est pas moi qui l'ai cassée, murmura-t-elle, comme une petite fille prise en faute.

Sloan l'ignora et désigna d'un geste large la pièce.

— Regardez ces murs ! Toutes ces fresques, ces

moulures, ces chérubins joufflus... Comment osez-vous les laisser dans un état pareil ? Cette pièce n'a pas été entretenue depuis la Première Guerre mondiale !

S'approchant d'une petite porte, sur le côté, il l'ouvrit avec un long grincement.

— Et cette salle de bains ? demanda-t-il en balayant du dos de la main quelques toiles d'araignées. Le carrelage est entièrement peint à la main... Regardez ce qu'il en reste ! C'est scandaleux !

— Je ne vois pas...

— Enfin, Amanda, il faudrait être aveugle pour ne pas se rendre compte que cette maison contient des trésors ! Votre ancêtre avait un goût parfait, il a su choisir les meilleurs artistes de la région et a réussi un véritable chef-d'œuvre ! Et vous, vous l'avez laissé pourrir comme un vulgaire bâtiment de ferme dont on ne se sert plus !

— C'est faux ! Cette maison est peut-être un monument pour vous, mais pour moi, c'est un foyer. Nous nous sommes privées de vacances depuis cinq ans pour entretenir la toiture et le bâtiment principal dans lequel nous vivons. Mais cela vous est probablement égal ! De toute façon, ajouta Amanda, l'œil dangereusement sombre et la voix glaciale, vous avez été engagé pour rénover la tour, et non pour nous faire la morale !

— Eh bien, vous avez les deux pour le même prix, rétorqua Sloan d'un ton paisible.

Comme il avançait la main vers elle, Amanda recula aussitôt.

— Que faites-vous ?

— Du calme, ma belle ! Je veux simplement enlever la petite araignée qui vous grimpe sur l'épaule…

— Je peux m'en charger toute seule, dit-elle d'un ton sec.

Elle chassa l'insecte du revers de la main.

— Et ne m'appelez pas « ma belle ». J'ai horreur de cela.

— Wow ! Vous êtes encore plus sauvage que la dernière pouliche que j'ai domptée !

Un éclair de colère zébra le regard bleu d'Amanda.

— Je vous saurais gré de garder vos comparaisons pour vous.

— Vous avez raison, murmura Sloan en s'inclinant de bonne grâce, avant de changer brusquement de sujet. Nous continuons la visite ?

Amanda haussa les épaules.

— A quoi cela vous servira-t-il ? Vous n'avez même pas de quoi prendre des notes !

— Il y a des choses que je ne suis pas près d'oublier, croyez-moi.

Il la dévisagea tout à loisir, s'attarda sur sa bouche, revint à ses yeux.

— J'ai l'habitude de faire un tour d'horizon avant de m'occuper plus à fond des détails, murmura-t-il.

Elle rejeta les épaules en arrière, secoua son épaisse chevelure, avant de le toiser avec défi.

— Vous voulez que je vous fasse un dessin ? Je veux dire un plan, bien entendu, précisa-t-elle d'un ton narquois.

Sloan sourit et lui prit le bras.

— Inutile. Tout est gravé dans ma mémoire. Venez, montrez-moi donc le reste de l'aile.

La suite de la visite se fit au pas de charge. Mais Amanda avait beau faire pour garder une certaine distance, elle ne cessait de se heurter à lui. Comme par hasard, il lui barrait le passage, la coinçait contre une porte, la bloquait dans un angle — bref, il était constamment sur son chemin et semblait s'amuser prodigieusement.

Ils venaient de pénétrer dans la dernière pièce de la tour lorsqu'ils se retrouvèrent nez à nez. Le cœur battant à se rompre et les nerfs à fleur de peau, Amanda fit un saut en arrière. Ce petit jeu commençait à l'agacer. Et sérieusement !

Elle alla se réfugier vers la fenêtre du fond, qui donnait sur le port. La simple présence physique de Sloan avait un curieux effet sur elle. Tout son corps y réagissait avec une certaine violence, à laquelle Amanda — toujours si calme, si pleine de sang-froid — n'était absolument pas habituée. Il la déroutait complètement. A quoi attribuer ce malaise ? A sa voix grave et traînante, à son sourire un brin suffisant, ou à son regard hardi, insistant ?

— Trenton a l'intention de transformer cette pièce en une sorte de bar-salle à manger, expliqua Amanda. Les clients pourraient venir prendre un verre avant le dîner, ou bien une légère collation. En élargissant les fenêtres, ils bénéficieront d'une vue superbe sur la baie.

Tout en parlant, elle se tourna vers Sloan. Un rayon orangé vint alors jouer dans ses cheveux auburn et nimber son visage. Bouche bée, le cerveau en panne sèche, Sloan la dévisageait.

— Hum… Vous vous sentez bien ? finit-elle par lui demander.

Un peu nerveuse, Amanda se demanda si grand-maman Bianca n'était pas en train de faire des siennes. Il l'avait peut-être aperçue et n'osait pas en parler…

Sans la quitter des yeux, il s'avança d'un pas.

— Vous êtes une vraie beauté, Amanda, murmura-t-il enfin.

Elle recula. En général, les compliments ne lui déplaisaient pas. Mais cet homme n'avait pas l'air dans son état normal. Et cette lueur sombre, qu'il avait dans le regard, l'inquiétait plus qu'autre chose.

— Si vous avez des questions à m… me poser au sujet de la t… tour, bredouilla-t-elle.

— Je vous ai fait un compliment, insista Sloan, qui la fixait toujours.

— Ah. Oui… Merci.

Amanda recula encore. Et elle balaya la pièce du regard en espérant découvrir une façon élégante de se retirer au plus vite.

— Je pense que… Oh !

Elle se sentit brusquement happée par un bras musclé et serrée contre un torse solide.

— A quoi jouez-vous ?

— Je vous empêche de faire le même saut que cette pauvre Bianca, murmura Sloan contre sa bouche. Encore un pas, et vous tombiez dans le vide ! Cette fenêtre est complètement pourrie, elle n'aurait pas offert la moindre résistance.

Amanda tenta de se dégager, mais il la maintint avec fermeté contre lui.

— Vous êtes exactement du calibre qu'il me faut,

murmura-t-il avant de respirer avec délices les cheveux de la jeune femme. Mmm... on dirait de la soie... Même avec tous ces épis et ces toiles d'araignées ! Franchement, Calhoun, vous pourriez me remercier au lieu de vous débattre comme un poisson dans un filet ! Je crois bien que je vous ai sauvé la vie.

Malgré l'affolement de son cœur et de ses sens, Amanda se raidit. Elle n'allait quand même pas se laisser intimider par un cow-boy très suffisant !

— Lâchez-moi tout de suite, ou bien il va y avoir du grabuge ! grommela-t-elle.

Enchanté par sa réaction, Sloan rit de plus belle. Décidément, elle le tentait de plus en plus. Il chercha instinctivement sa bouche, prêt à lui voler le plus délicieux des baisers, se pencha... et se retrouva à deux mètres, à plat ventre sur le parquet.

Très fière de sa prise d'aïkido — au fond, elle avait eu raison de passer sa ceinture noire le mois dernier —, Amanda lâcha d'un ton ironique :

— La visite est terminée, cher monsieur !

Et, pivotant sur ses escarpins, elle se dirigea vers la porte. Elle n'avait pas fait deux pas que la main de Sloan emprisonnait sa cheville. Déséquilibrée, elle s'affala sur lui en poussant un cri aigu.

— Ce qui est bon pour moi l'est aussi pour vous, déclara-t-il, solennel.

Il lui prit le menton, plongea dans le bleu de ses yeux.

— C'est encore une petite leçon de morale personnelle, ma chère. Vous êtes vive, mais vous devriez garder l'œil sur votre victime, lorsqu'elle est à terre.

— Si j'étais un homme..., gronda Amanda.

— Ce serait beaucoup moins drôle.

Sloan la saisit par les épaules et plaqua ses lèvres contre les siennes. Un baiser bref, ardent, stupéfiant, qui laissa Amanda étourdie et pantelante.

— Mmm... Et si nous recommencions ? suggéra-t-il.

Amanda se redressa pour le repousser... et retomba dans ses bras. Les membres engourdis, le cerveau paralysé, elle entrouvrait déjà les lèvres, lorsqu'un bruit de pas fit vibrer le parquet. Quelqu'un montait l'escalier qui menait à la tour.

Ils eurent tout juste le temps de lever la tête. Sur le pas de la porte, une grande jeune femme toute en courbes, les cheveux bruns courts, les yeux à demi cachés par une lourde frange, vêtue d'un simple T-shirt blanc et d'un jean troué aux genoux, les regardait, éberluée.

— Bonsoir !

Elle dévisagea une seconde Amanda, puis sourit largement. La vision de sa sœur, toujours très chic dans ses petits tailleurs de businesswoman, à demi étendue sur le plancher, les cheveux ébouriffés et les joues en feu, valait son pesant d'or ! D'autant plus qu'elle n'était pas seule. A peu près au même niveau, l'œil brillant et le sourire décontracté, un superbe mâle vêtu de jean semblait lui donner la réplique.

— Hum... Bonsoir, murmura Amanda.

Elle voulut se lever mais, vif comme l'éclair, Sloan se remit debout, lui prit la main et l'aida galamment à se redresser. Avec une sorte de grognement, elle se dégagea, recula de quelques pas et entreprit de brosser ses vêtements du plat de la main avec ardeur.

— Voici ma sœur, Catherine, grommela-t-elle.

— Et vous êtes sûrement Sloan O'Riley, dit celle-ci en souriant.

Elle s'avança vers Sloan et lui tendit la main.

— Trenton m'a tellement parlé de vous !

Elle lança un regard amusé à sa sœur, puis revint à lui pour conclure :

— Et je vois qu'il n'a pas exagéré !

Un instant, Sloan retint sa main dans la sienne. Catherine Calhoun était exactement à l'opposé du genre de femmes avec lesquelles Trent avait l'habitude de sortir. Et parce qu'il était son meilleur ami, Sloan était ravi de son choix.

— Je commence à comprendre pourquoi Trent s'est laissé passer la corde au cou, remarqua-t-il.

— Tu dois prendre ça comme un compliment, prévint Amanda en regardant sa sœur. L'humour de M. O'Riley est assez spécial.

Catherine éclata de rire et glissa son bras sous celui de Sloan.

— Je suis rudement contente de vous connaître. Lorsque nous sommes allés à Boston, Trent et moi, pour qu'il me présente à ses amis, je les ai trouvés beaucoup plus...

— ... snobs ? suggéra Sloan.

Confuse, Catherine haussa les épaules.

— J'imagine qu'ils ont du mal à l'imaginer avec une femme qui dirige un garage. Ils le voyaient sans doute avec quelqu'un de plus sophistiqué.

— Eh bien, moi, j'ai l'impression qu'il a tiré le bon numéro et gagné le gros lot, Catherine.

— On verra bien, murmura la jeune femme en rougissant.

Peu habituée aux compliments, elle enchaîna aussitôt :

— Tante Coco m'a envoyée pour vous prévenir que le dîner est prêt. Et si vous souhaitez loger à la maison, vous êtes le bienvenu, Sloan.

Celui-ci jeta un coup d'œil à Amanda. Il était prêt à parier qu'elle s'était mordu la langue pour ne pas pousser une exclamation de fureur. Bien que tenté par l'invitation, il préféra refuser.

— Merci, mais j'ai déjà posé mes valises quelque part. De plus, ajouta-t-il en se tournant vers Amanda, je ne veux pas vous imposer ma présence nuit et jour. Je serai déjà suffisamment sur votre chemin.

— Comme vous voulez, dit Catherine. Je voulais simplement vous prier de considérer cette maison comme la vôtre pendant votre séjour dans l'île.

— Je vais aider tante Coco, annonça brusquement Amanda.

Elle salua Sloan d'un bref hochement de tête.

— Catherine vous accompagnera jusqu'à la salle à manger.

— Merci de votre patience, Amanda, lui lança-t-il avec un clin d'œil. J'ai beaucoup apprécié la visite, croyez-moi.

Il crut l'entendre grincer des dents tandis qu'elle s'éloignait d'un pas de grenadier.

— Votre sœur a une fichue personnalité, fit-il alors remarquer.

— C'est vrai, acquiesça Catherine avant d'esquisser un petit sourire. Gare à vous ! Trent m'a prévenue : il paraît que vous êtes un coureur de jupons.

— Il m'en veut encore de lui avoir chipé une petite

amie lorsque nous étions à l'université, rétorqua Sloan en riant.

Il prit la main de Catherine.

— Vous êtes bien sûre que c'est lui que vous voulez épouser ?

Passé un instant de stupeur, la jeune femme éclata de rire.

— Oh, Sloan ! Maintenant, je comprends pourquoi il m'a demandé d'enfermer mes sœurs à double tour la nuit !

— Si elles sont toutes comme Amanda, je n'ai aucune chance.

— Les Calhoun sont rudes, mais elles ont le cœur tendre.

Sur le palier, Catherine fit une pause et regarda Sloan d'un air mystérieux.

— Autant vous prévenir : tante Coco vous a vu dans le marc de café, ce matin.

— Dans le... Oooh..., fit Sloan dans un soupir.

— Eh oui. La voyance est son violon d'Ingres. Mais elle risque de vous manipuler si elle croit que le destin vous a mis sur le chemin de l'une de ses nièces. Elle est pleine de bonnes intentions...

— Les O'Riley sont des durs à cuire. Ils savent se débrouiller comme des grands.

Catherine lui donna une petite tape sur l'épaule avant de descendre les marches.

— Je vous aurai averti !

— Catherine ? appela Sloan, qui la suivait dans l'escalier. Y a-t-il beaucoup d'hommes qui tournent autour d'Amanda ? Je veux dire... est-ce que je vais devoir dégager le terrain pour me faire une place ?

Elle se tourna vers lui, pensive, et réfléchit quelques secondes.

— Non, dit-elle finalement. Amanda se charge de déblayer le terrain toute seule.

— Parfait !

Et Sloan finit de descendre les marches avec un grand sourire. Arrivés au premier étage, ils entendirent des cris aigus en provenance du rez-de-chaussée.

— Ce sont les enfants de ma sœur Suzanna, expliqua Catherine avant que Sloan ait eu le temps de lui poser la question. Alex et Jenny sont des enfants charmants, mais turbulents.

— C'est ce que j'entends.

Vroum ! Une petite fusée blonde se propulsa vers eux. Instinctivement, Sloan l'attrapa entre ses grandes mains solides et se trouva dévisagé par deux yeux bleu pervenche.

— T'es un géant, déclara la fillette, perplexe.

— Non. C'est toi qui es petite, affirma Sloan.

Elle lui fit un sourire radieux.

— Je peux monter sur ton dos ?

— C'est un dollar.

— J'ai pas d'argent !

— Bon. Le premier tour est gratuit…

Il finit de descendre l'escalier, l'enfant bien calé sur son dos, ses petits bras autour de son cou. Dans l'entrée, Amanda tenait fermement un petit diable brun qui sautillait sur place.

— Où est Suzanna ? demanda Catherine.

— Dans la cuisine. Elle m'a chargée de surveiller ses monstres. Mais celui qui a le nez en trompette a réussi à s'échapper ! constata Amanda en regardant la fillette.

— Coucou !

Du haut des épaules de Sloan, Jenny riait à perdre haleine.

— Qui c'est ? demanda Alex en pointant un index poisseux vers Sloan.

— Sloan O'Riley, répondit l'intéressé.

Il tendit la main au petit garçon, qui la fixa avec méfiance avant de poser sa menotte au creux de la large paume.

— Vous parlez comme un cow-boy.

— Je suis né dans l'Oklahoma.

L'enfant hocha la tête.

— C'est pareil, affirma-t-il. Vous avez déjà tué quelqu'un ?

Sloan fit semblant de réfléchir.

— Hum… Pas récemment.

— Ça suffit, chenapan ! intervint Catherine.

Elle attrapa le bras de Jenny qui venait de glisser du dos de Sloan.

— Venez, vous deux. Vous allez vous laver les mains avant de dîner !

— Charmants enfants, commenta Sloan en les suivant des yeux.

— Je les adore, murmura Amanda.

Elle lui sourit. Un vrai sourire, le premier depuis qu'il la connaissait. Il lui alla droit au cœur.

— Ils sont ravis de pouvoir jouer avec un homme, remarqua-t-elle.

La vision de Jenny sur le dos de Sloan l'avait émue. Ce cow-boy n'était pas une brute.

— Et leur père ?

Le sourire s'effaça des lèvres d'Amanda.

— Il les voit rarement depuis que le divorce a été prononcé. Vous le connaissez peut-être, puisqu'il a navigué quelque temps dans le cercle des relations de Trent. Baxter Dumont. Ce nom vous dit quelque chose ?

— J'en ai entendu parler, murmura Sloan d'un ton sec.

— Vous ne risquez plus de le rencontrer. Et c'est tant mieux ! Venez, le dîner est prêt.

Sloan suivit la jeune femme vers la salle à manger, un pli amer aux lèvres. Le destin lui avait joué un sale tour. Pourquoi l'ex-femme de Baxter était-elle la sœur d'Amanda ? Il devait se préparer à rencontrer Suzanna. Et d'avance, il la haïssait.

3

Splash ! Amanda plongea dans la piscine, remonta à la surface, le souffle coupé par l'eau glacée. Puis elle se mit à faire sa première longueur. Elle en parcourait cinquante tous les matins.

C'est ainsi qu'elle démarrait chacune de ses journées depuis qu'elle était l'adjointe du directeur du Bay Hotel. Son titre lui permettait d'ailleurs l'accès à la piscine avant qu'elle ne soit ouverte à la clientèle. On était à la fin du mois de mai, et la saison s'annonçait bien. L'hôtel, qui était aux deux tiers plein, serait comble de la fin juin à la mi-septembre. Et cette heure de solitude qu'Amanda se réservait chaque matin lui serait d'autant plus précieuse.

Juste avant d'atteindre le bord, elle se tourna, entama une nouvelle longueur.

Dans un an, elle dirigerait l'hôtel des Tours. Le fleuron de la chaîne St. James. Des suites de grand prestige, et un service à la hauteur. Le but qu'elle s'était fixé lorsqu'elle avait travaillé pour la première fois comme standardiste à temps partiel dans un hôtel pour payer la fin de ses études se réaliserait enfin. Il lui avait fallu dix ans de travail acharné pour l'atteindre.

Evidemment, les mauvaises langues ne se priveraient pas de clamer qu'elle obtenait le poste uniquement parce qu'elle était devenue la belle-sœur de Trent, l'héritier du groupe St. James. Qu'importe ! Elle leur montrerait de quoi elle était capable !

Amanda adorait son travail. Tandis qu'elle accélérait son mouvement de crawl, elle songea qu'elle ferait des Tours un hôtel des plus renommés au niveau international. Il serait plein douze mois sur douze. En associant le nom des St. James à la légende des Tours, Trent avait trouvé la formule magique. Chaque client se souviendrait longtemps de l'ambiance intime et élégante, du service feutré mais efficace, de l'accueil à la fois chaleureux et déférent qui marqueraient son passage aux Tours. Et pour une fois, elle recueillerait les éloges, elle, Amanda. Elle en avait assez de laisser un autre lui voler les compliments et lui jeter les blâmes. Il lui suffisait d'attendre la fin des travaux dans la tour ouest pour donner sa démission à ce malotru de Stenerson, le directeur du Bay Hotel.

Elle enchaîna une autre longueur tandis que son cerveau enchaînait, lui, sur l'image de Sloan O'Riley. Il serait le responsable des travaux dans la tour. Trent devait savoir choisir ses amis, puisqu'il avait su choisir sa fiancée. Pourtant, Amanda ne parvenait pas à comprendre comment un homme aussi subtil, aussi raffiné que Trenton St. James, troisième du nom, parfaite incarnation du goût et de la discrétion de la côte Est, avait pu vouer une amitié aussi fidèle à quelqu'un d'aussi primitif, d'aussi tonitruant, que Sloan O'Riley. C'était un vrai mystère.

Pas une seconde, elle ne regrettait de l'avoir remis à sa place — même si elle l'avait fait un peu brutalement. Ce cow-boy était trop sûr de lui. Sa familiarité l'avait agacée dès le début. Et, en plus, il avait eu le culot de l'embrasser !

Elle battit rageusement l'eau de ses pieds.

On ne pouvait pas l'accuser de l'avoir encouragé ! Au contraire. Incapable de prendre un « non » pour un refus, il n'avait pas desserré son étreinte. Il était resté à la dévisager avec un sourire béat, s'était penché et l'avait embrassée. A l'évocation de ce souvenir, Amanda faillit boire la tasse.

Il avait osé... Et elle avait détesté, bien sûr. Si Catherine n'était pas entrée dans la pièce juste à ce moment-là, elle aurait dit à ce rustre tout ce qu'elle pensait de lui. Le seul problème, c'est qu'il l'empêchait de penser. En sa présence, le cerveau d'Amanda semblait victime d'un terrible dysfonctionnement.

C'était parce qu'il l'horripilait, bien sûr. Elle ne supportait pas son genre homme des bois — avec panoplie de cow-boy en prime. Quant à ses mains calleuses, sa voix traînante et ses bottes poussiéreuses... pouah ! Non, l'homme idéal d'Amanda avait des ongles manucurés, parlait d'une voix digne, avec un débit régulier, portait des mocassins impeccablement cirés... Elle n'était pas contre un brin de sophistication à l'occasion.

Certes, elle ne pouvait pas nier que le regard de Sloan avait un certain charme, surtout quand cette petite lueur amusée brillait au fond des prunelles. Et puis, il s'était montré doux et patient avec les enfants. Malgré tout, le bilan était loin d'être positif.

Et pourquoi avait-il dévisagé Suzanna avec autant d'insistance pendant tout le dîner ? La pauvre en était toute gênée ! Il avait eu beau flirter avec tante Coco, amuser Catherine en lui narrant les blagues qu'il faisait avec Trenton lorsqu'ils étaient à Harvard, et raconter aux enfants les histoires de ses ancêtres indiens toute la soirée, son regard revenait sans cesse à Suzanna. Pas de doute, c'était un coureur de la pire espèce.

Amanda n'aurait eu aucune inquiétude s'il s'était agi de Lila, absente jusqu'à ce soir. Mais pas Suzanna ! Elle était trop vulnérable. Son ex-mari l'avait fait abominablement souffrir, son divorce l'avait ravagée. Il n'était pas question de laisser sa frêle colombe de sœur aux griffes de cet épervier. Elle y veillerait personnellement.

A bout de souffle, elle agrippa le bord de la piscine. Trop absorbée par ses pensées, elle avait oublié de compter les longueurs. Elle rejeta ses cheveux en arrière et cligna des yeux pour tenter d'apercevoir les aiguilles de la grosse pendule qui ornait le mur de la piscine… A la place, elle plongea directement dans deux lacs gris-vert.

— Bonjour, Calhoun.

Amanda le regarda, éberluée. Avec le soleil qui auréolait d'un reflet cuivré sa crinière trop longue, ses yeux légèrement en amande et son sourire carnassier, il avait l'air d'un grand lion qui vient de se réveiller pour chasser.

— Que faites-vous dans cet hôtel ?

— J'y loge, répondit Sloan en haussant les épaules. Chambre 320.

Les yeux d'Amanda s'écarquillèrent.

— Vraiment ? Eh bien, ça promet, soupira-t-elle.

Sloan s'accroupit. Son sourire s'accentua. Elle avait la peau très claire, satinée, crémeuse… Il mourait d'envie de toucher cette épaule ronde, de laisser courir ses doigts le long de son bras, de caresser cette gorge ferme…

Il toussota puis, autant pour elle que pour lui, murmura :

— C'est une façon agréable de commencer la journée.

— Ça l'était.

— Puis-je vous demander ce que vous faites ici ? Normalement, la piscine n'est pas encore ouverte.

— Non. Mais en tant que sous-directrice, j'ai le droit d'y accéder.

Ooooh ! Mais la situation devenait de plus en plus intéressante, songea Sloan, l'œil brillant. Le destin était de son côté. Il était sorti tôt ce matin dans l'intention de faire une longue promenade solitaire, et qui avait-il aperçu, dans la piscine qui longeait le couloir ? Une sirène nommée Amanda ! Et en plus, elle travaillait là !

— Donc, si j'ai le moindre problème, c'est à vous que je m'adresse ? demanda Sloan, qui imaginait déjà tous les problèmes qu'il allait se trouver.

— C'est exact.

Quand Amanda sortit de l'eau, il réprima de justesse un long sifflement à la vue du corps parfait que son maillot saphir moulait comme une seconde peau. Elle saisit la serviette qu'elle avait laissée dans un fauteuil en toile.

— Votre chambre vous convient ? demanda-t-elle d'un ton très professionnel.

— Hmm ?

Sloan se mordit la lèvre. Quelles jambes ! Longues, fines, musclées... de quoi tourner la tête d'un moine !

— Elle vous convient ? répéta Amanda.

— Bien. Très bien, même. La vue est... splendide, murmura-t-il tandis que son regard remontait lentement vers le visage de la jeune femme.

— Et elle est gratuite. Comme le petit déjeuner que l'on sert juste en ce moment dans le restaurant du dernier étage. Vous devriez en profiter.

Amanda drapa sa serviette humide autour de son cou, avant de se diriger vers le vestiaire. Sloan la rattrapa en deux enjambées et saisit les extrémités du tissu-éponge pour l'obliger à s'arrêter.

— Si on le prenait ensemble ?

— Je regrette.

Ce qu'Amanda regrettait surtout, c'étaient les battements désordonnés de son cœur. Pourquoi n'arrivait-elle pas à les contrôler ?

— Les employés n'ont pas le droit de se mêler aux clients.

— Je suis sûr que l'on peut faire une entorse à la règle. Au nom de notre amitié.

— Nous ne sommes même pas amis.

Il eut un sourire nonchalant, hypersexy, qui amollit brusquement la résistance et les jambes d'Amanda.

— Justement, suggéra Sloan. Nous pourrions en discuter pendant le petit déjeuner.

— Désolée. Cela ne m'intéresse pas.

Elle voulut se dégager, mais il la retint.

— Dans l'Ouest, les gens sont plus aimables.

— Et dans l'Est, ils sont plus polis ! rétorqua Amanda avec un regard plein de défi. Ecoutez, Sloan, mettons les choses au clair une bonne fois pour toutes. Je suis à votre disposition pour tout ce qui concerne le service de l'hôtel. Je suis également prête à discuter de vos plans pour la restauration de la tour ouest. En dehors de cela, nous n'avons rien à nous dire.

Il la dévisageait tranquillement, comme si elle était en train de lui parler de la pluie et du beau temps.

— A quelle heure commencez-vous votre travail ? demanda-t-elle alors.

Elle soupira. Cet homme avait la tête plus dure que son neveu Alex.

— Sloan… Est-ce que vous cherchez à m'énerver, par hasard ?

— Inutile. J'ai l'impression que c'est déjà fait.

D'une secousse, il attira la jeune femme vers lui. Exaspérée, elle lui lança d'une voix sifflante :

— Mais enfin… Je vous ai dit que vous ne m'intéressiez pas !

Son cœur s'agitait follement dans sa poitrine, maintenant, ce qui l'agaçait prodigieusement.

— Vous savez ce que je ressens, Calhoun ?

Il l'obligea à s'approcher encore un peu de lui. D'amusé, le regard de Sloan était devenu impénétrable. Quelque chose de sombre et de mystérieux semblait flotter tout au fond, quelque chose d'excitant, aussi. Amanda sentit ses genoux faiblir.

— Vous m'apparaissez comme une gorgée d'eau

fraîche, murmura-t-il. Et chaque fois que je vous vois, j'ai l'impression de mourir de soif.

Une dernière secousse, et Amanda tomba contre lui. Il l'enlaça aussitôt.

— Hier, je n'ai eu droit qu'à une toute petite goutte. Mais ce matin, j'ai très, très soif...

Il lui effleura les lèvres des siennes, doucement, tout en gardant les yeux fixés sur les siens. Cette fois, si Amanda disait « non », il n'insisterait pas. Malgré les apparences, Sloan avait un cœur de gentleman. Il n'avait jamais forcé une femme de sa vie.

Les yeux grands ouverts, un brin affolés, elle se laissait faire.

— Amanda... je veux plus, murmura-t-il dans un souffle.

La jeune femme serra les poings, mais ne le repoussa pas. Sloan comprit alors qu'elle luttait contre elle-même — et non contre lui. Il l'étreignit davantage, l'embrassa longuement, à pleine bouche. Il ne lui avait pas menti. Le désir qu'il avait d'elle était comme une soif lancinante, insatiable, qui le dévorait. Peu à peu, les poings d'Amanda se décrispèrent, son corps se détendit. La tigresse survoltée rentrait ses griffes et frémissait sous les caresses.

La bouche de Sloan semblait partout à la fois. Elle butinait les tempes d'Amanda, ses paupières, glissait le long de son cou, s'attardait à la naissance de sa gorge, tandis qu'il parcourait avidement son corps de ses mains. Amanda faiblissait, s'abandonnait, se cambrait sous ses caresses. Un gémissement rauque de Sloan la fit tressaillir, et le désir l'embrasa à son tour. Elle voulait plus, elle aussi. Avec passion, elle lui rendit chaque baiser, ses mains fines agrippèrent avec volupté le dos puissant, puis caressèrent le ventre musclé…

Ce nouveau comportement d'Amanda bouleversa Sloan. Il avait eu un certain nombre d'aventures et n'avait jamais dédaigné les plaisirs de l'amour physique. Mais aucune femme ne l'avait déchaîné, survolté, à ce point. Le désir qu'il éprouvait pour elle était si puissant, si violent, qu'il le mettait au supplice. Les baisers d'Amanda étaient plus forts, plus intenses, plus fous… Ils laissaient présager de telles délices, de tels moments d'extase, qu'il en tremblait.

A bout de souffle, dans un effort désespéré pour se contrôler, il interrompit leur baiser et s'écarta légèrement pour la regarder.

— Amanda…

Il aspira une grande bouffée d'air. Les yeux embrumés, les joues roses, les lèvres brillantes de la jeune femme court-circuitaient les deux hémisphères de son cerveau.

— Viens dans ma chambre, chérie.

— Ta chambre ? répéta-t-elle en le fixant d'un air égaré.

La voix rauque d'Amanda fit tressaillir Sloan. Jusqu'à présent, ses conquêtes féminines lui étaient tombées spontanément dans les bras et ne l'avaient jamais regretté. A l'évidence, il allait devoir persuader Amanda. L'implorer, la supplier peut-être. Pour elle, il était prêt à mettre son amour-propre dans sa poche, à s'agenouiller…

Il lui prit doucement le coude, pour l'entraîner.

— Suis-moi, lui chuchota-t-il à l'oreille. Nous

avons besoin d'un endroit plus intime pour finir ce que nous avons commencé.

Dans le lointain, un téléphone sonnait. Le bruit familier sortit enfin Amanda de sa torpeur. Elle secoua la tête, s'arrêta brusquement. Les mots que lui avait chuchotés Sloan prirent enfin un sens. Ses yeux s'écarquillèrent, un frisson d'angoisse la parcourut. Qu'avait-elle fait ?

— Non ! Pas question de vous suivre !

Encore sous le choc sensuel qu'elle avait provoqué, Sloan la fixa.

— C'est un peu tard, Amanda. J'ai envie de toi, murmura-t-il en lui enlaçant la nuque. Et la réciproque est vraie, n'est-ce pas ? Tu ne peux pas le nier !

— Et alors ? rétorqua Amanda, le corps aussi glacé que sa voix. Nous avons commis une erreur, voilà tout. Il suffit de reprendre le contrôle.

Elle inspira longuement. Amanda Calhoun n'était pas le genre de femme à se précipiter dans la chambre du premier venu. Il fallait que ce cow-boy le comprenne. D'accord, elle s'était laissé emporter... Mais elle saurait se contrôler, désormais.

— Une erreur ? Mais enfin, Amanda, c'est ridicule ! Tu sais parfaitement qu'il y a quelque chose entre nous deux. Pourquoi résister ainsi ?

— Parce que je connais votre genre, monsieur O'Riley.

S'efforçant d'être aussi calme qu'elle, Sloan croisa les bras et la dévisagea.

— Vraiment ?

— Parfaitement. Vous êtes un vagabond, un coureur d'aventures et de jupons. Vous ne faites que passer, prenant le plaisir là où il se trouve, amateur des passades d'une nuit ou de quelques heures ! Eh bien, ce n'est pas mon genre à moi ! s'exclama Amanda en secouant ses cheveux mouillés. Allez chercher fortune ailleurs !

— Vous croyez m'avoir étiqueté, pas vrai ? Vous avez tout faux.

En fait, ce qu'Amanda avait dit était juste... Jusqu'à hier. Aujourd'hui, la description avait changé. Il ne pouvait pas lui expliquer le pourquoi et le comment de sa métamorphose : lui-même en ignorait tout.

— D'ailleurs, je vous le prouverai bientôt, Calhoun. Et retenez bien ceci : je finis toujours ce que j'ai commencé. Je vous aurai...

C'était plus une menace qu'une promesse, ce qui fit sortir la jeune femme de ses gonds.

— Vous m'aurez ? Nous ne sommes pas dans un ranch, O'Riley ! Ici, on ne capture pas les femmes au lasso ! Vous n'êtes qu'un macho pervers, un mufle, un abruti, un...

— Gardez vos flatteries pour plus tard, Amanda.

Il la toisa d'un regard sombre. Puis, s'approchant d'elle, il lui caressa la joue.

— Car il y aura un plus tard, ma chère, je vous le promets. Et à ce moment-là, je prendrai tout mon temps, Amanda. C'est vous qui m'implorerez, qui me supplierez... A présent, je vais aller prendre ce fameux petit déjeuner. Bonne journée, Amanda.

Les mains dans les poches de son jean, Sloan partit en sifflotant.

La soirée s'annonçait mal, songea Amanda. Elle avait deux heures supplémentaires à faire, car l'une des hôtesses était malade. Et, en prime, il lui fallait écouter les interminables sermons de son directeur, M. Stenerson — lequel, par-dessus le marché, osait lui parler d'efficacité ! Lui qui dirigeait son personnel en donnant des ordres d'une voix de fausset et en les accompagnant de gémissements plaintifs... Incapable de surveiller leur exécution, il en déléguait toute la responsabilité à Amanda, pour pouvoir ensuite lui faire des reproches plus aisément.

Assise face à lui, le regard au ras du crâne rose et luisant du petit homme falot, elle fixait sans la voir la gravure suspendue derrière lui.

Stenerson débitait d'un ton monocorde la liste hebdomadaire de ses reproches :

— J'ai remarqué un certain laisser-aller dans la tenue des chambres. Regardez ce que j'ai découvert dans la 310 !

Il exhiba un papier blanc, froissé et poussiéreux.

— C'était sous le lit. Inadmissible ! J'espère que vous allez reprendre les choses en main, mademoiselle Calhoun.

— Bien entendu, monsieur.

« Sale bonhomme ! se dit-elle. Toujours à fureter partout... »

— Je parlerai moi-même aux femmes de chambre, promit-elle. Ce matin même.

— Je l'espère bien.

Stenerson souleva ses lunettes de presbyte pour jeter un coup d'œil à son petit carnet noir, dans lequel il notait consciencieusement toutes les remarques et les réclamations qu'il pouvait entendre. Sans compter celles que son imagination un brin tortueuse lui soufflait...

— Le service traîne un peu, ces temps-ci. Si vous n'y remédiez pas immédiatement, le retard risque de devenir incontrôlable lorsque la saison battra son plein.

Il réajusta ses lunettes, regarda Amanda et déclara d'un ton sec :

— Vous prendrez les mesures nécessaires avant la fin de la semaine.

— C'est entendu.

Amanda le regarda droit dans les yeux. Et, comme d'habitude, il détourna les siens en toussotant.

« Baudruche..., songea Amanda, narquoise. Il suffit de te piquer pour que tu te dégonfles ! »

Stenerson se cala contre le dossier de son fauteuil trop grand pour lui, ôta ses lunettes, puis se passa une main blanche et moite sur le crâne, comme s'il tentait de lisser des cheveux qui n'y étaient plus.

Amanda se raidit. Elle savait exactement ce qu'il allait lui dire avant qu'il n'ouvre la bouche. Elle aurait pu réciter le sermon mot pour mot.

— Il y a vingt-cinq ans, c'est moi qui apportais les plateaux du petit déjeuner aux clients. Grâce à ma volonté et à mon esprit positif, j'ai gravi les échelons un à un, pour me retrouver aujourd'hui dans ma position. Si vous souhaitez réussir dans l'hôtellerie, mademoiselle Calhoun, si vous visez mon poste lorsque je prendrai ma retraite, vous devez vous montrer aussi déterminée et réaliste que je l'ai été. Et ne pas hésiter à retrousser vos manches.

— Je comprends, monsieur.

Elle mourait d'envie de lui dire que dans moins

d'un an elle lui aurait donné sa démission et qu'elle ne recevrait d'ordres de personne. Et surtout pas de lui. Mais jusque-là, elle avait besoin de son job. Elle se leva.

— Je vais remplacer l'hôtesse absente, monsieur.

— Bien, bien, murmura-t-il en croisant sur son bureau immaculé — et vide — ses petites mains blanches. N'oubliez pas que, ce soir, je ne suis là pour personne.

« Comme d'habitude », faillit rétorquer Amanda, qui se contenta néanmoins de hocher la tête.

— Oh ! vérifiez aussi les réservations pour le mois d'août ! ajouta-t-il. Et comptez le nombre de peignoirs affectés à la piscine. Le garçon d'étage m'a dit qu'il en disparaît chaque jour.

— Bien, monsieur.

« Il n'y a rien d'autre, vermisseau à lunettes, c'est bien sûr ? Vous ne voulez pas que je lave votre voiture ou que je cire vos chaussures ? »

— Ce sera tout, murmura Stenerson, comme s'il avait surpris les pensées d'Amanda.

Celle-ci ouvrit la porte et se retint pour ne pas la claquer derrière elle.

Sloan s'installa confortablement dans l'un des larges fauteuils en plume et cuir du hall et commanda un grand verre de bière. Voir Amanda jouer son rôle d'hôtesse à la perfection, évoluant derrière le comptoir avec grâce et efficacité, un sourire aimable aux lèvres, était un spectacle à ne manquer sous aucun prétexte !

En l'apercevant là ce soir, il avait été surpris. Il

venait de passer plus de huit heures dans la tour ouest, et son cartable de cuir fauve calé contre le bas du fauteuil était bourré d'esquisses, de plans, de notes et de mesures… Entre sa journée de travail et le décalage horaire, il était plutôt épuisé. La vue d'Amanda dans son tailleur d'executive woman, le cheveu lisse, le teint rose, l'œil maquillé, l'ongle vernis, virevoltant apparemment sans effort entre un client pressé, un téléphone insistant et un écran d'ordinateur, l'avait ragaillardi. Elle lui semblait aussi fraîche, aussi limpide, qu'une source d'eau pure.

Il fit un geste au portier, un jeune garçon au nez piqueté de taches de rousseur et à l'œil vif sous la casquette noire.

— Monsieur désire ?

— Y a-t-il un fleuriste, près d'ici ?

— Oui, monsieur. Au coin de la rue.

Les yeux toujours fixés sur Amanda, qui venait de retirer l'une de ses boucles d'oreilles pour répondre plus facilement au téléphone, il sortit un billet de sa poche.

— Allez me chercher une rose rouge. Avec une longue tige et encore en bouton, de préférence. Et gardez la monnaie pour vous, d'accord ?

— Oh, oui, monsieur ! Tout de suite…

Ravi, Sloan alluma un cigare et continua à observer la jeune femme.

Derrière le comptoir, Amanda reposa le téléphone avec un soupir. Elle n'avait rien mangé depuis ce matin, et son estomac commençait à la rappeler sérieusement à l'ordre. De plus, elle rentrerait trop tard ce soir pour trier les documents concernant le collier de Bianca… Les recherches n'avançaient pas assez vite à son gré. « Et tout ça à cause de Stenerson ! » songea-t-elle avec colère.

— Excusez-moi…

Levant les yeux, elle aperçut un homme blond, grand, élégant, qui la dévisageait d'un regard merveilleusement bleu.

— Oui, monsieur… En quoi puis-je vous aider ? demanda-t-elle de son ton le plus professionnel.

— Je voudrais parler au directeur.

— Oh…

L'estomac déjà plaintif d'Amanda chavira.

— Je suis désolée, il n'est pas ici. Quel est le problème ?

— Il n'y en a aucun, mademoiselle…

Il déchiffra le badge que la jeune femme portait au revers de son tailleur.

— … Calhoun, acheva-t-il d'une voix teintée d'un accent britannique. Je souhaitais simplement le saluer. J'ai réservé une suite pour deux semaines.

— Mais bien sûr… Vous êtes monsieur Livingston, n'est-ce pas ? Nous vous attendions, affirma Amanda, souriante.

D'un doigt compétent, elle tapotait déjà le nom sur le clavier de l'ordinateur.

— Avez-vous déjà séjourné chez nous, monsieur Livingston ?

— Non. Et je le regrette, croyez-moi.

— Je suis persuadée que vous aimerez la suite que nous vous avons réservée, déclara Amanda en lui tendant un formulaire à remplir. Et nous sommes à votre disposition pour rendre votre séjour aussi agréable que possible.

— J'en suis convaincu.

Il la dévisagea d'un œil admiratif.

— Malheureusement, expliqua-t-il en signant le formulaire et en donnant sa carte de crédit à Amanda, j'ai dû emporter des dossiers à terminer. A ce propos, j'aurai besoin d'un fax pour la durée de mon séjour.

— Vous pouvez utiliser celui de l'hôtel à votre guise.

— Non, merci. Je travaille parfois la nuit et je préfère disposer de ma propre machine. Pourriez-vous m'en louer une ?

— Je vais voir ce que je peux faire.

— Merci.

Livingston récupéra sa carte, avant de la glisser dans un portefeuille de cuir noir, aux coins dorés.

— J'ai l'intention de me servir de mon salon comme d'un bureau. Aussi, j'aimerais que vous préveniez la femme de chambre de ne pas toucher à mes papiers, même s'ils sont en désordre.

— Bien entendu.

— Une dernière question… Connaissez-vous bien l'île ?

— J'y suis née, indiqua Amanda en lui tendant sa clé.

— Merveilleux !

La fixant droit dans les yeux, Livingston posa la main sur celle de la jeune femme.

— C'est donc à vous que je m'adresserai si j'ai des questions sur l'endroit. Merci…

Il regarda de nouveau le badge.

— … Amanda. Nous nous reverrons très bientôt,

murmura-t-il, comme s'il s'agissait d'une promesse particulière.

— A votre service.

Amanda dégagea sa main et fit signe à l'un des porteurs de prendre les bagages de leur client. Son pouls s'accéléra sous le regard bleu qui était toujours fixé sur elle.

— J'espère que vous apprécierez votre séjour ici, monsieur Livingston.

— Je l'apprécie déjà.

Il la salua et se dirigea vers l'ascenseur. Amanda suivit des yeux sa haute silhouette, vêtue d'un costume de lin beige pâle, impeccablement coupé.

— Qui est-ce ? murmura Karen, juste derrière elle.

La jeune hôtesse avait le regard fixé dans la même direction.

— William Livingston, répondit Amanda en classant le formulaire qu'il venait de remplir.

— Il est superbe. S'il m'avait regardée comme il vous a regardée, j'aurais fondu sur place !

Décrochant le téléphone qui se trouvait devant elle, elle reprit un ton professionnel pour répondre.

— Allô, oui ?

De son côté, Amanda parcourut le formulaire que venait de remplir William Livingston.

« Habite à New York, découvrit-elle. Peut se permettre de prendre deux semaines de semi-repos dans la suite la plus luxueuse du Bay Hotel. Habillé comme une gravure de mode, tiré à quatre épingles, du cheveu lisse au mocassin ciré. A l'air intelligent, le regard vif et le sourire sexy... »

Oui, si Amanda était à la recherche d'un mari, il

aurait pu correspondre à ce qu'elle souhaitait. Avec un petit soupir, elle feuilleta les pages jaunes de l'annuaire. Elle cherchait un fax, pas un mari !

— Salut, beauté.

L'ongle carmin pointé sur la rubrique « Fournitures de bureau », Amanda leva les yeux. Sloan, sa chemise en chambray largement ouverte, ses cheveux trop longs lui retombant sur le col, les yeux brillants et le sourire carnassier, se penchait vers elle au-dessus du comptoir.

— Excusez-moi, je suis occupée, dit-elle d'un ton sec.

— Vous travaillez tard, ce soir ?

— Exact.

— Vous êtes rudement mignonne dans ce petit tailleur.

Nullement démonté par l'air maussade d'Amanda, il caressa d'un doigt le revers du col marine. Furieuse, la jeune femme se rendit compte que son rythme cardiaque, au lieu d'accélérer un brin comme il l'avait fait lorsque Livingston avait couvert sa main de la sienne, frisait soudain la tachycardie. Avec fermeté, elle écarta le doigt importun.

— Vous avez une réclamation à faire à propos de votre chambre, monsieur O'Riley ?

— Non. Elle est parfaite.

— A propos du service, peut-être ?

— Il est impeccable.

— Alors, si vous voulez bien m'excuser, j'ai beaucoup de travail, ce soir.

— Je sais. Cela fait une bonne demi-heure que je vous observe. Vous êtes diablement efficace, Calhoun !

Les fins sourcils de la jeune femme s'arquèrent d'un coup.

— Vous m'observiez ?

Amusé par son air stupéfait, Sloan fixa un instant la bouche arrondie d'Amanda. Il avait une envie folle d'en sentir de nouveau le goût, de la prendre et de la reprendre. Le souvenir du baiser qu'ils avaient échangé ce matin l'avait hanté toute la journée.

— Le spectacle en valait la peine, remarqua-t-il.

— Vous avez de la chance d'avoir autant de temps libre...

— J'avais justement l'intention de le partager avec vous. Vous n'étiez pas libre ce matin, mais peut-être pourrions-nous dîner ensemble ce soir ?

— Ecoutez, monsieur O'Riley...

Amanda se pencha vers lui et baissa la voix. Karen et la standardiste avaient l'œil rivé sur eux.

— Auriez-vous l'obligeance de vous mettre dans la tête que vous ne m'intéressez absolument pas ?

— Non.

Sloan lui adressa un sourire béat.

— Je sais que vous n'aimez pas perdre votre temps. Je vous propose donc de dîner en tête à tête et de reprendre notre... conversation là où nous l'avions laissée ce matin.

C'est-à-dire dans ses bras, songea Amanda, qui se souvint alors de la chaleur, de la force de son étreinte, de ses lèvres brûlantes sur les siennes... Les rouages de son cerveau fonctionnaient au ralenti. Ses rotules fondaient comme la cire d'une bougie allumée. Tout à coup, elle vit la bouche de Sloan s'incurver en un sourire satisfait.

Ce goujat savait pertinemment l'effet qu'il lui faisait ! songea-t-elle avant de se reprendre sur-le-champ.

— Je suis occupée et je ne désire pas...

— Oh, si. Oh, si, Amanda.

Elle serra les poings. Décidément, ce cow-boy lui tapait sur les nerfs. Le fusillant du regard, elle martela :

— Je-ne-veux-pas-dîner-avec-vous. C'est clair ?

— Comme du cristal.

Sloan se redressa et lui envoya un baiser du bout des doigts.

— Chérie, si jamais vous avez faim, je serai dans ma chambre, la 320.

Il prit la main d'Amanda, puis l'ouvrit pour y mettre la rose qu'il avait posée sur le comptoir.

— Et n'oubliez pas, chuchota-t-il, il n'y a que les ânes qui ne changent pas d'avis !

Sur cette bonne parole, il lui adressa un clin d'œil et s'en alla d'un pas tranquille.

— Wow ! murmura Karen d'un ton admiratif. Deux soupirants en une soirée, et quels soupirants ! Beau comme un camion et supercool, ajouta-t-elle en suivant Sloan des yeux.

— Mmm... approuva Amanda, tout en caressant d'un doigt distrait les pétales de sa rose rouge. Je me demande quand même parfois s'il n'a pas échappé à la civilisation — comme Tarzan dans sa jungle !

— Cela ne me gêne pas, affirma Karen. Concentrez-vous sur le gentleman new-yorkais et laissez-moi celui-là, d'accord ?

— Je vais me concentrer sur mon travail et vous aussi, déclara Amanda. Stenerson est en train de déterrer la hache de guerre. Ce n'est pas le moment de nous laisser émouvoir par un cow-boy mal léché ! Compris ?

Devant l'œil sombre d'Amanda, Karen se remit promptement à classer les formulaires.

L'air absent, Amanda tournait la tige entre ses mains. Après tout, Sloan était peut-être un rustre, mais il avait un bon fond. Elle l'accusait de muflerie alors qu'elle ne l'avait même pas remercié de cette attention ! Elle allait chercher un vase lorsque le téléphone sonna.

— Le Bay Watch à votre service, répondit-elle machinalement.

— Je voulais juste entendre votre voix avant de m'endormir, susurra Sloan. Bonne nuit, chérie.

Réprimant un juron, Amanda raccrocha. Mais elle souriait bêtement lorsque, deux minutes plus tard, elle disposa la rose rouge dans un soliflore.

Je me suis précipitée vers lui. Je n'étais plus Bianca Calhoun, mais une femme, tout simplement. Une femme amoureuse. Je ne pensais plus à rien. Je n'écoutais plus que mon cœur.

La première fois que je l'ai vu, il était exactement dans la même position : face à la mer. Ce soir, cependant, il n'avait ni chevalet ni pinceaux. Il était seul devant l'océan.

Je l'ai appelé. Je n'ai même pas reconnu ma voix dans l'air calme. C'était celle d'une autre femme, transformée par la passion.

Il s'est retourné d'un coup, et j'ai vu son visage illuminé de bonheur tandis qu'il s'élançait vers moi.

Il m'a prise dans ses bras en disant mon nom. Exactement comme je l'avais rêvé des milliers de fois durant notre séparation. Il m'a embrassée. J'ai fermé les yeux, et nos bouches se sont mêlées.

J'ai cessé de respirer. Le temps s'est arrêté. Pris dans la folie et l'urgence de notre passion, nous n'entendions ni le vent ni les vagues... Je n'avais vécu que pour cet instant, pour l'indicible bonheur de me retrouver dans ses bras, de sentir ses lèvres sur les miennes et les battements de son cœur se faire l'écho des miens. Mes vingt-huit années d'existence trouvaient enfin un sens dans cette seconde d'éternité.

Il s'est écarté le premier, puis il a pris mes mains dans les siennes pour les porter à ses lèvres. Son regard était tout embrumé.

— J'étais sur le point de partir, m'a-t-il dit. J'avais fait mes bagages, réglé ma note, acheté mon billet pour l'Angleterre. Rester ici, sans vous, était pire que l'enfer. Je vous aime à la folie, Bianca.

— Je n'ai cessé de penser à vous. J'avais si peur que vous ayez quitté l'île !

Soudain honteuse, j'ai détourné le regard.

— Qu'allez-vous penser de moi ? Je suis mariée, j'ai des enfants...

— Pas ici, mon amour.

Il avait la voix rauque, le regard sombre, mais ses doigts caressaient mon visage comme s'ils avaient effleuré les pétales d'une rose.

— Ici, vous n'appartenez qu'à moi.

Il m'embrassa de nouveau, effaçant de mon cerveau toute logique, toute raison.

— Je vous ai attendue dans la morosité de l'automne,

la froidure de l'hiver, les frémissements du printemps. Mille fois, j'ai essayé de peindre un paysage, mais c'est votre visage qui revenait sans cesse sous mes pinceaux. Lorsque je tournais mon regard vers la falaise, je vous voyais, votre chevelure au vent, tour à tour cuivre ou or selon les rayons du soleil. Dieu sait que j'ai essayé de vous oublier, Bianca !

Ses mains agrippaient mes épaules, ses yeux me fixaient intensément.

— Je vous voyais marchant à côté de lui, dînant face à lui, dormant dans ses bras...

Sa voix se brisa. Son regard virait au noir.

— « Bianca est sa femme, pas la tienne », me répétais-je nuit et jour... « Tu n'as aucun droit sur elle. »

— Mais je suis venue, ai-je murmuré. J'ai souffert ce que vous avez souffert, douté comme vous avez douté, et pourtant j'ai couru vers vous et j'ai tout oublié dès que je vous ai vu. Mon cœur vous appartient, Christian.

Il a desserré son étreinte, puis reculé d'un pas.

— Je n'ai rien à vous offrir, Bianca.

— Si. Votre amour. Je ne veux rien d'autre.

— Je vous aime depuis le moment où je vous ai vue. Je ne cesserai jamais de vous aimer, m'a-t-il affirmé en se rapprochant pour me caresser la joue. Bianca, vous savez qu'il n'y a pas d'avenir pour nous. Jamais je ne vous demanderai d'abandonner vos enfants.

— Christian...

— Non, mon amour. Si je vous suppliais de vous enfuir avec moi, vous le feriez peut-être... Mais, ensuite, vous me haïriez.

— C'est faux. Je ne pourrai jamais vous haïr.

— Alors je me haïrais moi-même.

Il m'a enlacée et m'a serrée tout contre lui.

— Mais vous pouvez m'accorder l'été. Pendant quelques heures chaque jour, vous viendrez ici, je vous peindrai, et nous ferons semblant de croire que l'hiver ne reviendra jamais. Je m'en contenterai, je vous le promets.

Esquissant un sourire, il m'a embrassée avec douceur.

Demain, et tous les jours suivants, je prendrai donc le sentier qui mène à la falaise et je poserai pour lui. Nous aurons au moins ces quelques instants de bonheur quotidiens. Oh ! comme je voudrais que l'été ne finisse jamais !

4

— Bonsoir...

La voix douce, légèrement rauque et ultraféminine fit sursauter Sloan, absorbé depuis de longues heures dans ses croquis et ses calculs. Levant les yeux, il découvrit une ravissante créature, longue, fine, vêtue d'une robe fleurie et très transparente, le décolleté voilé par un rideau de boucles fauves. Sous des paupières lourdes, les yeux verts semblaient rêveurs, comme perpétuellement ensommeillés. Elle s'approcha de lui, la main tendue.

— Bonsoir, répondit Sloan en s'emparant des doigts fins et tièdes.

L'air répandait un parfum de tubéreuses.

— Je suis Lila, révéla l'apparition. J'aurais voulu vous rencontrer plus tôt.

— Moi aussi, rétorqua Sloan du tac au tac.

La jeune femme eut un petit rire de gorge, puis retira sa main à regret. Pour elle, la première impression était toujours la bonne. Or, Sloan lui plaisait. C'était définitif.

— Eh bien, il va falloir mettre les bouchées doubles

pour rattraper tout ce temps perdu ! remarqua-t-elle. Racontez-moi ce que vous avez fait.

— Oh ! j'ai cherché à me faire une idée de l'endroit, à imaginer un style qui lui conviendrait... Et vous ?

— J'ai essayé de me rendre compte si j'étais amoureuse.

— Et ?

— C'est non, soupira Lila.

Elle haussa les épaules et, détournant les yeux, passa un doigt négligent sur le bord de la table de billard dont Sloan se servait pour travailler.

— Qu'avez-vous en tête pour cette pièce, Sloan O'Riley ?

Celui-ci réfléchit un instant, en équilibre sur les deux pieds arrière de sa chaise cannée.

— Nous allons détruire ce mur-ci, pratiquer une ouverture dans celui-là pour relier la pièce à un bureau-bibliothèque, faire deux portes-fenêtres qui donneront sur un balcon, et le tour est joué ! Cette pièce deviendra un très joli salon.

— Un vrai coup de baguette magique !

— Oui. Enfin... après avoir mis en place les structures de base, bien entendu. Tenez, j'ai déjà quelques ébauches. J'ai l'intention de les soumettre à Trent et à votre famille.

Il poussa vers elle un paquet de feuilles quadrillées sur lesquelles il avait dessiné des plans.

— Comme c'est étrange ! murmura Lila en balayant la pièce du regard. Cet endroit était totalement abandonné, voué à la destruction. Et maintenant, par un coup du destin, il va revivre.

Elle ferma les yeux.

— Je peux les voir tous, tels qu'ils étaient à l'époque...

— Qui ça ?

— Les invités de mon arrière-grand-père. Les hommes en smoking, fumant le cigare et discutant affaires. Les femmes en robe du soir, se racontant les derniers potins en vogue.

Elle souleva les paupières, pour darder son regard vert sur Sloan.

— Est-ce que vous tenez compte de tout ce qui s'est déroulé ici, dans vos croquis ?

Avec un sourire, Sloan dirigea le bout de son crayon vers une marque sur le sol.

— Absolument. Vous voyez cette tache brune, sur le parquet ? Eh bien, j'ai aussitôt imaginé un homme âgé, petit, bedonnant, avec moustache et monocle. Il agitait son cigare tout en parlant de la guerre en Europe. Ses interlocuteurs hochaient la tête en dégustant leur sherry. Dans le feu de la discussion, notre fumeur a laissé tomber son cigare, qui a brûlé cette lame de parquet.

Lila eut de nouveau son rire de gorge. Des étoiles dansaient dans ses yeux clairs.

— Oh, Sloan ! Vous êtes exactement l'homme qu'il nous fallait : le seul architecte capable de comprendre l'atmosphère des Tours et de la restaurer ! Vous voulez bien me montrer vos dessins, maintenant ?

— Je ne résiste jamais à une jolie femme, Lila. C'est une question de principe.

— Vous avez bien raison !

Elle se pencha pour examiner les croquis qu'il étalait sur la table de billard.

— Voici le plan d'une suite.

— Merveilleux !

En fait, il n'avait pratiquement pas touché à la chambre. Il prévoyait simplement de restaurer les fresques des murs et du plafond, les moulures et le parquet. En revanche, l'ancienne salle de bains — très grande, avec balcon et baignoire monumentale — était transformée en petit salon avec bar. Télévision, téléphone, fax, ordinateur et imprimante étaient réunis sur une seule colonne, dissimulés par un astucieux panneau de chêne clair. Dans le grand vestiaire attenant, Sloan avait dessiné une luxueuse et ravissante salle de bains, avec douche massante et Jacuzzi.

— C'est un exploit, Sloan. Vous êtes parvenu à concilier l'esthétisme du passé et le confort du présent ! Vous êtes un vrai magicien. Je comprends pourquoi Trenton s'est adressé à vous.

Elle lui posa une main légère sur l'épaule.

— Je me souviens que mes parents adoraient cet endroit. Ils avaient des projets pour le restaurer, juste avant de…

Après avoir observé un court instant de silence, Lila reprit d'une voix enrouée :

— J'aurais tellement aimé qu'ils puissent voir la restauration !

Emu, Sloan posa la main sur la sienne. C'est à ce moment précis que la porte s'ouvrit brusquement et qu'Amanda apparut sur le seuil. Elle eut un choc en les voyant tous les deux, les yeux dans les yeux, la main dans la main. Elle sentit immédiatement que quelque chose de spécial passait entre eux. Et le serpent de la jalousie eut vite fait de la mordre.

— Excusez-moi...

Sa voix était glacée. Elle fit deux pas dans la pièce.

— Je te cherchais, Lila.

— Tu m'as trouvée, remarqua paisiblement sa sœur sans s'écarter de Sloan. Je voulais rencontrer notre architecte.

— Je vois que c'est fait, déclara Amanda d'un ton sec.

Elle glissa les mains dans les poches de son jogging noir et prit l'air le plus détaché possible.

— C'est à ton tour de classer les papiers de famille.

— La corvée ! soupira Lila, avant d'adresser un sourire à Sloan. Dans cette chasse au trésor, les sœurs Calhoun sont devenues les dignes émules de Sherlock Holmes !

— C'est ce qu'on m'a dit.

— Peut-être qu'en abattant l'un de ces murs, c'est vous qui découvrirez les fameuses émeraudes...

Avec un nouveau soupir, elle s'écarta enfin et se tourna vers sa sœur.

— Amanda, tu devrais jeter un coup d'œil aux croquis de Sloan. Ils sont superbes.

— J'en suis sûre.

Le ton de sa sœur alerta Lila qui, surprise, haussa un sourcil. Tiens donc ! Amanda et Sloan... Elle réprima un petit sourire machiavélique.

Taquiner ses sœurs était un plaisir auquel elle n'avait jamais pu résister. Aussi se pencha-t-elle et embrassa-t-elle Sloan sur la joue.

— Bienvenue aux Tours, murmura-t-elle en papillonnant de ses longs cils.

Sloan devina aussitôt ce qu'elle manigançait. Sous

un air rêveur et à moitié endormi, les rouages du cerveau de la jolie Lila tournaient à plein régime.

— Merci. Je m'y sens déjà presque chez moi.

Un sourire complice aux lèvres, Lila hocha la tête. Puis elle traversa la pièce, le pas souple et la démarche sinueuse.

— Je te retrouve tout à l'heure dans la bibliothèque, lança-t-elle à Amanda, avant de s'éclipser, très fière d'elle-même et du petit tour qu'elle venait de lui jouer.

— C'est votre nouvel uniforme ? demanda Sloan à Amanda.

D'un air paisible, il contemplait la jeune femme qui se tenait au milieu de la pièce, les sourcils froncés, les lèvres serrées, les poings enfoncés dans les poches de son pantalon.

— Je ne travaille pas avant 14 heures, grommela-t-elle. J'aurai tout le temps de me changer.

— Il vous va bien, affirma Sloan, avant d'ajouter, en croisant les chevilles d'un air décontracté : Votre sœur me plaît.

— C'est ce que j'ai cru remarquer.

Sloan sourit largement.

— Que fait-elle, dans la vie ?

— De la botanique. Elle travaille dans le parc d'Acadia.

— C'est tout à fait le métier qui lui convient.

Comme si l'admiration qui perçait dans la voix de Sloan ne la gênait pas le moins du monde, Amanda haussa les épaules et marcha lentement vers la terrasse.

— Je pensais vous trouver en train de faire des calculs et de prendre des mesures… de la pièce, bien entendu, acheva-t-elle en lui lançant un regard perçant.

Cette fois, Sloan éclata de rire.

— Vous savez, Calhoun, vous êtes carrément craquante lorsque vous êtes jalouse !

— Je ne vois pas du tout de quoi vous parlez.

— Mon œil ! Mais ne vous inquiétez pas : c'est vous que je veux. Et pas une autre.

Pour lui, c'était sûrement un compliment. Pour Amanda, cela ressemblait à une insulte. Du moins, est-ce ainsi qu'elle voulait le voir.

— Vous me prenez pour un objet dans une vitrine ?

— Plutôt pour le gros lot.

Alors qu'elle ouvrait déjà la bouche pour le semoncer vertement, Sloan leva la main en signe de paix.

— Avant que vous ne sortiez de vos gonds... si on parlait affaires ?

— Je n'ai pas l'intention de me mettre en colère, mentit Amanda. Mais je ne vois pas quels intérêts nous pourrions avoir en commun.

— Trent m'a dit que c'est avec vous que je devrais... collaborer jusqu'à son retour. Il estime que vous êtes la grosse tête de la famille. De plus, vous connaissez l'hôtellerie.

Ça, c'était un langage qu'elle pouvait comprendre : logique, pratique, professionnel. Du coup, elle se calma aussitôt.

— Bien. Que voulez-vous savoir ?

« Combien de temps il me faudra pour abattre vos défenses », faillit répondre Sloan du tac au tac. Il se mordit la lèvre, se leva, farfouilla dans ses papiers et en retira quelques feuilles.

— Donnez-moi votre avis sur ces esquisses. Si

elles vous plaisent, je les terminerai demain et je ferai chiffrer les travaux.

L'œil bleu d'Amanda s'alluma. Elle mourait d'envie de découvrir ces fameux dessins.

— J'ai fait les plans de deux suites et de la salle à manger, expliqua-t-il en lui tendant les documents.

Elle les prit et les tint à la lumière pour mieux les étudier. Ses lunettes de vue lui manquaient.

Tout comme Lila, les croquis l'impressionnèrent. Oui, Sloan avait réussi un tour de force : basés sur des calculs précis, ordonnés selon une architecture rigoureuse, les plans conciliaient un décor grandiose très XIXe siècle et les exigences d'un service hôtelier des plus modernes.

— Vous travaillez vite, remarqua-t-elle avec étonnement.

— Trent est pressé. Et moi non plus, je n'aime pas perdre mon temps.

Amusé, il la regarda rejeter une mèche derrière son oreille, non pas d'un mouvement lent comme Lila l'avait fait, mais d'un geste vif, précis.

— Qu'est-ce que c'est ?

— Quoi donc ? demanda Sloan, occupé à humer avec délices le parfum frais et tonique de la jeune femme.

— Mais ça, voyons.

Du bout de l'index, Amanda tapotait un angle du dessin.

— Hmm... C'est un ancien escalier. Celui des domestiques.

Sloan, qui s'était penché par-dessus son épaule, lui

prit le doigt pour lui faire suivre le plan, savourant le contact de sa paume contre la peau satinée d'Amanda.

— Vous voyez, ici nous ajoutons une porte, et là une séparation. Ce qui nous permet d'avoir une suite double : deux chambres, deux salles de bains, un salon...

— Très joli, murmura Amanda.

La main de Sloan sur la sienne la mettait mal à l'aise. Elle tenta de se dégager, mais ne réussit qu'à enlacer leurs doigts.

— Je... je suppose que vous allez demander des devis ?

— J'ai déjà pris rendez-vous avec des entrepreneurs.

Quelque chose d'anormal arrivait aux jambes d'Amanda. Elles tremblaient légèrement, comme si elle venait de courir un marathon. La mécanique de son cerveau se bloquait par endroits. Quant à son cœur, il sautait dans sa poitrine comme un lapin pris au piège.

— Apparemment..., commença-t-elle en se tournant vers Sloan.

Voilà que sa voix la lâchait aussi ! Elle était devenue basse, rauque, étrange. Elle toussota pour l'éclaircir.

— ... vous savez ce que vous faites, termina-t-elle.

— Tout à fait.

« Oh oui ! » songea Amanda en plongeant son regard dans les yeux gris-vert de Sloan qui s'assombrissaient de seconde en seconde. Il savait parfaitement ce qu'il faisait. Le pire, c'est qu'elle se sentait succomber, défaillir — non pas parce qu'il le voulait, lui, mais parce qu'elle en avait envie, elle. Surgie du plus profond d'elle-même, une sorte de tiédeur, de chaleur, l'envahissait peu à peu, la faisait insensiblement glisser vers lui... Les lèvres tout près des siennes, il l'attendait, la regardait sans bouger, souhaitant de toutes ses forces qu'elle fît enfin ce pas vers lui, en toute liberté.

Elle allait craquer lorsque, soudain, l'image lui revint à la mémoire.

A peine dix minutes auparavant, il avait eu exactement la même attitude avec sa sœur Lila. Les visages tout proches, les doigts enlacés. L'imbécile ! Comment avait-elle pu se laisser manipuler ainsi comme une marionnette ? Elle le savait pourtant, qu'il était un coureur impénitent ! Un homme à femmes, jouant probablement avec les sentiments de ses conquêtes pour mieux les posséder, et les quitter ensuite sur une pirouette.

Elle se redressa brusquement et, d'un geste vif, retira sa main de la sienne.

— Que se passe-t-il ? murmura Sloan, à la fois surpris et frustré.

— Rien.

— Allons donc, Amanda... Vous étiez à deux doigts de m'embrasser, je le voyais dans vos yeux. Pourquoi reprenez-vous cette attitude glacée ?

Glacée ? releva Amanda avec amertume. Elle aurait bien voulu l'être. Son corps était en feu !

— Votre ego vous joue des tours, mon cher. Et en plus, vous êtes aveugle ! Si vous avez envie de flirter, ce n'est pas moi que vous devriez choisir comme partenaire, mais plutôt ma sœur Lila.

Sloan avait pris très tôt l'habitude de se contrôler. Avec son tempérament extrémiste, et parfois même violent, c'était obligatoire. Mais Amanda avait le don de le mettre à rude épreuve !

— Vous voulez dire qu'il n'y a qu'à demander Lila pour l'obtenir ?

Aussitôt, les yeux de la jeune femme se zébrèrent d'éclairs.

— Vous ne savez rien de ma sœur, O'Riley ! Comment osez-vous en parler ainsi ?

— Je ne fais que répéter ce que vous m'avez dit.

— J'ai le droit de dire ce que je veux, pas vous. Et en plus, vous interprétez mes paroles. Lila est d'une nature généreuse et sensible. Si jamais vous la blessez, je...

— Du calme ! l'interrompit Sloan en levant les mains en signe de reddition. Faites-moi une scène si ça vous chante, Calhoun, mais que ce soit au moins pour quelque chose de réel ! Primo, je ne suis pas un coureur comme vous semblez le penser ; secundo, je n'ai aucune envie de flirter avec Lila.

Le menton relevé, Amanda le toisa.

— Ah ? Et pourquoi ? Qu'est-ce que vous osez reprocher à ma sœur ?

— Rien ! répliqua Sloan avec un soupir exaspéré. Bon sang, Calhoun... Vous êtes aussi givrée que vos ancêtres, ou bien vous le faites exprès rien que pour m'embêter ?

— A vous de choisir ! grommela-t-elle.

En fait, Amanda était surtout gênée. Elle s'approcha de la fenêtre et contempla le paysage sans le voir. C'était la première fois depuis de longues années qu'elle perdait ainsi tout contrôle d'elle-même. Elle s'était laissé embarquer dans une fausse querelle. Et pourquoi ? Parce qu'elle était jalouse, tout simplement ! Oui, la froide Amanda, habituée à faire face avec un parfait sang-froid à tous les coups de sang des clients de l'hôtel et aux réactions imprévues d'une famille hypersensible et un brin cinglée — ainsi que l'avait si justement remarqué Sloan —, s'était transformée en tigresse. Elle avait vu rouge et avait rué dans les brancards, toutes griffes dehors.

Et tout ça pour trois fois rien !

Lentement, elle se retourna vers Sloan. Elle allait remettre la conversation sur un terrain purement professionnel. Là, elle serait saine et sauve.

— Nous parlions de vos croquis, je crois. Vos dessins me plaisent.

Sloan la dévisagea, stupéfait. Son visage lisse, son regard clair et froid, sa voix presque aimable ne laissaient rien filtrer de la scène qu'ils venaient d'avoir.

— Je vous admire, Amanda. Vous êtes capable de vous recomposer en un clin d'œil alors que vous êtes en train de bouillir intérieurement, observa-t-il avec amusement. Mais vous avez raison. Parlons business.

Soulagée, elle lui sourit.

— Trenton et moi avons discuté du budget relatif aux travaux, annonça-t-elle. Etant donné qu'il sera sans doute en pleine lune de miel lorsque nous commencerons à recevoir les devis, il m'a demandé de les examiner avec vous. Vous serez responsable de ceux qui concernent la partie hôtelière. C'est moi qui déciderai des travaux à exécuter dans l'aile que nous habitons. En fait, je ne veux y entreprendre que les plus importants.

— Pourquoi ? Votre maison est très belle et elle mérite d'être restaurée.

— Les Calhoun et les St. James sont partenaires à égalité dans le projet d'hôtel. Nous apportons la propriété, ils offrent le capital. Mais nous avons décidé de ne pas profiter du fait que Catherine épouse Trent.

— Il n'est pas du genre à se laisser marcher sur les pieds, Amanda. Et je crois qu'il a envie de restaurer la maison...

— Je sais, acquiesça la jeune femme en souriant. Et nous apprécions sa générosité. Néanmoins, c'est aux Calhoun qu'il appartient de résoudre le problème des Tours. Dans l'immédiat, nous réparerons la plomberie, l'électricité et certains plafonds. Lorsque l'hôtel sera lancé et que nous commencerons à faire des bénéfices, nous pourrons nous offrir le ravalement des façades et les travaux de décoration.

Sloan hocha la tête. Ce n'était pas uniquement l'orgueil qui dictait la conduite d'Amanda et de ses sœurs. C'était aussi une certaine intégrité. Décidément, cette famille lui plaisait de plus en plus !

— C'est un choix que je respecte. Je m'occuperai donc de la tour ouest, et vous vous arrangerez avec Trent pour les autres devis.

— Parfait. Cependant, si vous avez le temps, j'aimerais que vous me donniez une idée du montant des travaux qui sont les plus urgents chez nous.

Sloan faillit rétorquer qu'il était architecte, et non entrepreneur. Mais comment résister à la douceur subite d'Amanda ?

— D'accord.

— Merci. Et c'est à moi que vous communiquerez l'évaluation. A personne d'autre.

Il eut un sourire en coin.

— C'est vous le chef!

Les lèvres d'Amanda s'incurvèrent doucement. Avec joie, elle songea qu'ils commençaient enfin à se comprendre, tous les deux!

— J'ai encore une petite chose à vous demander…

— Demandez-moi tout ce que vous voulez, Amanda, susurra Sloan d'une voix veloutée.

Amanda rosit brusquement.

— Euh… J'ai mis au point la cérémonie du mariage, ce matin. Comme il semblerait que Trent vous a choisi comme témoin, j'ai laissé votre liste à tante Coco. Vous pourrez la lui réclamer.

— Ma liste?

— Oui, avec vos horaires, vos responsabilités et quelques informations — comme les coordonnées du photographe, des musiciens ou celles du bijoutier chez qui Trent a acheté les alliances, au cas où il les oublierait sous le coup de l'émotion. J'ai aussi noté pour vous les adresses de trois boutiques qui louent des jaquettes.

Du regard, elle parcourut la silhouette massive de Sloan, comme si elle le mesurait mentalement.

— Je crois que vous aurez au moins un essayage à faire, ajouta-t-elle.

— Vous êtes vraiment d'une efficacité impressionnante, Calhoun.

— Je sais, acquiesça Amanda avec un petit sourire satisfait. Bon, je vous laisse travailler. Moi, je vais rejoindre Lila dans la bibliothèque. Si vous avez besoin d'autres informations, je serai au Bay Hotel tout l'après-midi.

— Oh ! je saurai bien vous trouver. Bonne chasse au trésor !

La jeune femme s'éclipsa sous le regard pensif de Sloan. Il l'imaginait dans la bibliothèque, entourée de cartons poussiéreux contenant toutes les archives familiales. Nul doute qu'elle avait inventé un système de classement des plus efficaces, songea-t-il. Avait-elle seulement une idée du charmant contraste qu'elle offrait, tandis qu'elle cataloguait sur ordinateur des archives exhumées d'un lointain passé pour faire revivre une légende ?

Amanda ne découvrit aucune piste, ce matin-là. Lorsqu'elle arriva au Bay Hotel, elle avait déjà travaillé cinq bonnes heures. Des heures qui allaient bientôt se compter par centaines, songea-t-elle avec amertume en garant sa voiture dans le parking réservé au personnel.

Lorsqu'elle avait décidé de partir à la chasse au collier, elle s'était promis de ne jamais se décourager. Jusqu'à présent, elle n'avait retrouvé que le reçu du bijoutier donné à Fergus le jour où il avait acheté le bijou, et une phrase mentionnant les émeraudes dans le journal intime de Bianca. Pour l'esprit pratique d'Amanda, c'était déjà beaucoup. Cela prouvait que le collier avait vraiment existé et qu'il n'avait probablement pas quitté Les Tours.

A en croire les déclarations de certains, Fergus avait jeté le fameux collier à la mer. Pour Amanda, qui avait eu en main les livres de comptes de Fergus, c'était impossible. Son ancêtre semblait un tantinet grippe-sou, et même lorsqu'il donnait ses fabuleuses réceptions, chaque dollar dépensé était consigné avec soin. Jamais il n'aurait jeté une telle fortune dans l'océan.

De plus — et cela, Amanda ne l'aurait jamais avoué, même sous la torture —, elle avait envie de croire à la légende. Sous son tailleur pimpant battait un petit cœur de midinette. Entre ses rendez-vous professionnels, elle se gardait toujours quelques minutes pour rêver à l'amour follement romantique de son arrière-grand-mère pour le beau Christian. Pour elle, jeune femme moderne, le collier d'émeraudes ne représentait pas une somme fabuleuse, il symbolisait la passion, la vraie, celle qui dévore l'individu, le consume, lui fait tout oublier, tout sacrifier…

En apparence, perchée sur son tabouret, ses lunettes sur le bout du nez, Amanda organisait et classait les archives avec logique, pour se donner toutes les chances de découvrir un héritage important.

En réalité, toute seule dans la bibliothèque, elle versait parfois une petite larme en déchiffrant les papiers jaunis couverts de l'écriture fine de Bianca. Elle se sentait une telle affinité avec la jeune femme qui avait tout risqué pour vivre son amour… et finalement en mourir. Quel lien étrange, mystérieux, unissait les deux amants ? Pouvait-on réellement éprouver un tel sentiment, se sentir si proche d'un être que vivre sans lui devenait impossible ?

Oui, songea Amanda en s'emparant du cahier sur lequel les hôtesses enregistraient les réservations,

Bianca représentait une énigme plus attirante, plus bouleversante, que toutes les émeraudes du monde.

— Amanda ?

— Hmm... Une minute, murmura-t-elle.

Elle acheva de faire le total des réservations pour le mois d'août. Satisfaite, elle leva la tête.

— Wow ! s'exclama-t-elle. Eh bien, Karen, vous avez gagné un concours de beauté, ou quoi ?

La tête brune de l'hôtesse disparaissait en effet derrière un énorme bouquet de roses.

— Elles ne sont pas pour moi, soupira Karen en lui tendant une petite carte. Elles sont pour une certaine Amanda Calhoun.

— Hein ? Vous êtes sûre ?

— Oui. Et je les ai comptées. Il y en a trois douzaines. Plus une, ajouta Karen.

Avec un large sourire, elle désigna du menton la rose rouge sur le comptoir.

« Sloan, sûrement », songea Amanda avec un petit soupir. Comment pouvait-elle le classer et l'étiqueter une bonne fois pour toutes ? Avec son air suffisant, éternellement content de lui, il la mettait en fureur, et l'instant suivant, il lui faisait un compliment ou lui envoyait des fleurs, comme un parfait gentleman ! D'ailleurs, comment avait-il deviné qu'elle aimait les roses rouges à peine écloses ? Elle ne l'avait même pas remercié pour celle qu'il lui avait offerte la veille.

— Vous pourriez peut-être lire la carte, suggéra Karen, les yeux brillants d'excitation. Si vous ne me dites pas qui vous les a envoyées, je vais être distraite et mon travail va en souffrir. L'horrible M. Stenerson va me renvoyer, et ce sera votre faute !

— Je sais déjà qui me les envoie, murmura Amanda. C'est tellement gentil de sa part… Oh !

Eberluée, elle relut le nom sur le petit carton blanc. Ce n'était pas celui de Sloan. La vivacité de sa déception la stupéfia.

— Alors ? demanda Karen dans un souffle.

Amanda lui tendit la carte sans un mot.

— « Avec tous mes remerciements. William Livingston », lut Karen. Oh, oh ! De quoi vous remercie-t-il tellement ?

— Je lui ai trouvé un fax.

— Un fax, répéta Karen, incrédule. Quand je pense que, dimanche dernier, j'ai passé l'après-midi à mijoter un dîner pour deux, et tout ce que j'ai eu en remerciement, c'est une mauvaise bouteille de vin rouge !

Avec une moue, elle rendit la carte à Amanda. Celle-ci la tapota sur le bord du comptoir en fronçant les sourcils.

— Bon. Il va falloir que je le remercie, maintenant.

— Si vous voulez, je peux le faire de votre part, proposa Karen d'un ton mielleux.

— Non…, répondit Amanda.

Elle se saisit du téléphone.

— Filez ! chuchota-t-elle à son assistante qui, déjà, tendait l'oreille.

— Oh ! vous n'êtes vraiment pas drôle ! dit Karen, dépitée, avant de s'éclipser.

— Monsieur Livingston ? Ici Amanda Calhoun. Je souhaitais vous remercier de vos fleurs. Elles sont très belles.

— Oh, ce n'est rien. Je tenais à vous montrer combien j'apprécie votre aide. En fait...

Il hésita.

— Oui ?

— J'aimerais encore vous demander un service, Amanda.

— Mais bien sûr.

Aussitôt, Amanda prit un bloc, un stylo, prête à noter.

— Je vous écoute...

— Pourriez-vous dîner avec moi ?

— Pardon ?

— Je voudrais vous inviter. Ce soir, par exemple. J'ai horreur de manger tout seul.

— Je suis désolée, monsieur Livingston. Les membres du personnel n'ont pas le droit de sortir avec les clients.

— Il y a peut-être des exceptions ?

— Aucune. Malheureusement, ajouta Amanda avec tact.

— Je vous rappelle dans dix minutes, Amanda.

La jeune femme fixa le combiné en clignant des yeux. Il avait raccroché. Haussant les épaules, elle le remit en place et retourna à son travail.

Dix minutes plus tard, le crâne chauve de M. Stenerson fit son apparition dans l'entrebâillement de la porte située derrière le comptoir.

— Mademoiselle Calhoun ! aboya-t-il. M. Livingston souhaite vous inviter à dîner. Vous êtes libre d'accepter. Naturellement, je vous demanderai d'avoir une conduite irréprochable...

— Mais...

— Et que cela ne devienne pas une habitude !

— Je…

« Vlan ! » fit la porte en claquant. A peine Stenerson avait-il disparu que le téléphone sonna.

— Amanda ? 20 heures, cela vous convient ?

Elle réprima un soupir. Elle détestait se sentir manipulée. Et là, elle avait franchement l'impression d'être une marionnette ! Alors qu'elle était sur le point de refuser, elle se rendit compte qu'elle caressait du bout des doigts la rose rouge qui s'épanouissait dans le soliflore.

— Je travaille jusqu'à 22 heures, ce soir. Peut-être demain…

— Parfait. Où devrai-je vous prendre ?

Avec sa précision habituelle, Amanda indiqua le chemin qui menait aux Tours.

5

Sloan fut prévenu du retour de Trent par les cris de joie qui résonnèrent dans toute la maison. Même Fred, le gros chien noir, qui ressemblait davantage à un paillasson qu'au meilleur ami de l'homme, se mit à aboyer frénétiquement pour l'accueillir.

Le joyeux tumulte venait de la bibliothèque, tout au fond du couloir. Sloan posa son carnet et décida de se joindre à la mêlée.

En arrivant sur les lieux, son œil d'architecte apprécia les détails de la scène avec amusement. Son ami était au milieu de la pièce, le chien tournoyant autour de lui en une folle sarabande, tandis que Jenny agrippait son pantalon de flanelle grise et qu'Alex tenait fermement la manche de son blazer marine. Face à lui, Coco, Lila et Suzanna s'exclamaient et le questionnaient toutes les trois en même temps. Seule Catherine, le visage radieux, blottie contre lui, ne disait rien.

Un cri, juste au-dessus de lui, leur fit lever la tête. Amanda arriva en dévalant l'escalier comme un grenadier qui charge l'ennemi. Sloan la regarda débouler dans la pièce et songea que jamais il ne l'avait vue aussi gaie et détendue.

— Te voilà enfin ! s'exclama-t-elle. Aurais-tu oublié que tu te maries dans trois jours ? J'étais sur le point de te faire kidnapper par une armée de mercenaires, Trent !

— Je savais que je pouvais compter sur toi, lui répondit Trent avec le sourire.

— Elle nous a fait des listes, déclara Coco. Des kilomètres de listes. C'est terrifiant !

— Merci de t'être occupée de tout, Mandy.

Trent lui planta un gros baiser sur la joue.

— Kéke-tu-m'a-apoté ? babilla Jenny avec excitation.

— Voilà une vraie mercenaire ! s'exclama Suzanna en riant.

Elle prit sa fille dans ses bras pour la calmer. C'est alors qu'elle remarqua Sloan. Le rire s'étrangla dans sa gorge. Son imagination lui jouait-elle des tours, ou bien le regard de Sloan se durcissait-il chaque fois qu'il l'apercevait ? Dans ce cas, quelle raison avait-il de la détester à ce point ?

Sloan détourna lentement les yeux, un rictus amer aux lèvres. Comment cette jeune femme blonde, mince et élancée, au teint pâle et aux grands yeux clairs, à l'air à la fois doux et fragile, pouvait-elle dissimuler tant de dureté et de mesquinerie ? Au fond, elle n'était qu'un monstre de duplicité. Il la haïssait pour le mal qu'elle avait fait à sa petite sœur chérie, sept ans plus tôt.

— Sloan ! l'interpella gaiement Trent.

La voix de son ami lui rendit aussitôt le sourire. Ils se serrèrent la main avec effusion.

— Quelle mine ! Tu es bien sûr que tu reviens de Budapest et non de Tahiti ? plaisanta Trent.

Celui-ci vivait entouré d'un nombre considérable de collègues, associés et relations en tout genre, mais la seule personne en qui il avait une confiance totale et qu'il considérait vraiment comme un ami était Sloan.

— Je suis rudement content de te voir !

— Moi aussi.

Sloan fit un clin d'œil en direction de Catherine, toujours blottie contre Trent.

— Et je constate que tu commences enfin à avoir bon goût !

— Sloan me plaît, murmura Catherine à l'oreille de son fiancé.

— C'est ce qu'elles disent toutes, rétorqua-t-il en riant.

Il l'embrassa tendrement et se retourna vers son ami.

— Et ta famille, Sloan ?

Le regard de Sloan dériva une fraction de seconde vers Suzanna, puis revint à Trent.

— Bien, murmura-t-il.

— Euh... Vous devez avoir beaucoup de choses à vous dire, tous les deux, bredouilla Suzanna, subitement gênée. Venez, les enfants. On va faire une petite promenade avant de dîner.

— Pendant ce temps, les adultes vont prendre un verre, déclara Coco. Allons dans le petit salon.

Amanda posa une main sur le bras de Sloan tandis que les autres sortaient de la pièce.

— Attendez...

— Je ne fais que cela, Amanda ! assura-t-il avec un clin d'œil.

Elle secoua la tête, sans même chercher à relever l'allusion.

— Qu'est-ce que vous reprochez à Suzanna ?

L'humour disparut d'un coup du regard de Sloan.

— Rien. Pourquoi ?

— On dirait que vous la détestez.

— Vous vous faites des idées, Amanda.

— Ma sœur est la personne la plus douce, la plus gentille que je connaisse.

— Et alors ? lança Sloan en réprimant un ricanement. Je n'ai jamais dit que je lui reprochais quelque chose.

— Non, mais cela se voit. Et vous ne voulez pas en parler.

— Je préfère parler de nous, Amanda.

Il appuya les mains de chaque côté de la tête d'Amanda, sur le mur contre lequel elle s'était adossée.

— Nous ?

— Parfaitement. Vous et moi. Pourquoi ne me souriez-vous jamais comme vous souriez à Trent ?

— Parce que j'aime bien Trent !

— C'est curieux. La plupart des gens me trouvent plutôt aimable…

— Ce n'est pas mon point de vue.

— Votre point de vue est déformé par la distance. Rapprochez-vous un peu.

Amanda ne put s'empêcher de rire. Sloan était plus obstiné, plus têtu qu'un bouledogue ! Il n'abandonnait jamais.

— Je suis assez près comme cela, murmura-t-elle, le souffle court.

Elle était beaucoup trop près. Entre les bras de ce géant, elle se sentait petite, menue, fragile… Elle avait envie de se blottir contre lui comme elle avait vu Catherine le faire avec Trent. Se rendait-il seulement compte qu'il avait le don d'abattre tous les murs qu'elle avait soigneusement érigés depuis son enfance entre elle et le monde extérieur ? La perte de ses parents, son sens inné des responsabilités l'avaient fait grandir, mûrir trop vite. Seul esprit vraiment pratique et raisonnable de la maisonnée, elle avait dû prendre en charge très tôt la gestion des affaires familiales. Et voilà que son brillant cerveau se transformait en gélatine sous un regard gris-vert, que son corps discipliné s'amollissait comme du caramel contre un torse solide…

— Hum… En fait, dit-elle d'une voix légèrement enrouée, « aimable » n'est pas le qualificatif qui vous convient, Sloan. Moi, je vous traiterais plutôt de suffisant, vaniteux, tenace…

— Tenace. Là, je suis d'accord.

Il se pencha un peu plus vers elle.

— Vous m'y obligez, Amanda. Il faut bien que je me débrouille pour faire tomber toutes les murailles dont vous vous entourez…

Une main à plat contre le torse de Sloan, elle l'empêcha de l'étreindre davantage.

— Vous risquez de vous taper la tête contre ces fameux murs et d'y laisser votre raison !

— En effet. Mais le risque en vaut la peine lorsqu'on sait qu'une femme vous attend derrière, le regard plein de passion.

— Je n'ai pas ce regard-là !

— Oh si… Lorsque vous oubliez votre attitude professionnelle, vous me faites les yeux doux, Amanda.

Et vous me dévisagez avec tant de désir et de curiosité que j'ai bien envie de vous prendre dans mes bras et de vous emporter vers un coin tranquille. Là, je pourrais enfin satisfaire votre fameuse curiosité…

Amanda imaginait la scène avec tant de précision qu'elle en rougit. Sloan la piégeait de plus en plus étroitement entre ses bras musclés et son large torse. Elle n'avait plus qu'une solution : la fuite.

— Euh… Il est temps que je me change, Sloan. Je ne voudrais pas être en retard…

— Vous retournez à l'hôtel, ce soir ?

— Non.

Souple et vive, Amanda se glissa sous son bras.

— Ce soir, je sors avec quelqu'un !

Et, le plantant là, médusé, elle s'élança vers l'escalier.

Cela faisait bien vingt minutes que Sloan arpentait le salon. Les yeux rivés au parquet de chêne ciré, le front barré d'un pli et le regard furieux, il grommelait des paroles sans suite. Non, il n'attendait pas Amanda. Pas question qu'il reste planté là comme un idiot pendant qu'elle s'esquiverait tranquillement au bras d'un autre homme ! Il avait des tonnes de choses à faire : dîner en famille avec son meilleur ami et savourer la cuisine exquise de tante Coco, discuter des plans qu'il avait ébauchés autour d'une bonne bouteille de cognac… Tant pis si Amanda Calhoun était assez folle pour l'évincer, lui, Sloan O'Riley, et préférer un tête-à-tête avec un jeune crétin falot et prétentieux ! Car son rival ne pouvait être autrement. Amanda, qui résistait à ses avances, n'avait à l'évidence aucun goût.

Et puis, flûte ! Il n'allait pas en faire un drame. Elle était libre d'aller et venir à sa guise, tout comme lui. N'était-il pas un gentleman-né ? Il avait eu le coup de foudre, soit, mais il saurait attendre. Elle pouvait bien s'éclipser une heure ou deux pour dîner dehors. Il n'était pas jaloux. Pas le moins du monde…

Vroum ! Sloan bondit hors de la pièce, se précipita dans l'escalier, monta les marches deux à deux. Il venait d'imaginer Amanda dînant avec le crétin — et lui souriant par-dessus le marché ! Elle pouvait dîner, mais pas question qu'elle lui sourie !

Il pivota sur le palier, tourna dans le couloir.

— Calhoun ! appela-t-il d'un ton péremptoire en frappant à toutes les portes. Bon sang, Calhoun, il faut que je vous parle !

Alors qu'il arrivait au fond du couloir, Amanda ouvrit enfin sa porte.

— Que se passe-t-il ? demanda-t-elle, stupéfaite par tout ce raffut.

Sloan s'arrêta net et la dévisagea un long moment en silence.

Comment pouvait-on être aussi sexy ? songea-t-il, éberlué. Les cheveux de la jeune femme, légèrement bouclés, auréolaient son visage d'un halo mordoré. Son teint pâle et lisse faisait ressortir ses magnifiques yeux bleus, soulignés avec soin par le maquillage. Ourlée de rose foncé, sa bouche semblait le plus délectable des fruits… Elle portait un fourreau bleu nuit, court, moulant, sans manches, simplement retenu aux épaules par deux fines bretelles. Un petit boléro assorti allait avec, qu'elle tenait à la main. A son cou et à ses oreilles brillaient un pendentif et deux petites boucles en diamant.

Elle était divine.

Où diable était passée la jeune femme compétente et professionnelle ? se demanda Sloan, furieux. Il avait devant lui la fille la plus classe, la plus vamp, la plus sensuelle de toute la création. Avec, par-dessus le marché, des jambes à vous dévisser la tête ! constata-t-il en achevant de la déshabiller du regard. Il était hors de question qu'il laisse le moindre freluquet la toucher !

Le pied d'Amanda, moulé dans un escarpin de daim noir, tapait déjà sur le parquet. Qui avait jamais qualifié Sloan O'Riley d'aimable ? Elle réprima une envie soudaine de se réfugier dans sa chambre et de verrouiller sa porte. Il ressemblait à un taureau furieux. Pourtant, elle n'agitait pas le moindre chiffon rouge…

— C'est comme cela que vous vous habillez pour un simple dîner ? gronda-t-il en avançant vers elle.

Amanda releva son menton et lui jeta un regard plein de défi. « Celui du matador à la bête qui le charge ! » songea-t-elle.

— Ma robe ne vous plaît pas ?

En guise de réponse, il lui prit le bras et la fit pivoter. Ce qu'il vit alors lui coupa le souffle. A part les deux fines bretelles de satin, le dos d'Amanda était nu jusqu'à la ceinture.

— Où est le reste ? demanda-t-il, hors de lui.

— Le reste de quoi ?

— De la robe, pardi !

Elle se retourna.

— Là, vous dépassez les bornes, Sloan.

— Annulez, murmura-t-il.

— Quoi donc ?

— Votre dîner. Inventez n'importe quelle excuse.

— Vous êtes fou.

« Si seulement elle savait combien c'est vrai ! se dit Sloan. Oui, je suis fou d'elle. Complètement ! Définitivement ! »

— Ma santé mentale est celle d'un homme qui vient de passer dix minutes avec vous, gronda-t-il.

Oui, cette fois il allait trop loin ! pensa Amanda. Beaucoup trop loin !

— Fichez-moi la paix, compris ? s'écria-t-elle en oubliant toute réserve. Ce soir, je dîne avec votre antithèse : un gentleman !

— Je vais vous laisser, promit alors Sloan. Mais d'abord, je vais vous donner de quoi réfléchir.

Alors, sans crier gare, il la plaqua contre le mur et l'embrassa à pleine bouche. Amanda tenta de le repousser, mais il la maintint fermement contre lui. Le feu du désir avait consumé le peu de raison qui lui restait. Et d'ailleurs, le moyen d'être raisonnable, face à Amanda ? Elle lui tournait la tête, le chamboulait comme un adolescent attardé, le grisait, l'enivrait, au point qu'il était incapable de se maîtriser.

Sous ses lèvres, dans ses bras, il la sentit se raidir. Puis elle se laissa aller contre lui, doucement d'abord, presque timidement, comme si son corps s'éveillait peu à peu sous la caresse de ses paumes.

Et soudain, ce fut l'explosion. Bouleversée par la fougue, la passion de Sloan, Amanda s'embrasa. Tout son corps cherchait instinctivement à s'unir à celui de

Sloan. Elle enfouit sa main fine dans sa crinière fauve, joignit ses lèvres aux siennes, entrouvrit la bouche, ferma les yeux, se cambra. Elle avait envie de cet homme, une envie si prodigieuse qu'elle lui coupait le souffle, la faisait tressaillir et trembler, la secouait de sensations toujours plus fortes, plus aiguës... Cet élan impérieux qui la poussait vers lui avait balayé toute colère, toute crainte, toute réserve. Elle n'était plus qu'un fétu de paille dans l'œil du cyclone, une simple femme prise dans le tourbillon vertigineux d'un désir fou.

Jamais elle n'avait ressenti une telle passion.

Lorsque Sloan s'écarta enfin, à bout de souffle, elle s'adossa au mur, sans force, haletante.

— Réfléchis bien à ce qui vient de se passer entre nous, Amanda, murmura-t-il.

Amanda réprima un petit gémissement. Par quelle magie, quel sortilège, la bouleversait-il ainsi ? Comment ce Tarzan hâbleur, ce cow-boy macho et suffisant, que l'on disait couvert de femmes, pouvait-il la transformer, elle, l'inaccessible tigresse, en une chatte voluptueuse, impétueuse, câline, et prête à ronronner ?

— Bravo, Sloan ! lui lança-t-elle d'une voix sourde. Vous avez réussi. Vous vouliez savoir si je vous désirais ? Eh bien, c'est oui ! Vous êtes content ?

Son regard embué de larmes plongea Sloan en plein désarroi. Toute colère envolée, il la regarda, bouleversé.

— Amanda...

Elle se raidit. Elle était à deux doigts de craquer. Un

soupçon de tendresse, un brin de douceur, et le reste de son fameux contrôle disparaîtrait pour de bon...

— Maintenant que votre orgueil de mâle est satisfait, auriez-vous l'obligeance de me laisser tranquille ?

Il recula d'un pas, l'air sombre.

— Ne comptez pas sur moi pour vous dire que je regrette, Amanda.

— Inutile. Mes regrets sont suffisants pour deux.

— Oh, te voilà, Amanda !

Lila était sur le palier et les observait d'un œil intrigué.

— Ton chevalier servant vient d'arriver.

— Merci, Lila.

Elle récupéra le boléro tombé à terre, fila dans sa chambre et saisit son sac, avant de se précipiter vers l'escalier — sans un regard pour Sloan.

— Vous avez l'air bien seul, tout à coup, remarqua Lila en s'approchant de Sloan.

Encore sous le choc des émotions qui s'agitaient en lui, il crispa les poings.

— Je vais descendre et le jeter dehors... après lui avoir rompu les os un par un.

Lila fit mine de réfléchir un instant.

— Je crois que ce serait dommage. Amanda a un penchant pour les chiens battus. Elle serait capable de prendre sa défense.

Sloan jura à mi-voix, puis se mit à arpenter le couloir.

— Qui est-ce, Lila ? demanda-t-il d'une voix rauque.

— C'est la première fois que je le vois, lui répondit-elle en haussant les épaules d'un air nonchalant. Il s'appelle William Livingston.

— Comment est-il ?

— Très bien de sa personne. Excellente présentation, manières affables, costume élégant. Un brin snob, peut-être.

Sloan jura de plus belle.

— Bref, le parfait gentleman, constata-t-il, amer.

— En apparence, seulement.

La remarque de Lila et son air troublé l'étonnèrent.

— Que voulez-vous dire ?

— Il a de très mauvaises vibrations. Et une aura toute grise.

— Oh, Lila, soupira-t-il. Epargnez-moi ce charabia — surtout maintenant !

— Je suis votre alliée, remarqua la jeune femme en souriant, ne l'oubliez pas. Je suis persuadée que vous êtes exactement l'homme qu'il faut à ma trop sérieuse grande sœur !

Elle glissa une main sous le bras de Sloan.

— Détendez-vous, cow-boy ! Ce M. Livingston n'a aucune chance ! Amanda pense qu'il est son type, mais je vous garantis qu'elle va être déçue. J'ai une intuition infaillible ! Allons dîner, maintenant ! La truite au fenouil de tante Coco va vous remettre les idées en place.

Amanda étudia la carte avec soin. William avait choisi le restaurant avec un goût parfait : ambiance feutrée, bougies et fleurs sur les nappes blanches, personnel discret et efficace, et nouvelle cuisine légère et sophistiquée. Ils avaient une vue plongeante sur l'océan, qui rougeoyait des derniers feux du soleil couchant. Bref, un décor de rêve pour une soirée intime.

Elle reposa la carte tandis qu'il choisissait le vin et tenta de se convaincre qu'elle allait passer la plus délicieuse des soirées.

— Avez-vous pu faire un peu de voile, William ? s'enquit-elle d'un ton léger.

— Pas encore.

Il goûta le vin, hocha la tête, satisfait, et attendit que le sommelier ait empli le verre d'Amanda avant d'ajouter :

— Vous pourriez peut-être en faire avec moi ? Je louerai un voilier et nous visiterons les criques tout autour de la baie.

D'un geste nerveux, elle déplia sa serviette, puis la lissa sur ses genoux.

— N'oubliez pas que je fais partie du personnel de l'hôtel. Je ne crois pas que...

— Nous avons déjà fait une entorse à la règle, lui rappela-t-il.

Comme elle prenait son verre, il saisit le sien et le fit tinter contre celui de sa compagne.

— Justement... Comment vous y êtes-vous pris ?

— Oh ! le plus simplement du monde ! J'ai donné le choix à M. Stenerson : soit il vous laissait sortir avec moi, soit je déménageais dans l'hôtel concurrent et vous invitais à mon gré. Il a tout de suite compris où était son intérêt.

— Je vois...

Amanda savoura une gorgée de vin, puis murmura, songeuse :

— Et tout cela pour un dîner.

— Avec vous. J'avais très envie de mieux vous connaître. J'espère que vous ne m'en voulez pas.

Quelle femme lui en voudrait ? Il était si charmant, si bien élevé, si séduisant… Elle lui sourit.

Et elle ne cessa de lui sourire tout au long du dîner. Il la charma, l'intrigua, la fit rêver, lui racontant à mi-voix ses voyages dans les pays les plus exotiques, dans les capitales les plus prestigieuses… Antiquaire et expert en objets d'art, il parcourait la planète à la recherche d'un tableau rare, d'un bibelot précieux, d'un meuble exceptionnel.

Parfois, les pensées d'Amanda dérivaient vers un autre homme, à la crinière léonine et au sourire canaille et charmeur. Elle se reprenait aussitôt et se concentrait avec une attention redoublée sur William, décidée à apprécier coûte que coûte sa présence aimable et le repas fin qu'il lui offrait.

— Ainsi, le petit chiffonnier de bois de rose, près de la cheminée, commenta-t-il de sa voix suave. Savez-vous que c'est une pièce remarquable ?

— Merci. Il date de la Régence, je crois…

— Absolument. S'il avait été à vendre, je l'aurais acheté aussitôt.

— Mon ancêtre l'a fait venir d'Angleterre lorsqu'il a commencé à meubler Les Tours.

— Ah, Les Tours, soupira William.

Posant sa tasse de café, il adressa un sourire complice à Amanda.

— Quelle merveilleuse demeure ! Je suis encore sous le charme. D'ailleurs, elle est aussi belle que ses jeunes propriétaires, murmura-t-il en posant la main sur celle d'Amanda.

Celle-ci ne put s'empêcher de sourire.

— Nous y tenons énormément. Lors de votre prochain séjour, vous serez peut-être l'un des clients de notre futur hôtel ?

— Ah, c'est vrai. J'ai entendu parler de ce projet. Tout comme j'ai entendu parler de la légende qui circule à propos d'un bijou, je crois ?

Amanda hocha la tête et se pencha vers lui.

— Les émeraudes des Calhoun, chuchota-t-elle. Celles du collier de mon arrière-grand-mère.

— Ce doit être passionnant d'avoir une telle énigme à résoudre, avoua William en lui serrant la main. Surtout dans un aussi beau décor que Les Tours. Pourquoi ne me laisseriez-vous pas vous aider à la découvrir ? Ou, du moins, permettez-moi de me servir de ce prétexte pour vous revoir.

— Je regrette, William, mais je ne vais plus avoir un moment de libre. Ma sœur se marie samedi prochain et je suis chargée d'organiser la cérémonie.

Avec un sourire, il regarda leurs mains jointes.

— Il nous reste dimanche, murmura-t-il. Et j'aimerais vraiment vous revoir…

Sur le chemin du retour, ils n'abordèrent que des sujets d'ordre général. Détendue, Amanda soupirait d'aise. Enfin un homme qui savait se conduire avec une femme ! Il la traitait avec respect, attention, gentillesse. Le contraire d'un certain barbare de sa connaissance qui l'avait plaquée contre un mur comme un sauvage pour lui arracher un baiser ! Au souvenir du regard affamé qu'avait eu Sloan lorsqu'il l'avait embrassée, elle frissonna. Et refusa de se demander si c'était de peur ou de plaisir.

Lorsque William coupa le moteur devant le perron des Tours, elle eut un pincement au cœur en constatant que la voiture de Sloan avait disparu. Haussant les épaules, elle attendit que son chevalier servant lui ouvre la porte.

— Merci pour cette exquise soirée, William, dit-elle en s'extirpant le plus gracieusement possible du coupé sport.

— C'est vous qui êtes exquise, murmura-t-il.

Il posa les mains sur les épaules nues d'Amanda et lui effleura les lèvres d'un baiser. Un baiser tendre et doux… qui la laissa de marbre, à sa grande déception.

— Je ne peux vraiment pas vous revoir avant dimanche ? demanda-t-il d'une voix légèrement enrouée.

Son regard soudain sombre et brillant prouvait que lui, en revanche, avait apprécié le bref contact de leurs lèvres et de leurs corps.

Amanda secoua la tête.

— Je regrette, mais…

— A déjeuner, alors, coupa William en lui caressant la joue d'un doigt habile.

Il aurait pu aussi bien caresser une statue de pierre, songea Amanda. Le charme du beau William Livingston n'agissait pas sur elle. Dépitée, elle s'esquiva avant qu'il ne tente de l'embrasser de nouveau et s'élança vers les marches du perron.

— D'accord… si je peux me libérer. Encore merci pour ce soir !

William attendit que la porte se referme sur elle, puis se glissa derrière le volant, un sourire cynique aux lèvres. Il démarra, emprunta l'allée en sens inverse. Mais au lieu de sortir de la propriété, il se gara à l'ombre d'une haie et attendit.

Dans une heure environ, lorsque toutes les lumières seraient éteintes, il irait reconnaître les lieux, repérer les entrées... Si Amanda Calhoun pouvait lui servir de Sésame pour pénétrer dans la maison, tant mieux ! Tout le plaisir serait pour lui. Amateur de jolies femmes, il se ferait une joie d'allier l'utile à l'agréable et d'obtenir de la belle Amanda à la fois l'accès à son lit et aux informations qui lui permettraient de retrouver les émeraudes.

Décidément, son séjour dans l'île promettait d'être fructueux !

— Alors ? Comment fut ta soirée ? demanda Suzanna dès qu'elle aperçut Amanda.

— Oh... Tu ne m'as pas attendue, j'espère ?

— Non, mentit sa sœur. J'étais descendue dans la cuisine me faire un peu de lait chaud.

Amanda éclata de rire.

— Oh, Suzanna... Aucune de nous n'a jamais pu mentir sans rougir ! Et tu es aussi rose qu'une pivoine !

Vaincue, sa sœur haussa les épaules.

— Nous manquons d'entraînement, voilà tout.

Elles montèrent ensemble au premier étage, se dirigèrent vers le couloir qui menait aux chambres. Arrivée devant celle d'Amanda, Suzanna chuchota :

— Je peux te parler une minute ?

— Naturellement. Entre... Qu'y a-t-il ? demanda Amanda en ôtant ses escarpins. Tu as l'air épuisée !

— Oh, ce n'est rien... C'est la saison des réceptions, et tout le monde veut des bouquets au dernier moment. Je n'ai pas à me plaindre...

Suzanna soupira, puis regarda sa sœur droit dans les yeux.

— Puis-je te demander ce que tu penses de Sloan ?

Stupéfaite, Amanda écarquilla les yeux.

— Il a l'air sympathique, reprit Suzanna avant même qu'elle ait pu répondre. Les enfants l'adorent, ce qui est bon signe. Tante Coco lui mijote ses petits plats. Lila dit qu'il dégage d'excellentes vibrations, que son aura est claire. Catherine l'aime bien — et pas simplement parce qu'il est l'ami de Trent. Mais...

Elle s'arrêta soudain d'arpenter la pièce.

— Mais ? répéta Amanda dans un souffle.

— Je ne sais pas... C'est une impression difficile à expliquer. Chaque fois qu'il me regarde, je reçois une onde d'hostilité.

Elle haussa les épaules.

— Voilà que je parle comme Lila, maintenant !

— Non. J'ai ressenti la même chose, Suzanna. Je lui ai même demandé des explications.

— Et ?

— Il a tout nié en bloc. Je ne sais qu'en penser... C'est un drôle de personnage, mais je suis sûre qu'il est juste et intègre. Nous avons peut-être trop d'imagination. Notre sang irlandais nous joue des tours !

— Et nous sommes sur les nerfs à cause du mariage de Catherine, acquiesça Suzanna en hochant la tête.

Elle sourit à sa sœur, lui planta un baiser sur la joue.

— Cela m'a fait du bien de t'en parler, Amanda. Mais surtout, que ça ne t'empêche pas de dormir !

— Bonne nuit, Suzanna.

Quelques secondes plus tard, Amanda se glissait entre les draps avec un long soupir.

Elle se répétait que c'était stupide. Une simple toquade de mauvais goût pour un curieux bipède qui lui donnait le grand frisson, une trahison des sens, un léger déraillement du cerveau, bref, une histoire sans queue ni tête... Pourtant, elle savait déjà qu'un cow-boy d'une prétention infernale, un Tarzan qui avait si bien appris à parler qu'il n'y avait pas moyen de lui rabattre le caquet, un sauvage doué du magnétisme sexuel d'un don Juan allait la tourmenter jusqu'au petit matin.

La nuit risquait d'être très, très longue...

6

Boum ! Amanda, qui accomplissait sa traditionnelle séance de natation du matin, venait de heurter un objet solide qui se baladait au milieu de la piscine. Elle leva la tête, reprit son souffle, rejeta ses cheveux en arrière et cligna des yeux, aveuglée par l'eau pleine de chlore. Comme elle promenait ses mains à tâtons sur l'objet en question, elle poussa un petit cri de surprise en constatant qu'il s'agissait d'un torse.

Apparemment ravi de la plaisanterie, Sloan l'observait d'un œil goguenard.

— J'espère que je ne vous dérange pas, mon cœur. Je pensais que vous préféreriez bavarder discrètement avec moi plutôt que de m'entendre vous hurler des choses peut-être intimes depuis le bord... Dans un hôtel, les murs ont souvent des oreilles.

Il avait touché une corde sensible. Amanda détestait se donner en spectacle.

— La piscine n'est pas ouverte au public avant 10 heures, marmonna-t-elle.

— Vous me l'avez déjà dit. En revanche, vous ne m'aviez pas dit que l'eau était glacée !

— C'est vrai… C'est d'ailleurs pour cela que je nage vite !

Joignant le geste à la parole, elle se lança de nouveau dans son crawl. Quelques secondes plus tard, comme elle tournait la tête, elle vit que Sloan l'avait rejointe. Son corps puissant, impeccablement musclé, fendait l'eau sans effort, adaptant à la perfection son rythme au sien.

Ils effectuèrent la longueur avec des gestes si harmonieux qu'ils en devenaient sensuels. Pour eux, la température de l'eau s'éleva de quelques degrés… Quand Amanda accéléra, Sloan la rejoignit aussitôt, toujours sans le moindre effort apparent.

Elle commençait à s'amuser. Elle qui adorait la compétition, elle avait trouvé pour une fois un adversaire à sa hauteur. Ils parcoururent ainsi longueur après longueur, l'esprit libre de toute pensée, le corps agissant comme une mécanique parfaitement huilée. Lorsqu'elle s'arrêta enfin, elle avait les poumons en feu et les muscles tétanisés par la fatigue. Sloan agrippa le bord de la piscine au même moment.

Rejetant d'un geste familier ses mèches en arrière, elle éclata de rire.

« Jamais elle n'a été aussi jolie », se dit-il, rêveur. Une vraie sirène, avec son corps élancé, ses cheveux plaqués, sa peau satinée, et son rire mélodieux qui résonnait dans l'air frais du matin. Il désirait follement la prendre dans ses bras et l'étreindre avec passion… Mais durant sa nuit blanche, il s'était fait une promesse — qu'il avait l'intention de tenir.

Il lui sourit.

— Je crois que nous avons réussi à briser la glace, non ?

Amanda rit de nouveau, et elle appuya un instant la tête contre le bord en ciment pour le dévisager. Elle eut soudain envie de lisser les boucles folles qui retombaient sur son front, de toucher la peau tendue sur le torse musclé.

— J'aime la course, avoua-t-elle.

Sloan prit un air étonné.

— Parce que nous faisions la course ? Moi qui croyais que nous barbotions gentiment, histoire de nous rafraîchir un peu et de bien démarrer la journée…

Elle lui envoya de grandes giclées d'eau et, sans cesser de rire, se hissa sur le bord.

— Je dois m'en aller.

— Puis-je vous parler maintenant ? demanda alors Sloan d'un ton grave.

— Je ne tiens pas à me disputer, Sloan.

Amanda, qui ne riait plus du tout, se détourna pour prendre sa serviette.

— Je vous présente mes excuses, Amanda.

— Quoi ? fit-elle en se tournant vers lui, éberluée.

— Pardonnez-moi.

Il lui prit les épaules.

— Je me suis mal conduit hier soir. Je n'avais aucun droit de vous parler comme je l'ai fait. Ni de vous embrasser, acheva Sloan dans un souffle.

— Oh.

Amanda le dévisageait, incrédule, confuse.

— Normalement, remarqua-t-il, vous devriez me répondre : « D'accord, Sloan, j'accepte vos excuses. N'en parlons plus… »

— O.K. J'accepte vos excuses. Mais vous avez agi comme un sauvage, hier.

Il fit la grimace.

— Merci.

— C'est vrai, insista Amanda. Vous aviez l'air d'un taureau enragé. Vous grattiez le sol et la fumée vous sortait des naseaux…

— N'en rajoutez pas !

De nouveau, il devint soudain plus sérieux.

— Vous voulez savoir ce qui me rendait furieux ?

Amanda secoua la tête et voulut s'écarter. En vain. Sloan avait resserré la pression de ses mains sur ses épaules nues.

— C'est vous, Amanda. Je ne supportais pas l'idée de vous voir sortir avec un autre homme. Regardez-moi, je vous en prie.

Doucement, il lui releva le menton, jusqu'à ce qu'elle plonge les yeux dans les siens.

— Vous avez déclenché quelque chose en moi. Quelque chose que je ne peux plus arrêter. Je n'en ai d'ailleurs même pas envie.

— Je ne pense pas…

— Inutile de penser, Amanda. Ce que je ressens pour vous n'a rien à voir avec la pensée.

Son cœur s'affolait, ses jambes flageolaient… Amanda perdait pied.

— J'ai besoin de penser, murmura-t-elle d'une voix faible. Je suis née comme cela.

— Très bien. Alors je vais vous donner de quoi réfléchir. Je suis amoureux de vous.

Cette fois, la panique submergea complètement Amanda.

— Non. Ce n'est pas possible.

— Oh si ! Et vous le savez aussi bien que moi. Sinon, vous n'auriez pas ce regard de biche apeurée !

Il se pencha vers elle. Sa bouche n'était plus qu'à un souffle de celle de la jeune femme.

— Je ne vous demande pas quels sont vos sentiments à vous, Amanda. Pas encore. Je vous dis simplement quels sont les miens, pour que vous puissiez vous y habituer. Et maintenant, je vous propose de faire le tour de la baie en voiture, ce soir.

C'était tentant, reconnut Amanda. Elle s'imaginait avec Sloan, en train de contempler le soleil en train de se dissoudre dans l'océan du haut d'une falaise, les cheveux au vent et les doigts enlacés… Une vision merveilleusement romantique. Malheureusement, le devoir passait en premier.

— Je suis désolée, Sloan. Catherine enterre sa vie de jeune fille, ce soir. Nous faisons une petite fête entre sœurs. D'ailleurs…

Elle fronça légèrement les sourcils.

— C'est noté sur votre liste.

— Je l'avais oublié. Demain soir, alors ?

— J'ai rendez-vous avec le photographe, et ensuite j'ai promis à Suzanna de l'aider à arranger les fleurs. Après-demain, poursuivit Amanda avant que Sloan ne le demande, le père de Trent et quelques membres de la famille arrivent pour loger chez nous.

— Et samedi, c'est le grand jour.

Le regard rivé au sien, Sloan inspira longuement.

— Soit, fit-il. Mais après le mariage, gare à vous, Calhoun ! Vous me trouverez sur votre chemin partout où vous irez !

Avec un petit rire, Amanda pivota sur ses talons et lui lança par-dessus son épaule :

— Je vous ferai parvenir mon emploi du temps, O'Riley. J'aurai peut-être quelques minutes à vous accorder...

L'après-midi touchait à sa fin. Sloan profitait des derniers rayons du soleil pour achever les esquisses des murs extérieurs. Installé sur la terrasse, il redessinait à petits traits précis une porte-fenêtre lorsque Suzanna arriva, un grand panier de fleurs fraîches dans les bras.

— Oh ! excusez-moi ! murmura-t-elle en hésitant, un sourire aimable aux lèvres. Je ne savais pas que vous étiez là. Je... je dois décorer la terrasse pour notre petite fête de ce soir.

— J'ai presque fini.

— Oh, prenez votre temps, je vous en prie...

Et la jeune femme déposa le panier, avant de rentrer dans la maison.

Au cours des dix minutes suivantes, Suzanna passa et repassa devant Sloan, des fleurs plein les bras, dans un silence pesant. Finalement, elle déposa la dernière corbeille et se campa devant lui.

— Monsieur O'Riley... est-ce que nous nous étions déjà rencontrés avant que vous ne veniez ici ?

— Non, lui répondit Sloan sans même relever la tête.

— Alors... pourquoi agissez-vous comme si vous me détestiez ?

— Je ne vous connais pas, madame Dumont.

Suzanna avait en horreur les disputes et les

confrontations en tout genre, qui la laissaient toujours désemparée. En cet instant, cependant, elle se sentait pleine de courage.

— Ecoutez, monsieur O'Riley, je suis ici chez moi, et vous êtes notre invité. Il n'y a aucune raison pour que je me sente gênée dans ma propre maison. Vous allez me dire ce que vous me reprochez.

Sloan laissa tomber son crayon sur sa planche à dessin et braqua sur elle un regard métallique.

— O'Riley… Ce nom ne vous dit vraiment rien, madame Dumont ?

— Non. Pourquoi ?

La mâchoire de Sloan se crispa, ses yeux se durcirent un peu plus.

— Je précise : Megan O'Riley. La mémoire vous revient, maintenant ?

Vaguement frustrée, Suzanna secoua la tête.

— Non. Je ne vois pas. Pourriez-vous m'expliquer ?

— Evidemment ! Il vous est facile d'oublier ! Après tout, qu'était-elle, pour vous ? Un problème dont vous vous êtes bien vite débarrassée !

— Mais de qui parlez-vous, à la fin ?

— De ma sœur Megan.

— Je ne connais pas votre sœur, assura Suzanna. Je ne l'ai jamais vue !

Sa réponse eut le don de faire enrager Sloan, qui se leva et s'approcha d'elle.

— Bien sûr ! Pourquoi auriez-vous pris la peine de la rencontrer ? Elle n'était qu'une gamine, et vous l'avez balayée d'un revers de main ! Et pour qui ? Pour un crétin, un goujat de la pire espèce. Au moins, ajouta-t-il avec un rictus amer, vous n'y avez rien gagné... Baxter n'est qu'une ordure. Et pourtant, elle l'adorait.

— Votre sœur ?

Suzanna le fixa, incrédule.

— Elle... aimait... Baxter ? demanda-t-elle dans un souffle.

— Ça y est, vous commencez à vous souvenir ! Pourquoi avez-vous fait cela ? Etait-ce par amour... ou pour l'argent ? Bon sang, elle n'avait que dix-sept ans et elle était enceinte ! Elle voulait tellement que Baxter voie l'enfant, ne fût-ce qu'une fois...

— L'enfant, répéta Suzanna, qui était blanche comme un linge.

— Elle l'avait cru de toute son âme, elle avait avalé chacun de ses mensonges sans jamais le remettre en question. Quand j'ai voulu lui casser la figure, Megan m'a fait promettre de ne pas le toucher. Mais vous... vous n'avez pas esquissé le moindre geste ! Vous l'avez totalement ignorée, comme si cette toute jeune fille et son bébé n'existaient même pas ! Et lorsqu'elle vous a suppliée au téléphone de laisser son fils voir son père une ou deux fois par an, vous l'avez menacée de lui enlever le bébé si elle avait le culot de vous rappeler !

Tout à sa colère, Sloan n'avait pas remarqué que Suzanna s'était mise à trembler et qu'elle respirait avec difficulté.

— Excusez-moi... Il faut... que je m'assoie, murmura-t-elle d'une voix à peine audible.

Il la dévisagea. Des gouttes de sueur lui perlaient au front, et ses yeux étaient fixes.

— Mon Dieu... Vous n'étiez pas au courant ! s'exclama-t-il.

La jeune femme leva sur lui un regard limpide qui le mit horriblement mal à l'aise.

— Comment s'appelle-t-il ? demanda-t-elle d'un ton calme.

— Qui cela ?

— L'enfant.

— Mais je ne crois pas…

— Allez-vous me le dire, oui ou non ? Il est le demi-frère d'Alex et de Jenny, et je ne connais même pas son nom !

— Kevin. Kevin O'Riley.

— Quel âge a-t-il ?

— Sept ans.

Il y a tout juste sept ans, songea Suzanna en tournant lentement les yeux vers la mer, elle était entrée dans cette même pièce en robe blanche et long voile de mariée, les joues roses de bonheur, la tête pleine de rêves et le cœur gonflé d'espoir, prête à épouser l'homme qu'elle aimait…

— Et Baxter savait tout ? demanda-t-elle dans un souffle. Depuis le début ?

— Oui. Megan ne voulait pas nous révéler qui était le père, mais elle a craqué après vous avoir parlé au téléphone… En fait, ce n'est pas à vous qu'elle a parlé, n'est-ce pas ?

— Non.

Suzanna fixait toujours la mer.

— Sans doute était-ce la mère de Baxter…

— Pourrez-vous jamais me pardonner, Suzanna ?

— Vous n'avez rien à vous reprocher, Sloan. Si l'une de mes sœurs avait été dans ce cas, j'aurais agi de même. Je veux tout savoir... Que s'est-il passé ensuite ?

Elle encaissait mieux que ne le laissait prévoir son apparence fragile et douce, songea Sloan avant d'obtempérer.

— Après ce fameux coup de fil, Megan m'a tout raconté. Sa rencontre avec Dumont, à New York, l'été précédent. Elle y avait passé trois semaines chez des amis. Il y faisait un voyage d'affaires. Il l'a sortie, emmenée au théâtre, au restaurant... Bref, il l'a séduite. Elle était si jeune !

— Dix-sept ans, murmura Suzanna.

— Et terriblement naïve. Bien entendu, il lui avait promis de l'épouser le plus vite possible. Il devait la retrouver à Oklahoma City pour rencontrer ses parents. Lorsqu'elle est rentrée chez nous, elle n'a plus entendu parler de lui. Elle a fini par le joindre au téléphone. Il a prétendu qu'il était retenu pour affaires, lui a promis de se libérer, de la rejoindre... Et puis, elle a découvert qu'elle était enceinte.

La voix de Sloan se brisa. Il se rappelait l'affolement de sa petite sœur, et sa propre colère à lui, lorsqu'elle lui avait avoué son aventure. Il aurait compris s'il s'était agi d'un jeune homme fou amoureux... mais Baxter avait plus de trente ans, et il n'avait pas hésité à profiter de la crédulité et de l'innocence de Megan, n'avait pris aucune précaution, et l'avait abandonnée ensuite, sans remords ni regrets.

— Lorsqu'elle lui a annoncé la nouvelle, il a changé d'attitude. Il l'a insultée, l'a traitée de tous les noms... Et ma sœur a vu son univers s'effondrer autour d'elle. Elle s'est montrée courageuse. Heureusement, notre famille est très unie. Nous l'avons soutenue autant que nous l'avons pu. Comme nous n'avons aucun problème d'argent, Megan a reçu tous les soins nécessaires et n'a pas de souci à se faire pour l'avenir de l'enfant. C'est après la naissance qu'elle a tenté de contacter de nouveau Baxter. Elle voulait tellement que son fils sache au moins qui était son père ! Et elle est tombée sur vous. Du moins, le croyait-elle.

Sloan baissa la tête.

— Voilà, conclut-il. Vous savez tout, maintenant.

— Si j'avais eu la moindre influence sur Baxter, lui assura Suzanna, je l'aurais exercée pour qu'il voie son fils. Mais il ne voit même pas les enfants qu'il a choisi de reconnaître légalement...

Après un instant d'hésitation, Sloan finit par poser la question qui lui brûlait les lèvres :

— Comment une femme comme vous a-t-elle pu épouser un être aussi odieux et malfaisant ?

— J'ai eu dix-huit ans, moi aussi, lui répondit-elle avec un pâle sourire. Et j'étais probablement aussi naïve que votre sœur. Mais j'avais un avantage : Baxter voulait habiter Les Tours. C'est sans doute ce qui l'a décidé à m'épouser.

Elle s'interrompit.

— J'ai une faveur à vous demander, Sloan. Je voudrais que mes enfants rencontrent Kevin. Si votre sœur le permet, bien sûr.

— Elle en sera très heureuse, assura-t-il en souriant.

Suzanna hocha la tête. Ce soir, se promit-elle, elle laisserait le chagrin l'envahir. Ce soir, elle verserait quelques larmes sur la dernière trahison de Baxter. Puis elle reprendrait sa vie comme si de rien n'était, pour l'amour de ses enfants. Et d'ailleurs, à propos d'enfants...

— Jenny et Alex ont dû rentrer de l'école et sont probablement en train de faire enrager tante Coco, déclara-t-elle en consultant sa montre. Il faut que je m'en occupe.

Une fois seul, Sloan resta sur la terrasse. Alors qu'il profitait de ce silence apaisant depuis seulement quelques secondes, il entendit un éclat de voix derrière lui.

— Que lui avez-vous fait ?

Amanda venait de faire irruption sur la terrasse.

— Comment osez-vous la faire pleurer ?

— Oh ! je vous en prie, Amanda, restez en dehors de cela...

Sloan poussa un soupir frustré et se tourna. Il traversa la terrasse à grands pas et fit mine de sortir par la porte de derrière. Mais la jeune femme le retint.

— Soyez maudit, Sloan O'Riley ! Quand je pense que j'ai failli... Partez d'ici, et ne vous retournez pas avant d'être arrivé en Oklahoma !

— Cette affaire ne vous regarde pas, Amanda, rétorqua-t-il avec fermeté. Et de toute façon, il s'agissait d'un malentendu. Suzanna m'a pardonné.

— Ah, vraiment ? Et quel genre de malentendu ?

— Demandez à votre sœur mais pas à moi. Je ne peux pas vous en dire plus. Encore une fois, c'est entre elle et moi. Cela n'a rien à voir avec vous.

— Vous vous trompez !

Elle se campa devant lui, prête à griffer.

— Lorsqu'on attaque une Calhoun, on attaque les trois autres en même temps ! Comme vous êtes le témoin de Trent, je ne peux pas vous mettre à la porte avant le mariage. Mais je vous garantis que dès la fin de la cérémonie, je ferai tout mon possible pour que vous disparaissiez des Tours !

Les nerfs à vif, poussé à bout, Sloan saisit Amanda par les épaules et se retint pour ne pas la secouer. Elle était vraiment la reine des têtes de mule !

— Je finis toujours ce que j'ai commencé, Amanda. Et je ne partirai pas d'ici sans...

— Hum...

Sur le seuil de la porte, Trent observait son meilleur ami et sa future belle-sœur d'un œil stupéfait. Il toussota.

— Je ne veux surtout pas vous déranger...

— La discussion est close, déclara Amanda. Tu ne nous déranges pas du tout.

Elle donna un bon coup de coude dans les côtes de Sloan pour se dégager.

— Les hommes ne sont pas acceptés dans la maison, ce soir, poursuivit-elle d'un ton rogue. Si tu nous débarrassais de ce prétentieux personnage que tu nous obliges à supporter depuis une semaine ? Emmène-le faire le tour des bars de la ville et ne nous le ramène pas avant demain !

Sur ce, elle sortit de la pièce, la tête haute.

— Wow ! fit Trent. J'aurais peut-être dû te parler du tempérament des Calhoun avant de te demander d'accepter ce job.

— En effet, marmonna Sloan en se frottant les côtes. Tu connais un bar tranquille, dans le coin ?

— Je pense que oui...

— Parfait. Allons boire, alors.

Ils n'eurent aucun mal à trouver le bar idéal et la bouteille adéquate. Sloan avala un premier verre de whisky, puis un second, avant de raconter à son ami ses démêlés avec Suzanna.

— Baxter Dumont est le père de Kevin ? s'exclama Trent. Tu ne me l'avais jamais dit !

— J'avais promis à Megan de garder le secret. Mais maintenant, tu fais partie de la famille, en quelque sorte…

Il y eut un long silence.

— Incroyable, murmura enfin Trent, comme s'il se parlait à lui-même. Comment un type aussi médiocre a-t-il pu fabriquer trois enfants aussi adorables ?

— C'est l'un des nombreux mystères de la nature, affirma Sloan d'une voix lugubre. Si tu avais vu la pauvre Suzanna… Je n'oublierai jamais son expression lorsque je lui ai tout révélé. Elle avait l'air d'une morte.

— Elle s'en remettra. Catherine m'a souvent affirmé qu'elle était bien plus forte qu'il n'y paraissait.

— Possible. Il n'empêche que j'étais passablement dégoûté de moi-même… Et il a fallu qu'Amanda ajoute son grain de sel !

— Elles sont pires que des mousquetaires : une pour toutes, toutes pour une !

Sloan hocha la tête et, d'un trait, vida son troisième verre.

— Pourquoi ne lui as-tu pas tout expliqué ? demanda son ami.

Il haussa les épaules.

— C'est à sa sœur de le faire, si elle en a envie. Je déteste que l'on m'oblige à me justifier.

— D'accord, soupira Trent. Tu veux manger quelque chose ? Ce n'est jamais très bon de boire à jeun.

— Je n'ai pas faim.

Trent se cala contre le dossier de la banquette en velours pourpre et commença de boire son premier whisky à petites gorgées. Le silence entre eux était confortable. Ils se connaissaient depuis plus de dix ans, avaient fait les quatre cents coups ensemble, s'étaient mutuellement consolés de leurs premiers chagrins d'amour, avaient copieusement arrosé leurs succès aux examens universitaires, s'étaient — parfois — chipé leurs conquêtes féminines, mais s'étaient — toujours — réconciliés, sachant que leur amitié était cent fois plus précieuse que leur vanité.

Physiquement, ils étaient l'opposé l'un de l'autre : Trent, de taille moyenne pour un homme — il avait tout juste un centimètre de plus que Catherine —, mince et fringant, les cheveux courts et lisses, toujours tiré à quatre épingles, le blazer marine d'une coupe parfaite et la manchette blanche impeccable ; Sloan, très grand, la carrure athlétique, la crinière en désordre, le jean délavé, la chemise retroussée jusqu'aux coudes... Pourtant, outre leurs tempéraments qui se complétaient admirablement, ils avaient des points communs : une famille très riche, une éducation très poussée, une formidable générosité, et... des tennis blanches.

Un détail qui intrigua Sloan au plus haut point.

— Qu'est-ce qui te prend, Trent ? demanda-t-il. Tu portes des tennis avec un pantalon gris, maintenant ?

Trent lança un coup d'œil à ses pieds, sagement croisés sous la table, et eut un large sourire. Ses nouvelles chaussures symbolisaient la façon dont une jolie brunette aux cheveux courts et au tempérament de feu avait chamboulé tous ses critères.

— Et ta cravate, poursuivit Sloan. Tu l'as oubliée ? Pourquoi n'en portes-tu pas ?

— Parce que je suis amoureux, lui répondit son ami avec un sourire béat.

— C'est bien ce que je pensais. Mon pauvre ami... Tu vois l'effet que ça te fait ? Tu as l'air d'un clochard. Ou, presque...

— Voyons, Sloan, tu détestes les cravates !

— C'est vrai.

Sloan se pencha soudain en travers de la table, et expliqua à mi-voix, comme s'il s'agissait d'un secret d'Etat :

— Cette femme me fait tourner en bourrique, Trent.

— Catherine ?

— Non ! Tu sais très bien qu'il s'agit d'Amanda !

Trent eut un petit rire.

— Ecoute, mon vieux... Ne compte pas sur moi pour te plaindre. Depuis que je te connais, il y a toujours une femme dans ta vie qui te fait tourner en bourrique ! Je n'ai jamais vu quelqu'un qui ait autant... d'affection pour le sexe faible.

— Faible ! Tu veux rire... Elle a commencé par foncer sur moi tête baissée dans la rue, ensuite elle m'a fait une prise d'aïkido pour m'envoyer au tapis, et maintenant elle m'a fêlé une côte !

Il avala une gorgée de whisky et ajouta :

— Tu me connais. Il n'y a pas plus doux et aimable que moi !

— Evidemment, approuva Trent, amusé. C'est-à-dire, quand tu veux bien l'être…

Sloan frappa la table du plat de la main.

— Ah, tu vois ! s'exclama-t-il, l'air triomphant.

Il tira un cigare de sa poche, l'alluma en prenant son temps, puis souffla quelques ronds de fumée.

— Alors, demanda-t-il, pourquoi m'en veut-elle ?

— Je n'en sais rien.

— Eh bien, je vais te le dire, moi : cette femme est une diablesse avec l'obstination d'une mule en prime ! N'importe quel homme peut s'en rendre compte… s'il arrive à ne pas se faire hypnotiser avant. Elle a les plus jolies jambes qui soient !

— Je sais. C'est une marque de famille. Sloan, ajouta Trent en voyant son ami avaler un énième verre de whisky, est-ce qu'il va falloir que je te porte jusqu'à ton hôtel ?

— C'est probable. Dis-moi, vieux frère, pourquoi tiens-tu absolument à te marier ?

— Parce que je l'aime.

Sloan exhala lentement quelques bouffées de fumée.

— C'est un piège, si tu veux mon avis. Elles te font tourner la tête jusqu'à ce que tu ne puisses plus penser correctement. Jusqu'à présent, je croyais que les femmes étaient un don de Dieu. Maintenant, je sais quelle est leur véritable raison d'être : nous rendre fous. Et malheureux par-dessus le marché.

L'œil soudain brillant, il regarda son ami.

— Tu as vu la façon dont elle marche ? Avec sa jupe qui virevolte autour de ses genoux… on dirait qu'elle danse. Et ses cheveux ? Tu as remarqué comme ils sont doux et brillants ?

Cette fois, Trent éclata carrément de rire. Il leva son verre.

— A la belle Amanda !

A son tour, Sloan leva le sien et le vida d'un trait.

— Tu as déjà reçu une décharge électrique, Trent ?

— Non.

— Eh bien, je te promets que ça brûle. Ça fait un mal de chien. Et quand tu recouvres tes esprits, tu te sens tout drôle.

— Sloan… tu parles sérieusement ou bien tu as trop bu ?

— Tu veux dire pas assez ! marmonna Sloan.

De nouveau, il se pencha vers son ami.

— Je n'ai pas dormi une seule nuit complète depuis que je l'ai rencontrée. Elle a effacé d'un coup toutes les femmes que j'ai connues… et barré le passage à toutes celles que j'aurais pu connaître.

Les coudes posés sur la table, il appuya son menton sur ses mains jointes, avant d'avouer, l'œil embrumé :

— Je suis follement amoureux d'elle, Trent. Et si je pouvais l'attraper maintenant, je crois bien que je lui tordrais le cou !

— Ici, on vit dangereusement, c'est la spécialité des Calhoun, lui confia Trent en riant. Bienvenue dans le club des soupirants, Sloan !

Il a plu toute la journée. Pour la première fois, je n'ai pas pu rejoindre Christian sur la falaise. Je suis restée aux Tours et j'ai joué avec les enfants. Nous avons fait la dînette et mangé beaucoup de gâteaux… Les heures se sont écoulées doucement, entre leurs petits bras potelés, leurs baisers mouillés, les rires, les siestes et les gros câlins. Ce fut l'une de ces journées qu'une mère chérit longtemps dans son cœur... Mes bébés grandissent si vite ! Colleen parle déjà d'aller à l'école...

Si seulement ces enfants que j'adore pouvaient être ceux de Christian ! Mon bonheur serait parfait, mes rêves les plus chers enfin réalisés.

Jeune fille, je n'avais jamais rêvé au mari froid, distant, que mes parents m'ont choisi. J'imaginais un homme jeune et enthousiaste, un amoureux gai et charmant... Le destin en a décidé autrement. Ma vie ne ressemble pas aux contes de fées que je lis le soir à mes enfants. Un jour, quelqu'un ouvrira peut-être ce petit carnet noir sur lequel j'écris jour après jour ma triste histoire. J'espère qu'il comprendra les élans de mon cœur et ne me condamnera pas pour avoir volé ces quelques heures de bonheur quotidien que je passe auprès de l'homme que j'aime de toutes mes forces — et que j'aimerai encore au-delà de la mort.

7

Sous son crâne prêt à exploser, une bonne douzaine de marteaux-piqueurs s'en donnaient à cœur joie. Sloan tourna légèrement la tête pour diminuer la pression... Erreur colossale ! Dans les coulisses de son cerveau, cymbales et percussions résonnèrent aussitôt dans un fracas étourdissant.

Engourdi, il chercha à tâtons un oreiller, le mit sur sa tête pour atténuer le bruit... Rien à faire ! Le vacarme continua, insistant, épuisant... Jusqu'à ce que Sloan se rende enfin compte que quelqu'un tambourinait sans relâche sur la porte de sa chambre.

Proférant d'une voix rauque tous les jurons dont il pouvait se souvenir, il glissa de son lit, marcha en titubant vers la porte — qu'il apercevait très floue, enveloppée d'une sorte de nuage bleu-gris. Il l'ouvrit.

Sur le seuil, Amanda vit aussitôt qu'elle avait affaire à une formidable gueule de bois. Trent n'avait pas exagéré.

— Bonjour ! lança-t-elle avec son sourire le plus charmant. J'espère que vous avez passé une agréable soirée, hier !

Sloan jura une dernière fois. Elle n'avait pas le droit d'être aussi fraîche, pimpante et guillerette... Pas ce matin. Il passa une main hésitante sur sa barbe naissante.

— Si vous espérez me flanquer ma journée en l'air, vous arrivez trop tard, grommela-t-il.

Sur ce, il lui tourna le dos et tenta de distinguer son lit en soulevant les paupières le moins possible. Le soleil qui filtrait à travers les rideaux lui brûlait les yeux.

— J'ai à vous parler, Sloan !

— C'est fait, murmura-t-il.

Il rassembla les forces qui lui restaient pour marcher dignement. S'il avait été seul, il aurait rampé...

— Vous avez besoin d'une douche froide, de deux cachets d'aspirine et d'un petit déjeuner copieux, décréta Amanda.

Sloan, qui n'avait pas l'énergie nécessaire pour discuter, comprit qu'il ne lui restait qu'un moyen d'échapper à la femme de ses rêves : s'enfermer à double tour dans la salle de bains. Il changea de direction, réprima un gémissement de douleur.

— Je ne suis pas venue vous embêter, Sloan, lui dit Amanda d'un ton presque compatissant en le suivant pas à pas. Je veux simplement vous dire que...

Vlan ! Il venait de lui fermer la porte au nez.

Ce fut au tour d'Amanda de jurer tout bas.

Enfin seul, Sloan ôta le jean dans lequel il avait dormi, pénétra dans la cabine de douche et tourna le robinet d'eau froide.

Quelques minutes plus tard, ruisselant de gouttelettes glacées, il avalait trois cachets d'aspirine coup sur coup. Les yeux grands ouverts cette fois, il noua une serviette autour de ses reins et ouvrit la porte. Sa tête lui faisait toujours un mal de chien, mais au moins était-il suffisamment réveillé pour l'apprécier !

Il s'immobilisa sur le pas de la porte. Amanda était encore là, en train d'examiner tranquillement les plans disposés sur la table. Elle avait rangé la chambre, vidé les cendriers et ramassé les vêtements qu'il avait laissés traîner un peu partout... En fait, elle les avait dans les bras tandis qu'elle examinait les dessins.

— Qu'est-ce qui vous a pris de faire le ménage ? aboya-t-il.

— Ah, vous voilà ! Je...

Amanda avala péniblement sa salive. La vue de ce grand corps musclé, presque nu, bloqua un instant sa pensée et mit ses sens en déroute.

— Je... je ne comprends pas comment vous pouvez travailler dans un tel chaos ! finit-elle par remarquer en détournant les yeux.

— Eh bien, moi, si ! J'aime ça, figurez-vous. Sinon, j'aurais ramassé mes vêtements moi-même.

— Parfait.

Elle le regarda droit dans les yeux et, posément, lança en l'air toutes ses affaires.

— C'est mieux ainsi ?

— Attention, Calhoun... ne jouez pas avec le feu, menaça Sloan en retirant le T-shirt qui venait d'atterrir sur sa tête. Il n'y a rien de plus dangereux qu'un homme qui a la gueule de bois !

Il avança vers elle, s'immobilisa. On venait de frapper à la porte.

— C'est votre petit déjeuner ! indiqua Amanda. Je l'ai commandé pendant que vous étiez sous la douche.

Résigné, Sloan se laissa tomber sur le lit et se tint la tête à deux mains.

— Je n'en veux pas, marmonna-t-il.

Mais Amanda poussait déjà le chariot dans la chambre. Elle le plaça devant lui et annonça :

— Œufs brouillés, saucisses et toasts au blé complet. Jus de tomate épicé et café noir.

— Café..., demanda Sloan.

Elle emplit la tasse et la lui mit entre les mains.

Satisfaite de le voir émerger peu à peu, Amanda se campa devant lui et l'observa tout à loisir tandis qu'il avalait le breuvage amer et brûlant. Il avait vraiment l'air pathétique, avec ses cheveux emmêlés, des cernes sous les yeux et une barbe de la veille. En fait, elle avait très envie de s'agenouiller près de lui, de lui murmurer des paroles douces et tendres, pour le réconforter, de passer la main dans sa crinière pour y remettre un peu d'ordre... Mais il était dans de telles dispositions qu'il aurait été capable de lui tordre le poignet ou de lui faire craquer lentement les jointures, l'une après l'autre.

— Trent m'a dit que vous aviez pas mal bu, hier.

— Et vous êtes venue jouir du spectacle ?

— Non.

Amanda toussota nerveusement.

— J'ai pensé que c'était ma faute, et je... Suzanna m'a tout raconté. Enfin, Sloan, vous auriez pu me l'expliquer vous-même !

— Peut-être... Mais vous auriez pu me faire confiance, non ?

— Vous ne savez pas combien Suzanna a souffert, avec Baxter. Je ne supportais pas l'idée de la voir blessée de nouveau. Et par vous, par-dessus le marché ! Alors... alors que je commençais à vous trouver... intéressant.

Lorsqu'elle le regarda, les yeux d'Amanda étaient mouillés de larmes.

Sloan était un dur à cuire. Même un serpent à sonnette ne l'aurait pas fait reculer. Mais devant un regard embué par le chagrin, il se sentait totalement désarmé. Quelques larmes, et il craquait... Pire : il paniquait !

— Amanda..., commença-t-il en se levant. Personne n'est à l'abri d'une erreur. C'était juste un malentendu !

Il lui caressa la joue.

— Et si nous faisions la paix, Amanda ?

Comme il se penchait pour l'embrasser, elle s'écarta brusquement.

— Non. J'ai vraiment besoin de réfléchir...

— Et moi, de vous aimer. Passionnément.

En cet instant, Amanda eut la certitude que son cœur venait d'effectuer un double saut périlleux. Elle rassembla ce qui lui restait de sang-froid.

— Je... je dois retourner à mon travail. Stenerson...

— Si on l'appelait ?

Souriant, Sloan porta les doigts de la jeune femme à ses lèvres. Son mal de tête avait diminué considérablement, remplacé par une drôle de sensation. Comme une envie, un manque et une brûlure tout à la fois. Et il avait la nette impression que ce n'était pas un cachet d'aspirine qui la ferait disparaître.

— Je vais lui dire que j'ai besoin de son assistante pendant le reste de la matinée.

— Je pense…

— Non. Vous ne pensez plus. Avec moi, c'est interdit.

Il l'enlaça, effleura ses lèvres des siennes, les quitta, y revint, plus gourmand que jamais.

— Hmm… Sloan…

Amanda le repoussa et aspira une grande bouffée d'air. Il était en effet extrêmement difficile de penser dans les bras de cet homme !

— J'ai besoin d'avoir les idées claires, Sloan. De savoir ce que je fais et où je vais.

Résigné, il hocha la tête. Il allait devoir vivre avec cette satanée brûlure pendant quelque temps encore…

— D'accord, Calhoun. Allez-y. Pensez, réfléchissez, gambergez autant que vous voulez… jusqu'au mariage.

Il lui prit le menton et plongea son regard dans le sien.

— Mais ensuite… si vous ne vous jetez pas directement dans mes bras, vous aurez intérêt à courir vite !

— C'est un ultimatum ? lui demanda-t-elle en fronçant les sourcils.

— Non, c'est un fait. Et vous feriez mieux de filer de cette chambre pendant que vous en avez encore la possibilité !

— Je n'aurais jamais cru que je serais dans un tel état, gémit Catherine en contemplant sa robe de mariée — un nuage de satin blanc et de dentelle. Tu ne crois pas que je devrais porter quelque chose de plus simple ?

— Ne sois pas bête et tiens-toi tranquille, répondit Amanda.

Elle se pencha pour remettre un peu de blush sur le visage de sa sœur, puis se recula pour juger de l'effet.

— Tu es nerveuse. C'est tout à fait normal, affirma-t-elle.

— Je ne vois pas pourquoi. J'aime Trent, et j'ai envie d'être sa femme.

D'un coup d'œil furtif, elle consulta sa montre.

— Et je le serai dans moins d'une heure, murmura-t-elle d'une voix étranglée.

— Tu veux que j'appelle tante Coco et que je lui demande de te faire un cours sur les abeilles et les fleurs ? la taquina Amanda.

— Très drôle ! rétorqua Catherine avec une grimace. Où a disparu Suzanna ?

— Elle sermonne les enfants. Jenny est ravie d'être demoiselle d'honneur et de porter ton bouquet. En revanche, Alex est furieux de devoir mettre une chemise et une veste et de marcher devant toi avec les alliances. Il dit que tous ses copains vont se moquer de lui et menace de flanquer une raclée au premier qui osera plaisanter !

Catherine sourit.

— Et Lila ?

— Elle inspecte une dernière fois les fleurs et le buffet. Mais je me demande si on peut lui faire confiance ! Elle a parfois des idées tellement saugrenues…

— Elle est parfaite dans les cas graves. Et l'heure est grave, n'est-ce pas, Amanda ? demanda Catherine d'une voix légèrement tremblante.

Sa sœur lui prit la main, tout émue.

— En effet ! C'est le jour le plus important de ta vie ! J'aimerais tellement trouver quelque chose d'original à te dire dans une pareille occasion…

— Tu m'as déjà souhaité tout le bonheur du monde, lui rappela Catherine, les yeux brillants de larmes. Et je sais que je vais être très heureuse… même si je dois passer quelques mois à Boston chaque année.

— Ah non, ne recommence pas ! s'exclama sa sœur. Je viens de terminer de te maquiller ! Viens, il est temps de t'habiller, maintenant.

Un quart d'heure plus tard, Suzanna pénétra dans la chambre, un enfant accroché à chaque main. Le trio écarquilla les yeux.

— Oh ! Catherine, tu es magnifique ! s'écria Suzanna.

Elle lâcha Alex et Jenny pour arranger le voile de sa sœur.

— Je déteste les bretelles, bougonna Alex en se regardant dans le miroir. Je vais les enlever.

— Tu risques de perdre ton pantalon, remarqua sa mère.

— M'en fiche.

— Parfait. Enlève tes bretelles, et je vais te les entortiller autour de la bouche pour te faire taire, déclara Amanda d'un ton péremptoire.

Sans perdre une seconde, Alex referma sa veste et se tut.

— Amanda, dit Lila qui venait d'apparaître dans l'encadrement de la porte, tu veux bien jeter un dernier coup d'œil en bas ? J'ai la tête qui tourne à force de vérifier tous les détails. Et j'ai des choses à dire à Catherine avant que Trent ne lui passe la corde au cou ! ajouta-t-elle en faisant un clin d'œil à sa sœur.

— J'y vais... A tout à l'heure. Et surtout, murmura Amanda en embrassant une dernière fois Catherine, ne te laisse pas intimider par les histoires horribles que Lila va sûrement te raconter. Tu sais bien que c'est sa distraction favorite...

Elle s'éclipsa. A peine sortie de la chambre, elle se remémorait sa liste de choses à vérifier. Au bas de l'escalier, elle prit quelques secondes pour remettre d'aplomb sa capeline. Catherine avait demandé à ses trois sœurs de porter des robes semblables, dans différents tons de bleu. Elles étaient toutes les trois coiffées d'une capeline blanche. Suzanna avait orné la sienne d'un simple ruban de satin myosotis, Amanda y avait piqué quelques violettes de Parme. Celle de Lila ressemblait à une soucoupe volante dégoulinante de tubéreuses.

— Vous êtes ravissante, murmura une voix masculine, juste derrière elle.

Dans le miroir, Amanda vit le visage de Sloan.

— Merci, dit-elle en se retournant.

Ils restèrent un moment immobiles à se contempler l'un l'autre.

— Hum... Où est Trent ? finit par demander Amanda.

— Il avait envie de rester seul quelques instants, lui répondit Sloan, avant de se mettre à rire. Rien de plus normal, après tous les conseils que son père lui a donnés. Il s'est marié si souvent qu'il doit certainement avoir un point de vue des plus intéressants sur la question ! Ne vous inquiétez pas, ajouta-t-il devant l'expression horrifiée d'Amanda, j'ai donné une coupe de champagne à M. St. James et je l'ai mis à la porte en prétextant que tante Coco voulait absolument le voir.

Tout en parlant, Sloan s'était approché d'Amanda, qui se sentit très nerveuse, tout à coup.

— Cet habit vous va à merveille, remarqua-t-elle pour combler le silence. Vous êtes tout le temps en jean, et je n'aurais jamais cru que vous seriez aussi à l'aise en costume… Surtout avec un chapeau.

Sans doute aurait-elle continué à débiter des platitudes du même acabit si Sloan ne l'avait pas interrompue.

— Vous êtes à croquer quand vous paniquez ! observa-t-il d'une voix tendre.

Stupéfaite, elle arrondit les yeux et la bouche. C'était bien la première fois qu'on la trouvait « à croquer » !

Sloan profita de l'accalmie pour se rapprocher encore. D'un doigt, il souleva le menton de la jeune femme pour l'obliger à le regarder.

— Les mariages vous rendent nerveuse, Calhoun ?

— Hum… Oui. Parce que c'est celui de ma sœur, bredouilla-t-elle, confuse.

— Vous allez me réserver une danse ?

— Bien sûr.

— Et après ?

— Je…

— Catherine est prête ! hurla Alex dans l'escalier. Dépêchons-nous, qu'on en finisse le plus vite possible !

Sloan effleura rapidement les lèvres d'Amanda.

— Je vais chercher Trenton.

La sonnerie du téléphone, sur la table tout près d'eux, les fit sursauter.

— Flûte ! lança Amanda en décrochant. Allô ? Oh, William ! Désolée, mais je n'ai pas le temps de bavarder, ma sœur se marie dans quelques minutes... Demain ? Oui. Plutôt en fin d'après-midi... Disons vers 17 heures. Parfait, à demain !

Elle raccrocha. Fermement campé devant elle, les bras croisés, Sloan la contemplait d'un œil sombre.

— Vous prenez des risques, Amanda. De gros risques, déclara-t-il d'une voix sifflante.

— Que voulez-vous dire ?

— Je préfère en discuter plus tard. Nous n'allons pas faire attendre la mariée !

— Sûrement pas.

Et ils partirent chacun dans une direction opposée.

Quelques instants plus tard, Catherine avançait lentement, le visage recouvert de son voile. Devant elle, Alex, l'air crispé, portant un petit coussin de satin blanc sur lequel reposaient les alliances, et Jenny, rayonnante, serrant précieusement contre son cœur un bouquet d'orchidées rose pâle, ouvraient la marche. Tante Coco et les trois sœurs suivaient la mariée, très émues.

Amanda ne put retenir une larme lorsque Trent passa la bague au doigt de Catherine, et en réprima une autre lorsque les nouveaux époux échangèrent leur premier baiser.

— Alors ? C'est fini ? chuchota Alex, impatient.

— Non, murmura Amanda en regardant Sloan qui se tenait près du marié. Cela ne fait que commencer...

— La cérémonie était très émouvante... Et ce buffet ! Absolument magnifique ! Toutes mes félicitations, ma chère ! Vous avez le génie de l'organisation !

Grand, les tempes argentées et le teint bronzé à souhait, le père de Trent ne tarissait pas d'éloges.

— Merci..., murmura Amanda.

— On m'avait dit que les sœurs Calhoun étaient jolies. C'est faux. Vous êtes toutes les quatre de vraies beautés, reprit M. St. James.

« Le vieux beau toujours sémillant, le parfait séducteur... Il a dû commencer à flirter avec la sage-femme le jour de sa naissance ! » songea Amanda en le remerciant d'un sourire.

— Puis-je vous inviter à danser ?

— Avec plaisir.

Ils n'avaient pas fait trois pas sur la piste que Sloan mit tante Coco dans les bras de M. St. James et plaça les siens autour de la taille d'Amanda.

— Vous auriez au moins pu demander ! lui reprocha aussitôt celle-ci.

— Mais j'ai demandé. Vous m'aviez promis une danse, ne l'oubliez pas ! D'ailleurs, regardez-les : ils sont ravis !

Effectivement, Coco souriait sous sa capeline tandis que M. St. James la couvait d'un regard séducteur.

Détendue, Amanda hocha la tête.

— Tout est parfait, lui assura Sloan.

« Aussi parfait que le corps que je tiens dans mes bras », se dit-il. Il la serra un peu plus contre lui.

— Vous avez fait du bon travail, Amanda.

— Merci. J'espère que c'est la dernière fois que j'organise un mariage !

— Et le vôtre ?

Amanda fit un faux pas et se raccrocha à son cavalier. Son cœur s'emballa.

— Eh bien... C'est-à-dire que... Je ne sais pas...

— Voilà une réponse claire, remarqua Sloan en riant.

— Le mariage n'est pas sur ma liste de priorités, affirma Amanda. Mon nouveau poste à l'hôtel des Tours me prendra tout mon temps. Je ne pourrai pas me couper en petits morceaux pour satisfaire à la fois mes clients, ma famille et mon mari !

— C'est un point de vue original. Pour moi, le problème du mariage, ce n'est pas de risquer de se transformer en une poignée de confettis, mais de savoir si on a envie ou non de se réveiller tous les matins avec la même personne.

— Il y a de cela aussi, admit Amanda avant de couler un regard malicieux vers Sloan. Ce doit être d'autant plus difficile pour vous que vous avez l'habitude de beaucoup voyager. Et j'imagine que, dans certains pays, il est tentant de goûter au charme exotique ?

Il sourit.

— Et si nous poursuivions cette passionnante conversation dans un coin plus calme...

— Impossible. Je dois aller récupérer des guirlandes dans ma chambre pour décorer la voiture des mariés. Ils vont bientôt s'en aller.

— Parfait. Je vous accompagne !

Devant le regard brillant de Sloan, qui entrevoyait déjà mille possibilités, elle éclata de rire.

— Pas question ! Allez plutôt chercher du champagne dans la cuisine, il en manque sur le buffet !

Elle s'élança vers le grand escalier.

Elle grimpa les marches deux à deux et s'arrêta sur le palier pour reprendre son souffle. De curieux craquements, au-dessus de sa tête, lui firent tendre l'oreille. Pas de doute : quelqu'un marchait à l'étage supérieur. Elle fronça les sourcils. Un invité aurait-il eu le culot de faire sa petite chasse au trésor personnelle pendant que toute la famille assistait au mariage ? Les lèvres serrées, Amanda se lança à l'assaut du second étage.

A l'entrée du couloir, affalé sur son tapis, Fred semblait dormir comme un bienheureux.

— Quel chien de garde ! murmura Amanda, dépitée, avant de se pencher pour le secouer. Fred ? Hé, Fred ! Debout, mon chien !

Mais au lieu de bondir joyeusement, l'animal resta inerte.

Inquiète, elle se baissa pour le prendre dans ses bras. Fred ne réagit pas plus qu'un sac de sable.

— Mon pauvre Fred… Ooooh !

Quelqu'un venait de prendre Amanda par les épaules pour la projeter contre le mur avec violence. Elle crut que son crâne allait exploser sous le choc. Etourdie, elle ferma un instant les yeux. Son agresseur en profita pour filer. Lorsqu'elle se releva, elle entendit un bruit de pas précipités décroître dans l'escalier. Elle fit la grimace, porta la main à sa nuque… Elle n'avait pas volé sa réputation d'avoir la tête dure !

A l'idée que quelqu'un avait osé fouiller dans leur maison — le jour du mariage de Catherine, en plus —, la colère l'envahit. Une rage noire, insensée. Les yeux pleins d'éclairs, le col de travers et la capeline en déroute, elle attrapa Fred sous un bras — il dodelinait de la tête comme une poupée de chiffon — et dévala l'escalier à son tour. Sloan l'arrêta au moment où elle trébuchait sur la dernière marche.

— Hé, doucement !

Il la regarda en riant.

— Qu'est-ce qui se passe, Calhoun ? Vous avez écrasé ce pauvre toutou ?

— Vous l'avez vu ? demanda-t-elle, haletante.

Elle tenta de se dégager de son étreinte. La tête lui tournait légèrement.

— Qui ça ?

— Le type qui furetait là-haut…

Elle avait du mal à parler. Son cœur battait trop fort, ses jambes flageolaient.

— Dieu sait ce qu'il a fait à Fred.

— Attendez, laissez-moi voir…

Sloan la fit asseoir sur une marche et se pencha pour examiner le chien. Plus sombre que jamais, il se redressa enfin.

— Il a été drogué, annonça-t-il.

— Hein ? Mais… pourquoi ?

— Pour l'empêcher d'aboyer, je suppose. Dites-moi exactement ce qui s'est passé.

— J'ai entendu du bruit au deuxième étage… Lorsque je suis arrivée sur le palier, Fred était groggy et quelqu'un a voulu m'assommer.

Sloan pâlit.

— Mon Dieu, Amanda ! Vous êtes blessée ?

— Non.

Elle fronça les sourcils.

— Mais le choc m'a empêchée d'attraper ce voyou !

— Vous auriez dû m'appeler, Amanda…

Vaguement agacée, elle s'agrippa à la rampe pour se relever.

— Je lui ai fait une peur bleue ! annonça-t-elle avec un petit sourire. A l'allure où il allait, il doit maintenant avoir traversé la moitié de la ville ! Il n'est pas près de revenir.

Sloan hocha la tête, le visage crispé.

— Venez... On va laisser ce pauvre Fred dormir jusqu'à demain dans un endroit tranquille. Et je vais prévenir la police.

— Pas maintenant ! s'exclama Amanda, qui avait à présent recouvré tout son sang-froid. Nous n'allons pas gâcher la réception à cause d'un voleur de seconde zone ! Je vais remonter à l'étage pour tout vérifier et je ferai la liste des objets volés... Mais je ne crois pas qu'il en ait emporté, car il devait avoir les deux mains libres pour me projeter comme il l'a fait. Ensuite, je décorerai la voiture de Trent comme prévu et j'irai jeter du riz sur les nouveaux mariés avec tous les invités. Je n'appellerai la police qu'après leur départ.

— Et, bien entendu, je n'ai aucun rôle à jouer dans votre petit scénario, observa Sloan, glacial.

— Je peux me débrouiller...

— ... toute seule, comme d'habitude ! Vous vous faites assommer par un inconnu et vous ne songez même pas à demander de l'aide ! Même pas à quelqu'un qui vous aime.

— Mais puisque j'ai tout organisé...

Frustré, Sloan enfonça les mains dans ses poches.

— Eh bien, allez-y, Calhoun ! Faites selon vos plans. Et ne vous inquiétez pas : vous ne me trouverez plus sur votre chemin.

8

Fidèle à sa parole, Sloan se tint soigneusement à l'écart de la jeune femme pendant le reste de la soirée.

Oh, il avait fait son devoir jusqu'au bout : il avait empilé les valises des jeunes mariés dans le coffre de la voiture, aidé Jenny et Alex à dessiner des cœurs sur les vitres avec du rouge à lèvres, puis, un sourire factice accroché au visage, il leur avait lancé des poignées de riz... Au moment du départ, il avait galamment prêté à Coco son mouchoir pour essuyer ses larmes et attendu patiemment avec Lila que Fred ouvre enfin un œil.

Puis il s'était éclipsé sur la pointe des pieds. Pour se retrouver tout seul sur le balcon de sa chambre d'hôtel, en proie à de sombres pensées.

A quoi bon se leurrer davantage ? Il était temps d'ouvrir les yeux et d'affronter la réalité : Amanda n'avait pas besoin de lui. Elle n'avait cessé de le lui dire et de le lui répéter tout au long de ces deux semaines, mais il avait refusé de l'écouter.

Il lui avait sorti le grand jeu. Il s'était rendu vulnérable, lui avait déclaré sa passion... C'était tout juste s'il ne s'était pas jeté à ses pieds, lui qui avait l'habitude de fasciner ses futures conquêtes au premier coup d'œil ! Et pendant ce temps, la femme de ses rêves chassait les émeraudes, jouait au gendarme et au voleur, ou bien s'en allait gaiement dîner avec un freluquet tiré à quatre épingles !

Elle avait sa vie ? Très bien. Lui aussi.

Elle préférait se débrouiller toute seule ? Parfait. Il n'y toucherait plus. Ne lui adresserait même plus la parole. Et ensuite, son travail achevé, il partirait pour l'Australie. Ou la Papouasie.

Pieds nus, le col de sa chemise largement ouvert, il contempla d'un œil terne la masse noire et mouvante de l'océan. Oui, il était grand temps de prendre du recul. Quel homme serait assez fou pour vouloir passer le reste de ses jours avec une femme aussi têtue qu'une mule à deux têtes ? Et qui vous débitait des insultes comme d'autres vous susurrent des mots doux ?

Il avait bel et bien failli perdre les pédales ! songea Sloan en secouant la tête. Pourquoi n'aurait-il pas comme tous les autres une femme douce et gentille, qui l'attendrait le soir, sagement, lui masserait les épaules, lui préparerait son dîner, lui…

Stop ! Il n'aimait guère les parfaites petites ménagères. Il n'avait que faire d'une femme carpette ou d'une groupie bêtifiante. Ce qu'il recherchait, ce n'était pas une relation confortable ou raisonnable, mais une passion unique, exclusive, délirante… Au cours de ses nombreuses aventures, il avait tenté vainement de trouver cette partenaire idéale. Et maintenant qu'il l'avait enfin découverte, elle lui glissait entre les doigts !

Après tout, c'était peut-être aussi bien, se dit-il avec

un profond soupir. L'irascible Amanda ne lui valait rien. Il avait intérêt à s'en détourner et à mener sa vie de son côté s'il ne voulait pas finir à l'asile — comme l'arrière-grand-père de la jeune femme... D'ailleurs, il commençait à éprouver une certaine sympathie pour ce pauvre Fergus.

— Sloan...

Il se retourna. Elle était là, en T-shirt et pantalon blanc, décoiffée par le vent et le regard brillant dans la pénombre.

— J'ai frappé, affirma-t-elle.

Elle fit un pas et s'arrêta, hésitante.

— Comme vous ne répondiez pas, j'ai ouvert avec la clé de l'hôtel.

— Vous avez enfreint le règlement, observa Sloan.

— Je sais. Je suis venue dès que j'ai pu. Figurez-vous que je suis comme vous : je termine toujours ce que j'ai commencé.

Amanda eut un faible sourire, qui disparut bien vite devant l'air glacé de Sloan. Visiblement, il n'avait aucune intention de lui faciliter les choses.

Impassible, il tira un cigare de sa poche et l'alluma en prenant son temps. Puis il lâcha d'un ton neutre, entre deux bouffées :

— Eh bien, finissons-en, puisque vous êtes venue pour cela.

Quand Amanda essaya d'avaler sa salive, il lui sembla qu'elle avait une pelote d'épingles coincée en travers de la gorge et un sac de nœuds dans l'estomac. Le quart d'heure suivant s'annonçait mal.

— Vous ne comprenez pas, Sloan. Je suis venue parce que je me suis rendu compte combien j'ai dû vous blesser, ce soir. J'ai une telle habitude de prendre en charge les choses et les événements, d'organiser, de contrôler, de planifier pour les autres, que ce soit dans ma famille ou dans mon métier… que je ne sais pas comment réagir lorsque quelqu'un veut m'aider.

— Je ne vous reproche pas la façon dont vous vous occupez des autres, Amanda.

Il chercha son regard.

— Je voudrais simplement être fixé sur ce que vous comptez faire de moi.

— Je n'en sais rien, avoua Amanda en baissant les yeux. Jusqu'ici, j'ai toujours trouvé une solution aux problèmes qui se posaient. Mais avec vous, je ne suis même pas capable de réfléchir. Vous… vous me faites peur, conclut-elle d'une voix presque inaudible.

Elle leva la tête, révélant à Sloan un visage dur et crispé.

— Bien sûr, pour vous, c'est facile…

— Facile ? C'est ce que vous croyez ?

D'un geste nerveux, il jeta son cigare à terre, l'écrasa du talon et marcha vers elle.

— Vous me faites brûler à petit feu depuis quinze jours, Amanda, et je vous jure que c'est un enfer !

Il lui prit le menton, plongea son regard dans le sien.

— Dites-moi pourquoi je vous fais peur.

— Parce qu'aucun homme ne m'a désirée autant que vous…, lui confia-t-elle après quelques secondes. Et parce que je n'ai jamais autant désiré un homme.

— Cette fois, vous n'allez pas vous esquiver, Amanda. Pas après m'avoir dit une chose pareille !

— Ce n'est pas ce que je veux.

— Alors, que voulez-vous, bon sang ?

— Embrassez-moi, Sloan. Faites-moi oublier que je suis une femme raisonnable et logique. Faites-moi...

Amanda suffoqua sous un déluge de baisers. Avec un petit gémissement de plaisir, elle noua les bras autour du cou de Sloan et plaqua les lèvres contre les siennes.

Elle était terrifiée. Elle avait fait le premier pas, et c'était aussi le dernier. Elle allait sauter dans l'abîme, plonger dans le gouffre d'une passion qu'elle ne contrôlait absolument pas. Pourtant, elle avait fait ce pas en pleine conscience, les yeux grands ouverts.

Elle était bien celle qu'il recherchait depuis toujours, songea Sloan sans cesser de l'embrasser. Elle était la seule femme au monde capable d'effacer en une fraction de seconde ses doutes et ses incertitudes, toutes ses conquêtes, ses aventures et ses passades, et les lendemains pleins d'amertume et de regrets. Non, il n'avait aimé personne avant elle. Il n'avait même pas soupçonné l'existence de cette formidable passion qui le submergeait, l'annihilait, le consumait tout entier.

Il s'écarta avec effort, la contempla un long moment. Leurs regards se croisèrent, leurs souffles se bloquèrent. Une fantastique décharge les secoua. Il lui prit la main, lui embrassa chaque doigt, puis la posa sur son cœur.

— Viens, murmura-t-il simplement.

Quand il l'attira vers son lit, Amanda ne lui opposa pas la moindre résistance.

Elle avait passé la nuit la plus merveilleuse de toute son existence, songea Amanda le lendemain matin, quand la lumière du soleil la réveilla. Une nuit au cours de laquelle elle s'était livrée sans retenue, une nuit durant laquelle Sloan lui avait tout donné. Epuisés, ils avaient fini par s'endormir dans les bras l'un de l'autre.

Mais où diable était-il passé ? se demanda-t-elle soudain.

Un peu désorientée, elle s'assit dans le grand lit défait, et se passa une main dans les cheveux. Comme s'il n'avait attendu que son réveil pour entrer, Sloan ouvrit largement la porte et poussa une table roulante chargée de plats au milieu de la pièce.

— Bonjour !

Instinctivement, Amanda tira le drap et le maintint contre sa poitrine. Il la dévisagea, amusé, puis alla chercher un peignoir dans la salle de bains.

— Avec les compliments de l'hôtel ! lança-t-il en le lui tendant.

Il se retourna et ouvrit largement la fenêtre pendant qu'elle l'enfilait. Tout émue, Amanda songea qu'il se montrait aussi attentionné le matin qu'il l'avait été pendant la nuit.

Après avoir disposé deux chaises devant la table, il lui prit la main et l'invita à s'asseoir.

— C'est notre premier repas ensemble, remarqua-t-il. Tu as refusé toutes mes invitations, jusqu'à présent.

Amanda accepta la tasse de café qu'il lui avait servie et joua nerveusement avec la cuillère. Sloan avait raison. Ils venaient de passer des moments d'une rare intimité alors qu'ils n'avaient même pas partagé une pizza !

Paniquée par cette pensée, elle posa sa tasse. Elle

ne comprenait rien à sa propre conduite. Jamais elle ne se serait crue capable d'une telle folie. Certes, elle ne la regrettait pas, mais elle éprouvait soudain un besoin urgent d'expliquer, de justifier.

— Je sais qu'il est un peu tard, commença-t-elle d'une voix embarrassée, mais je tiens à te promettre que je n'ai pas l'habitude de passer mes nuits dans des chambres d'hôtel. Et je te connais si peu, en plus...

— Je sais, chérie.

Sloan posa la main sur la sienne.

— Les choses sont allées très vite entre nous. Mais notre situation est si spéciale... En fait, nous n'avons jamais été des étrangers l'un pour l'autre, n'est-ce pas ? Comme si je te portais en moi depuis toujours. Je comprends enfin pourquoi je n'ai jamais pu m'attacher à une autre femme, Amanda : je savais déjà que je t'aimais. Avant même de te rencontrer.

Grands dieux ! songea Amanda en écarquillant les yeux. Elle avait l'impression d'entendre Christian parler à Bianca. Comment aurait-elle pu deviner que, sous son apparence bourrue et sauvage de Tarzan, Sloan cachait une fibre romantique ?

— Si je te disais que je t'aime aussi..., murmura-t-elle, la gorge serrée, que se passerait-il ensuite ?

Le regard brillant, Sloan la dévisagea un instant en silence.

— On ne connaît pas toujours les réponses à l'avance, chérie. Il faut savoir prendre des risques.

Amanda se mordit la lèvre. Elle n'était pas une joueuse, avait horreur du vide. Pourtant, en cet instant, elle était décidée à sauter sans filet.

— Je ne serais jamais venue hier si je n'étais pas amoureuse, avoua-t-elle dans un souffle.

Sloan porta la main fine à ses lèvres.

— Je sais, Amanda.

Incroyablement soulagée, la jeune femme éclata de rire.

— Tu le savais… mais tu voulais que je te le dise !

— Oui, j'avais besoin de l'entendre, mon amour.

— Eh bien, te voilà rassuré. Si nous mangions ? J'ai une faim de loup !

Ils déjeunèrent gaiement et avec appétit. Après avoir avalé son cinquième toast et sa deuxième tasse de café, Amanda se cala contre le dossier de sa chaise et contempla la baie en étouffant un bâillement. Elle aurait bien fait une petite sieste avant de rentrer aux Tours pour tout ranger…

— Quelle heure est-il ?

— 1 h 30.

— De l'après-midi ? Oh non ! C'est impossible ! Je viens à peine de me réveiller…

— N'oublie pas que tu ne t'es endormie qu'au petit matin, chérie.

— J'ai des milliers de choses à faire ! s'exclama Amanda en se levant. La maison à réorganiser, le père de Trent à saluer avant son départ, et William à présenter à tante Coco…

D'un bond, Sloan se leva à son tour.

— Ah non ! Tu ne vas quand même pas revoir ce freluquet !

— Bien sûr que si…

— Non.

— Primo, je fais ce que je veux ! déclara Amanda

sur le ton du défi, les mains sur les hanches. Mets-toi bien cela dans la tête ! Secundo, je ne me précipite pas dans les bras de William. Figure-toi qu'il est expert en objets d'art et qu'il m'a demandé de lui faire visiter Les Tours. En échange, il me donnera une estimation gratuite des plus beaux meubles qui nous restent. Et maintenant, dégage !

Repoussant Sloan d'un vigoureux geste de la main, elle alla tout droit vers la salle de bains. Elle se trouvait sous la douche lorsque le rideau de plastique s'ouvrit d'un coup.

— Sloan ! Vraiment, tu exagères ! cria-t-elle, furieuse.

— C'est vraiment un expert en objets d'art ?

— Puisque je te l'ai dit !

— Et il vient juste faire une estimation ?

— Tout juste.

— Je t'accompagne aux Tours.

— Comme tu veux, marmonna Amanda en haussant les épaules.

Tandis qu'elle se passait lentement le savon sur le buste, d'un air absent, elle vit que Sloan déboutonnait sa chemise.

— Qu'est-ce que tu fais ?

— Tu as droit à trois réponses..., répondit-il avec un petit sourire. Mais à mon avis, intelligente comme tu l'es, tu devrais deviner tout de suite !

— Sloan ! protesta Amanda, comme il ôtait son jean. Je n'ai vraiment pas le temps de...

Sa voix s'étrangla. La bouche ouverte, elle ne pouvait détacher son regard de lui. Pour son Tarzan, elle commençait sérieusement à avoir les yeux de Jane et à se dire que « Moi vouloir toi » étaient les plus beaux mots du monde !

William Livingston vérifia une dernière fois le bon fonctionnement de son magnétophone de poche et de la caméra miniature soigneusement dissimulée dans son attaché-case. Comme James Bond, il avait toujours eu un faible pour les gadgets. Ils ajoutaient une touche d'élégance et de sophistication à ce qu'il appelait avec pudeur sa « mission ». Depuis le jour où il avait lu un article sur les mystérieuses émeraudes des Calhoun, il n'avait cessé d'y penser. Ces joyaux étaient devenus son obsession. Pourtant, il en avait dérobé d'autres, et de main de maître ! Interpol le considérait comme l'un des voleurs les plus astucieux de cette fin de siècle. Il leur avait fait la nique sur deux continents, et escomptait récidiver bientôt.

Ces émeraudes représentaient un fabuleux défi. Elles n'étaient pas protégées par un coffre ou des systèmes de sécurité ultraperfectionnés, et ne se baladaient pas au cou d'une richissime vieille dame. Non, elles attendaient sagement d'être découvertes dans un recoin d'une vieille bâtisse, sous la garde d'un fantôme éploré… En fait, elles l'attendaient, lui, William Livingston !

Jusqu'ici, son plan n'avait pas trop mal marché. Bien sûr, les choses avaient un peu dérapé avec Amanda. Cette femme avait un charme d'enfer, mais un caractère de chien ! Et des muscles d'acier, en plus. Jamais il n'aurait pu la projeter contre le mur s'il n'avait pas bénéficié de l'effet de surprise…

Alors que ce mariage constituait l'occasion rêvée de commencer ses recherches sans crainte d'être dérangé, elle avait tout gâché. Heureusement, il était enfin parvenu à se ménager une autre opportunité. Et cette fois, il entrait par la grande porte, en qualité d'invité. Il allait visiter les lieux tout à loisir, sous la houlette de la coquette Coco.

Il avait beau être né dans la banlieue ouvrière de Chicago, il avait fait du chemin... Il savait porter avec naturel un costume de chez Dior, parler avec une pointe d'accent britannique et connaissait sur le bout des doigts le manuel des bonnes manières.

Il sonna... ce qui provoqua aussitôt un concert d'aboiements à l'intérieur de la maison. Les yeux clairs de Livingston se durcirent. Il détestait les animaux — et les chiens en particulier. Pour un professionnel comme lui, ce n'étaient que des empêcheurs de tourner en rond ! Même cette espèce de carpette à longs poils avait failli le mordre lorsqu'il lui avait enfoncé le somnifère dans la gueule. Et il lui avait bien fallu dix secondes pour deviner à quelle extrémité se trouvait sa tête !

Il eut un sourire charmant lorsque Coco lui ouvrit.

— Monsieur Livingston ! Je suis ravie de vous revoir !

Elle tendit la main, puis se ravisa. Il était plus urgent d'agripper le collier de Fred avant qu'il ne se jette sur le pantalon si élégant de son visiteur.

— Il est très doux, d'habitude... Si, si, je vous assure, affirma Coco, très gênée. Mais, depuis hier, il a des réactions bizarres.

A la fin, elle se résolut à prendre l'animal dans ses bras.

— Venez, cher monsieur. Allons dans le salon.

— J'espère que je ne vous dérange pas, madame McPike. J'avoue que j'avais une envie folle de mieux connaître votre demeure, et Amanda me l'a si gentiment proposé…

— Malheureusement, elle n'est pas encore arrivée.

Coco éleva la voix pour couvrir les grondements furieux de Fred, qui, les yeux fixés sur Livingston, retroussait les babines pour découvrir des canines très blanches et très pointues.

— D'ailleurs, je ne vois pas du tout ce qui peut la retarder, ajouta-t-elle avec perplexité.

— Moi, si ! annonça Lila en entrant dans la pièce, les yeux rieurs.

Des yeux qui s'assombrirent aussitôt lorsqu'elle découvrit leur invité. Elle lui tendit la main, qu'il porta à ses lèvres pour exécuter un baisemain à la française, en parfait gentleman.

— Enchanté de vous revoir, mademoiselle Calhoun.

Lila frissonna malgré elle. Ce type lui donnait la chair de poule, et c'était un symptôme qui ne l'avait jamais trompée : elle avait affaire à un tricheur, à un menteur… Bref, il était glauque.

— Si tu me confiais Fred ? proposa-t-elle à Coco. Je vais l'emmener dans la cuisine pour le calmer.

Soulagée, sa tante lui passa l'animal qui gigotait comme un beau diable, animé par une envie féroce de planter ses crocs naissants dans le mollet de Livingston.

Elle fit bouffer ses mèches platine et se tourna vers son visiteur.

— Si nous buvions un verre de sherry ?

— Avec plaisir, merci.

Et c'est avec un plaisir encore plus vif que William remarqua le triple rang de perles au fermoir en diamants que portait son aimable hôtesse.

Lorsque Amanda déboula enfin dans le salon, un Sloan boudeur sur ses talons, il était en train d'examiner un superbe vase Ming tandis que tante Coco lui racontait avec force détails l'histoire de la famille.

— William ! lança Amanda. Pardonnez-moi, je suis terriblement en retard.

— Vous êtes toute pardonnée, ma chère. Votre tante a eu la bonté de s'occuper de moi, et je n'ai pas vu le temps passer.

Un coup d'œil à Sloan avait suffi à William pour comprendre qu'Amanda ne serait pas le sésame qui lui garantirait un accès privilégié aux Tours, finalement.

— Sloan O'Riley est l'architecte qui a bien voulu se charger de restaurer la propriété, lui expliqua la jeune femme.

Les deux hommes se serrèrent la main sans enthousiasme.

— J'étais en train de raconter à William combien la lecture de tous les documents que nous avons rassemblés se révèle longue et fastidieuse, intervint tante Coco. Cela ne ressemble pas du tout au feuilleton plein de suspense que la presse a décrit ! En revanche, nos petites séances de spiritisme sont beaucoup plus vivantes, ajouta-t-elle avec un sourire radieux. J'ai d'ailleurs décidé d'en organiser une demain soir. Ça fera sûrement avancer les choses !

— Tante Coco, gémit Amanda. Tout ceci n'intéresse absolument pas William !

— Au contraire, rétorqua celui-ci d'un ton affable.

A la vérité, un plan venait de germer dans son esprit.

— J'adorerais assister à cette séance, affirma-t-il d'une voix mielleuse. A quelle heure aura-t-elle lieu ?

— A 9 heures précises, lui indiqua Coco, un peu étonnée.

Elle ne se souvenait pas de l'avoir invité. Aussi fut-elle soulagée de l'entendre s'exclamer :

— Dommage ! Je dois absolument rencontrer quelqu'un à la même heure. Une autre fois, peut-être...

Au même moment, la porte s'ouvrit avec fracas.

Alex sprinta à travers la pièce, talonné par une Jenny hilare. Suzanna les suivait en riant. Ils portaient tous les trois des jeans maculés de boue.

Alex s'arrêta pile devant William et fronça les sourcils.

— Qui c'est, celui-là ?

— Alex, veux-tu bien te taire, murmura Suzanna.

— Je suis désolée, s'excusa-t-elle en attrapant fermement la main de son fils. Nous étions en train de planter des fleurs, et j'ai commis l'erreur de leur promettre de la glace pour goûter.

— Je vous en prie, susurra Livingston en s'obligeant à sourire.

S'il y avait quelque chose qu'il détestait plus que les chiens, c'était bien les enfants ! Décidément, il était servi.

— Ils sont tout à fait... charmants.

— Pas vraiment. Mais nous les aimons malgré tout ! répliqua gaiement Suzanna.

Elle saisit la main de Jenny et s'éclipsa vers la cuisine.

— Beurk ! Il a les yeux d'un serpent, décréta Alex.

— C'est vrai, affirma Jenny. Il a l'air méchant, même quand il sourit !

— Encore une remarque de ce genre, et c'est moi qui mange toute la glace ! menaça Suzanna.

Le silence se fit aussitôt dans la grande cuisine toute blanche. Et tandis qu'elle sortait le goûter tant convoité du réfrigérateur, Suzanna tenta de se persuader que c'était le froid du congélateur qui lui donnait la chair de poule, et non pas le regard glacial de M. Livingston.

9

— Alors, tu vois ? Ce n'était pas si terrible ! lança Amanda en déposant un baiser rapide sur la joue de Sloan.

— Tu veux rire... On a dû passer toute la soirée avec lui ! Pourquoi diable a-t-il fallu que Coco l'invite à dîner ?

— Parce que c'est un fringant célibataire, et qu'elle adore flirter. En plus, ajouta-t-elle en enlaçant la nuque de Sloan avec un petit rire de gorge, elle l'a vu dans le marc de café.

— Comment ? Mais c'est moi qu'elle a vu, pas lui !

Amanda rit de plus belle devant l'air indigné de Sloan. C'est qu'il commençait à y croire, lui aussi !

Elle lui effleura les lèvres, s'écarta, puis s'adossa à la balustrade de la terrasse du premier étage, qui surplombait la baie. Sloan la couvait du regard, comme un chasseur qui surveille sa proie. Les yeux clos, le visage offert aux derniers rayons du soleil et les boucles au vent, la bouche légèrement entrouverte, Amanda avait un air sensuel et innocent, terriblement provocant. Soudain, il se pencha et la prit dans ses bras, avant de lui couvrir la nuque de petits baisers légers.

— Hmm…, fit Amanda.

Mais elle poussa un cri lorsqu'il lui mordit l'oreille.

— Sauvage !

— Oh ! désolé… C'est mon sang cherokee qui reprend le dessus !

Elle s'écarta pour mieux observer Sloan. La lumière orangée du soleil couchant cuivrait sa peau et faisait ressortir ses pommettes saillantes, son nez fort, sa bouche charnue. Cet héritage indien se mêlait curieusement à la crinière fauve, presque rousse, et aux yeux clairs que lui avaient laissés ses ancêtres Celtes.

— Je te connais si peu, au fond, murmura-t-elle, pensive. Tu ne parles jamais de toi. Tout ce que je sais, c'est que tu es architecte, que tu viens de l'Oklahoma, que tu as étudié à Harvard…

— Et que j'aime la bière brune et les jambes longues et galbées, ajouta Sloan en souriant. Que veux-tu savoir de plus ?

— Eh bien… tu pourrais me parler de ta famille, par exemple.

S'asseyant sur la balustrade, il tira une bouffée de son cigare.

— Mon arrière-arrière-grand-père a quitté l'Irlande pour s'installer sur la côte Nord-Ouest des Etats-Unis. Là, il est devenu trappeur, et chasseur d'ours. Il a épousé une Cherokee, a eu trois fils. Un jour, il est parti sur les traces d'un ours et n'est jamais rentré. Ses fils ont monté un commerce de fourrures, qui a très bien marché. L'un d'eux a écrit en Irlande pour qu'on lui envoie une femme, gentille et douce. Il paraît qu'elle avait un fichu caractère... En tout cas, ils ont eu une flopée d'enfants, dont mon grand-père. Un diable d'homme, celui-là, aussi rusé qu'un renard ! Il a acheté des terrains à bas prix au Texas, a lui aussi épousé une Irlandaise et a nommé son premier puits de pétrole comme elle : Maggie.

Amanda, qui avait trouvé toute l'histoire très romantique, écarquilla les yeux en entendant les derniers mots.

— Un puits... de pétrole ?

— Et il a donné aux autres les noms de ses enfants, acquiesça Sloan en souriant.

— Aux autres, répéta Amanda à voix basse.

Elle n'osait pas demander combien d'enfants avait eus le vieux diable. D'autant que, de ce côté-là, la réputation des Irlandais n'était plus à faire.

— Mon père a pris la direction de la société dans les années 60, poursuivit Sloan d'un ton paisible. Mon grand-père ne décolère pas de voir que je ne suis pas près de lui succéder. Je lui ai pourtant expliqué mille fois que j'ai le plus beau métier du monde — je construis mes rêves ! Et puis, Sun Industries peut très bien se passer de moi.

— S... Sun Industries ?

Cette fois, Amanda était suffoquée. Sun Industries était tout simplement la plus grosse compagnie pétrolière du Texas.

— Je... je ne savais pas que... que tu avais de l'argent, bredouilla-t-elle.

— Ma famille en a, rectifia Sloan. Cela te pose un problème ?

— Non... mais je ne veux pas que tu croies que...

— Que tu me cours après pour ma fortune ?

Il éclata de rire.

— Voyons, chérie, je sais parfaitement que c'est mon corps qui t'intéresse !

Rouge comme une pivoine, Amanda ne put que rire avec lui. Sloan avait le don de l'amuser et de l'agacer.

— Tu es d'une suffisance incroyable, murmura-t-elle.

Il jeta son cigare et sauta à terre.

— Mais tu es folle de moi, avoue-le ! lança-t-il en prenant Amanda dans ses bras.

— Un petit peu seulement, admit-elle.

Riant tous deux, ils s'embrassèrent. Ce qui avait commencé comme un jeu se transforma rapidement en une étreinte passionnée. Derrière la tête auréolée de mèches folles d'Amanda, Sloan voyait le ciel s'assombrir, les étoiles s'allumer une à une. Il la serra contre lui, certain que cette nuit — et toutes celles qui suivraient — serait inoubliable…

— Naturellement, monsieur Stenerson.

Amanda fredonnait un air gai dans sa tête tandis qu'elle faisait mine d'écouter, impassible, les doléances du petit homme chauve. Et Dieu sait qu'elles étaient nombreuses… Mais peu lui importait ! Dans une heure, elle retrouverait Sloan. Ils auraient peut-être le temps de se promener sur la plage avant de dîner…

— Vous m'écoutez, mademoiselle Calhoun ? Vous semblez distraite.

Elle sursauta et se sentit brusquement coupable. Au cours de toutes ces années passées dans l'hôtel,

M. Stenerson n'avait jamais pu la prendre en faute. Jusqu'à présent.

— Je vais donc me répéter, reprit-il en tapotant son crayon sur l'acajou de son bureau. L'un de nos serveurs a renversé une carafe de jus d'orange sur la robe de Mme Wickers. Je vous rappelle que les Wickers sont parmi nos meilleurs clients.

— Je sais, monsieur. Et j'ai déjà résolu le problème. La robe de Mme Wickers a été entièrement nettoyée, et nous leur avons offert un dîner gratuit avec une bouteille de champagne. Ils se sont déclarés tout à fait satisfaits.

— J'espère que vous avez mis le serveur à la porte, ainsi que je vous l'avais demandé.

— Non, monsieur.

Stenerson fronça les sourcils, et ses joues s'empourprèrent de colère.

— Et pourquoi, je vous prie ?

L'esprit d'Amanda, qui flottait depuis le petit matin dans une sorte de vapeur rosée, réintégra tout à fait son corps et se prépara à la bataille.

— Parce que Tim est avec nous depuis trois ans, qu'il a toujours travaillé impeccablement, et que ce n'était vraiment pas sa faute si l'horrible gamin des Wickers lui a fait un croc-en-jambe au moment où il passait devant leur table ! Il y a des témoins, monsieur, s'empressa-t-elle d'ajouter.

— Vous avez transgressé un ordre, mademoiselle Calhoun.

— Oui, monsieur.

Le petit air guilleret avait cessé de résonner dans

sa tête, remplacé par un martèlement sourd, juste derrière les tempes.

— Dois-je vous rappeler qui dirige cet hôtel, mademoiselle Calhoun ?

— Non, monsieur. En revanche, je peux vous rappeler que j'y travaille depuis près de dix ans — ce qui m'a permis de penser que vous me feriez confiance.

Amanda prit une longue inspiration… et un gros risque.

— Si cela n'est pas le cas, je n'ai plus qu'à vous remettre ma démission.

Stenerson cilla, toussota, leva les yeux au ciel, joua nerveusement avec son crayon.

— Cela me semble une décision un peu démesurée, mademoiselle Calhoun. Je ne mets pas en cause la confiance que j'ai en vos compétences, mais plutôt une certaine… immaturité, qui s'effacera avec l'âge et l'expérience. Je suis sûr que vous avez fait de votre mieux.

— Oui, monsieur.

« Quel cinéma pour trois fois rien ! » songea Amanda. Elle en avait par-dessus la tête de ses sermons ! Il restait assis derrière son bureau toute la journée pendant qu'elle cavalait dans tout l'hôtel pour pallier son inefficacité, et il l'accusait d'immaturité !

Lorsqu'elle sortit du bureau, elle était aussi tendue que la corde d'un arc japonais. Une fois de plus, ce fichu bonhomme avait réussi à lui gâcher la journée !

— Amanda !

Absorbée dans ses pensées, elle avait failli se heurter à William Livingston au beau milieu du couloir.

— Je tiens à vous remercier de la charmante façon

dont vous-même et votre famille m'avez reçu hier, dit-il d'un ton suave.

— Nous étions ravis de vous compter parmi nous.

— J'ai l'impression que si je vous invitais à dîner, vous refuseriez pour un autre motif que celui du règlement de l'hôtel ?

— Eh bien… C'est-à-dire que…

— Ne vous justifiez pas, Amanda, l'interrompit-il en lui prenant le coude. Je comprends… même si je suis déçu. J'imagine que M. O'Riley va participer à votre petite séance, ce soir ?

Amanda ne put s'empêcher de rire.

— Je crois que tante Coco ne lui demandera même pas son avis !

— J'aurais beaucoup aimé y prendre part moi-même. C'est à 20 heures, n'est-ce pas ?

— Non. A 21 heures précises. Vous risquez d'en sentir les vibrations jusqu'ici !

William rit à son tour.

— J'espère que vous me ferez part des messages que vous recevrez de l'au-delà.

— C'est entendu. Bonsoir, William.

Dès qu'elle eut tourné le dos, il jeta un coup d'œil à sa montre. Il avait tout le temps de se préparer…

— J'étais sûre de te trouver ici ! déclara Amanda.

Elle pénétra dans la jolie pièce ronde qui avait servi autrefois de boudoir à la pauvre Bianca. C'était la pièce préférée de Lila, qui était assise sur une petite chauffeuse devant la fenêtre et contemplait la falaise d'un air rêveur.

— Je médite en vue de la séance, dit-elle d'une voix douce. Avec mon farouche gardien.

Elle ébouriffa la fourrure sombre de Fred, qui somnolait à ses pieds.

— Oh non… Ne me parle pas de ce soir.

Avec un soupir, Amanda se laissa tomber sur la chauffeuse jumelle. Lila la dévisagea avec intérêt.

— Où est passé le petit sourire satisfait que tu arborais ce matin ? Tu t'es disputée avec Sloan ?

— Non.

— Alors c'est l'imbuvable Stenerson !

Amanda hocha la tête.

— Il m'a accusée d'être distraite. Et il avait raison.

— Et après ? Cela arrive à tout le monde, non ?

— Pas à moi ! Bon sang, Lila, tu ne vois pas ce qui se passe ? Je n'arrive plus à me concentrer, ni sur mon job que j'adore, ni sur la recherche des émeraudes qui me fascine, depuis que…

— … depuis que Zorro a débarqué chez nous, avec ses bottes et son grand lasso !

— Oh, tu n'es pas drôle !

— Eh bien, moi, je trouve cela hilarant ! Enfin, te voilà comme tout le monde : un brin dans la lune à ton travail et en retard à tes rendez-vous ! Tu ne te sens pas beaucoup mieux ainsi ?

— Absolument pas ! affirma Amanda. Sloan me fait perdre les pédales. Lorsque je me vois dans un an, directrice de l'hôtel des Tours, il est aussi dans le décor… Oh, Lila ! Et s'il n'était qu'une étoile filante ? Rien qu'un flirt génial, qui s'évanouira comme un mirage après avoir flanqué ma vie en l'air ? Dans quelques semaines, il sera sur le chemin de l'Oklahoma... et moi, je me morfondrai ici !

— Et s'il te demande de partir avec lui ?

Les sourcils froncés et l'air plus sombre que jamais, Amanda se leva et arpenta la pièce.

— Ce serait encore pire ! grommela-t-elle. Je devrais alors oublier dix ans de travail acharné pour arriver enfin au sommet de l'échelle, tout abandonner parce qu'il me crie : « En selle, Calhoun ! »

— Tu le ferais, oui ou non ?

Amanda s'arrêta net devant la fenêtre.

— Oui, soupira-t-elle. J'ai bien peur que oui.

— Va lui parler, suggéra Lila en s'efforçant de ne pas sourire.

— Non. Ce n'est pas à moi de le faire. Et, de toute façon, nous n'avons jamais évoqué le futur.

Très agitée, Amanda se tourna vers sa sœur.

— Tu ne crois pas que je suis devenue folle ? Je suis prête à tout laisser tomber pour un homme que j'ai rencontré il y a quinze jours à peine !

— Tu as toujours été la plus raisonnable de la famille, rappela Lila en se levant. Au moment de prendre ta décision, je suis persuadée que ton bon sens habituel ne te fera pas défaut.

— Que le ciel t'entende ! murmura Amanda.

Elle se redressa, soulagée de s'être confiée à sa sœur et réconfortée par les paroles de celle-ci.

— Je retourne dans la bibliothèque. La chasse aux émeraudes m'obligera à me concentrer sur autre chose.

— Tu me fais penser à une locomotive, Amanda. Trois minutes d'arrêt en gare, et tu es déjà remise sur des rails, observa Lila.

Dès qu'elle fut sortie de la pièce, Lila prit le chiot dans ses bras et se dirigea vers la cuisine.

— Viens, Fred. On va voir si on ne peut pas lui faire faire une petite erreur d'aiguillage…

Sloan ouvrit la porte de la bibliothèque, un panier d'osier sous le bras et une phrase de Lila en tête : « Fais-la dérailler, Sloan. Il faut absolument que tu l'empêches de penser logiquement ! » S'il n'avait pas très bien compris pourquoi elle lui avait suggéré ce pique-nique impromptu, l'idée l'avait séduit.

Tout comme la vision d'Amanda, en jean et T-shirt moulant, perchée sur un tabouret et le nez sur des pages jaunies, le séduisait. Elle n'était plus la superwoman en tailleur de combat et maquillage-camouflage, mais une adorable jeune femme au cœur de midinette qui tentait de déchiffrer une énigme du passé.

— Hé, Calhoun ! C'est l'heure de la récré !

— Hein ?

Elle se tourna vers lui en clignant des yeux.

— Oh, Sloan ! Tu m'as fait peur… J'étais en 1929.

— La période noire de la prohibition… Eh bien, reviens vite aux temps modernes ! Regarde ce que je t'apporte !

Il brandit la bouteille qu'il venait de tirer de son panier.

— Du champagne ! Mais… que fêtons-nous ?

— La fin de la journée, tout simplement. J'ai travaillé comme une bête, aujourd'hui, et je suis sûr que tu en as fait autant. Nous allons nous offrir quelques instants de luxe et de volupté, conclut gaiement Sloan.

Il posa le panier et la bouteille, et regarda Amanda, l'œil brillant. Celle-ci n'avait pas besoin de ses lunettes pour déchiffrer le message. Son grand corps musclé, son air de loup affamé suffisaient à la mettre dans la confusion. Dès qu'elle le voyait, les rouages de son cerveau commençaient à s'enrayer. Exactement ce qu'elle devait éviter à tout prix.

— Je te remercie, mais je n'ai vraiment pas le temps, dit-elle en se levant et en s'étirant légèrement. J'ai promis d'aider tante Coco pour le dîner et…

— J'ai vu Lila. Elle te remplace.

— Lila ? répéta Amanda, les sourcils circonflexes et la bouche en « O ». Tu veux rire ?

— Pas du tout.

Sloan se pencha et retira du panier deux flûtes de cristal qu'il posa sur une étagère. Puis il prit la bouteille, fit sauter le bouchon, versa le liquide pétillant dans les verres.

— Tu es libre pour la soirée, ma belle. Nous allons dîner en tête à tête.

— Oh… Il faut que j'aille me changer, alors.

— Inutile. On dîne ici.

— Ici ? Dans la bibliothèque ?

— Absolument. J'ai du pâté de saumon — une nouvelle recette de ta tante —, du poulet froid, des asperges et une tarte aux fraises.

Il lui mit une flûte entre les mains.

— A nos amours, Calhoun !

Elle sentit ses rotules fléchir brusquement. Elle n'avait pas encore bu une goutte du liquide doré, et pourtant la tête lui tournait déjà.

— Sloan..., commença-t-elle avant d'avaler une gorgée pour se donner du courage. J'ai... à te parler.

— Bien sûr, chérie. Mais mettons-nous à l'aise d'abord.

Hop ! En un tournemain, Sloan tira de son fameux panier — qui semblait receler des trésors — une couverture, qu'il déplia pour l'étendre soigneusement sur le sol. Puis il saisit le bras d'Amanda et l'obligea à s'y asseoir avec lui. Sous le feu de son regard brûlant, elle ne songea même pas à lui résister.

— C'est beaucoup mieux ainsi, murmura-t-il en lui retirant sa flûte de champagne.

Il la prit dans ses bras, puis s'empara de ses lèvres pour un baiser de plus en plus ardent.

— Sloan ! Si... si jamais quelqu'un entre ici...

— J'ai fermé la porte à clé, chuchota-t-il en glissant les mains sous son T-shirt. Et maintenant, tais-toi, mon amour. Je vais te montrer la meilleure façon de se détendre...

La méthode de Sloan avait pleinement réussi : Amanda était si détendue qu'elle se sentait incapable de bouger le petit doigt. Le front moite, la tête sur le torse de Sloan et le corps alangui, elle avala la tartine de saumon qu'il venait de lui donner.

— Un peu de champagne ? proposa-t-il en lui tendant son verre. J'avais prévu de le boire en apéritif, mais... quelqu'un m'a fait changer d'avis !

Amanda ferma les yeux pour mieux savourer l'exquise fraîcheur du liquide pétillant. Il avait le goût excitant du fruit défendu... Repue et satisfaite comme elle ne l'avait jamais été, elle souleva une paupière paresseuse.

— Nous allons être en retard pour la séance de tante Coco.

— Non. Ta tante a décidé que les vibrations de la maison étaient trop perturbées, ce soir. Elle sent une présence hostile et elle préfère repousser la séance à demain. Nous pouvons passer la nuit ici, suggéra Sloan en lui massant doucement les épaules.

Sa proposition ne surprit même pas Amanda. Avec lui, tout était possible.

— C'est mon premier pique-nique nocturne, remarqua-t-elle.

— Une fois mariés, nous en ferons régulièrement.

Amanda se redressa d'un coup et se tourna vers lui.

— Comment cela, mariés ? Qui t'a mis cette idée en tête ?

— Mais enfin, chérie ! Je t'aime, tu m'aimes. Pour quelqu'un d'aussi logique que toi, le mariage est une conclusion normale, non ?

— Pour toi, peut-être. Mais pour moi, ce n'est pas prévu au programme, déclara Amanda d'un ton agressif.

C'était exactement ce qu'elle craignait. Avec lui, c'était « En selle, Calhoun ! Je te passe la bague au doigt ou la corde au cou, au choix ! » Eh bien, non !

— Regarde un peu le spectacle : Amanda Calhoun, à moitié nue sur le plancher de la bibliothèque, en train de boire du champagne dans les bras d'un homme qu'elle ne connaissait même pas il y a deux semaines ! Tu crois que c'est moi ?

Le regard de Sloan glissa lentement le long du corps de la jeune femme, revint à son visage.

— Je crois bien que oui.

Suprêmement agacée, elle se leva d'un bond.

— Je ne sais plus qui je suis, déclara-t-elle en enfilant son jean. Et c'est ta faute ! Ma vie s'est transformée en chaos depuis que tu m'as heurtée sur le trottoir !

— C'est toi qui m'as heurté.

— Je rêve au lieu de travailler. Je reste dans tes bras au lieu d'aller à mes rendez-vous. Je fais l'amour dans la bibliothèque au lieu de classer des documents. Il faut que cela cesse ! affirma Amanda tandis que sa tête émergeait de son T-shirt.

— J'aurais dû te casser cette bouteille de champagne sur le crâne, au lieu de te la faire boire ! grommela Sloan. Assieds-toi et discutons.

— Non ! Tu vas recommencer à m'embrasser, et je ne serai plus capable de la moindre pensée logique ! Et je refuse que tu planifies ma vie sans même avoir la politesse de me consulter ! C'est moi qui mène ma barque, compris ? Moi toute seule !

Sloan se leva à son tour, tout nu et fou furieux.

— Tu m'en veux parce que j'ai eu le toupet de te demander en mariage, c'est bien cela ?

— Primo, tu ne m'as rien demandé. Secundo, tu es le type le plus bassement macho que je connaisse ! A croire qu'on t'a élevé dans une caverne avec les hommes de Cro-Magnon !

Sur ce, Amanda secoua sa crinière, jeta à Sloan un regard aussi meurtrier qu'une rafale de mitraillette, et sortit de la pièce.

10

Si Amanda n'avait pas claqué la porte, c'était uniquement pour ne pas réveiller Jenny et Alexandre. Elle marcha vers sa chambre en marmonnant des mots sans suite. Elle bouillait de colère, écumait de rage. Pourtant, la raison de toute cette noire furie n'était pas très claire dans son esprit. Elle en voulait à la fois à Sloan d'avoir assuré qu'elle lui dirait « oui », et à elle-même parce qu'elle avait eu justement très envie de le lui dire.

Oh ! bien sûr, le mot mariage ne figurait pas sur ses listes de priorités ! Mais l'imprévu ne l'avait jamais dérangée. Après tout, son métier ne consistait-il pas à gérer des imprévus ? Et elle y réussissait parfaitement, nom d'un petit bonhomme ! Il n'empêche ! Si ce Tarzan échappé de sa jungle d'Oklahoma City pensait qu'elle allait lui sauter dans les bras dès qu'il claquait des doigts, c'est qu'il ne connaissait pas la vraie Amanda !

« Lorsque nous serons mariés », avait-il dit tranquillement. Sans même penser à ajouter un petit « si tu le veux bien » en bout de phrase. Que s'imaginait-il ?

Qu'il allait lui passer une liane autour du cou avant de la renverser sur le sol de sa cahute en bambou ? Amanda en tremblait de fureur contenue. Et le pire, c'est qu'en dépit de ce comportement primitif, elle était folle de lui !

Elle s'arrêta devant sa chambre. La main sur la poignée, elle hésita. Que faire ? Aller se jeter dans ses bras et lui dire « Oui ! » en riant ? Ou bien lui tenir la dragée haute ? En vérité, elle avait un faible pour la seconde solution. Pourquoi lui faciliter les choses ? S'il voulait vraiment l'épouser, il n'avait qu'à s'appliquer un peu plus !

Sa décision prise, elle ouvrit la porte, chercha l'interrupteur.

Une main lui saisit le poignet, une autre la bâillonna. Aussitôt, elle tenta sa meilleure prise d'aïkido, mais son adversaire avait dû prendre des cours avec Bruce Lee… Il l'immobilisa illico et la tint fermement contre lui.

— Vous n'avez pas intérêt à crier, lui souffla son agresseur. Sinon…

Il pressa sur sa tempe le canon froid d'un pistolet, puis se raidit et jura tout bas en entendant la voix de Sloan, dans le couloir :

— J'ai deux mots à te dire, Calhoun ! Tu n'en as pas fini avec moi !

— Ne bougez pas ou je le tue, compris ? murmura l'homme en se plaquant contre le mur avec Amanda.

« Inutile de le répéter ! » songea-t-elle en fermant les yeux et en faisant une prière. Quand Sloan ouvrit tout grand la porte, il resta sur le seuil, surpris par le silence et l'obscurité, puis poussa un juron sonore.

Derrière la porte, Amanda retint sa respiration. Lorsqu'il fit enfin demi-tour, qu'elle entendit ses bottes marteler le sol puis s'éloigner, elle poussa un long soupir de soulagement. Pourtant, elle était encore morte d'angoisse. Sloan avait la vie sauve... mais le reverrait-elle jamais ?

— A nous deux, maintenant, chuchota l'homme.

Il desserra légèrement son étreinte, tout en pointant de nouveau son arme vers elle.

— Je veux les émeraudes.

— Je ne sais pas où elles se trouvent.

— Mais vous avez les papiers qui me permettront de les trouver. Allons dans la bibliothèque. Ensuite, nous passerons prendre les perles de votre tante, et quelques bibelots. Et je vous préviens : si vous tentez de me fausser compagnie, je n'hésiterai pas à tirer.

Amanda le crut.

Ils sortirent dans le couloir, et elle le mena jusqu'à la bibliothèque. Sloan avait oublié d'éteindre la lumière. Une odeur de fraises flottait encore dans la pièce et, sur le sol, la bouteille vide et les deux flûtes gisaient sur la couverture.

— Charmant, murmura l'homme en refermant la porte derrière eux. Ma tâche aurait certainement été plus facile si vous aviez tenu votre petite séance de spiritisme comme prévu.

Hébétée, Amanda se tourna pour contempler celui qu'elle avait connu sous le nom de William Livingston.

Entièrement vêtu de noir, les mains gantées de plastique comme un chirurgien, le visage crispé et le regard glacé, il ne lui restait rien de l'urbain et affable dandy qui l'avait invitée à dîner. Même pas sa pointe d'accent britannique !

Il détacha son sac à dos de cuir souple et le lui lança.

— Les documents, vite ! ordonna-t-il.

Amanda obtempéra d'une main tremblante de rage. Non seulement il les avait dupés avec ignominie, mais il leur volait leurs archives familiales ! A l'idée de voir l'histoire des Calhoun disparaître ainsi dans le sac d'un vulgaire monte-en-l'air, elle se révolta.

— Cela ne vous servira à rien, gronda-t-elle.

— Allons, ma chère, inutile de bluffer. Je suis un as dans ma profession et je ne laisse jamais rien au hasard. Selon mes informations, c'est vous qui menez les recherches sur les émeraudes. Raison pour laquelle je vous ai fait la cour. S'il n'y avait pas eu ce maudit O'Riley, nous aurions pu avoir du bon temps, vous et moi...

Le regard de Livingston se durcit, sa voix se fit pressante.

— Quoi qu'il en soit, je veux ces émeraudes, vous m'entendez ? La légende a probablement doublé leur valeur. Désormais, elles représentent un véritable trésor.

Il semblait très excité. Amanda recula d'un pas et serra le sac sur sa poitrine, comme s'il s'agissait d'un bouclier.

Soudain, un fort courant d'air passa dans la pièce, malgré la porte close, et l'air se refroidit d'un coup. Ils frissonnèrent tous les deux. Livingston regarda autour de lui sans comprendre.

— C'est Bianca, murmura simplement Amanda.

En dépit de l'arme pointée sur elle, elle se sentit totalement rassurée. Jamais cependant elle n'avouerait à tante Coco — si elle la revoyait un jour — que le fantôme de Bianca l'avait protégée !

Elle se tourna vers Livingston. Il était blême.

— Si vous êtes aussi bien renseigné que vous le dites, vous savez qu'elle hante le manoir, je suppose ? Ces papiers ne vous porteront pas bonheur, je vous le garantis !

— Ridicule ! lança-t-il avec un rire forcé.

— Alors, pourquoi semblez-vous terrorisé ?

— Moi ? Voyons, ma chère, je n'ai pas peur, je suis pressé... Finissons-en !

En fait, s'il n'y avait pas eu l'appât du collier, il aurait pris ses jambes à son cou sans demander son reste. En dépit du froid qui régnait désormais dans la pièce, un filet de sueur lui coulait le long du dos. Il avait l'impression très désagréable qu'une tierce personne les observait.

— Prenez ce sac et passez devant moi. Tant pis pour les perles et les bibelots. Nous allons sortir directement par la terrasse.

C'était le moment, songea Amanda en hésitant. Fallait-il lui lancer le sac et filer ? Non ! Pas question de lui laisser les papiers ! Elle se retourna, l'air paniqué.

— Je n'arrive pas à ouvrir la porte, gémit-elle.

Mais au lieu de s'écarter pour laisser Livingston agir, elle lui lança un bon coup de pied en arrière, ouvrit brusquement la porte et se précipita vers l'aile gauche des Tours. Elle voulait éloigner ce fou armé de sa famille.

Le sac alourdit sa course. Il rebondissait contre elle à chaque marche. Derrière elle, Livingston approchait...

Elle pivota au bas de l'escalier, traversa le hall... Une balle siffla à son oreille et vint s'écraser contre le mur.

A présent, Amanda n'avait plus du tout le sentiment d'être protégée. Même Bianca l'avait abandonnée... Elle déboula dans le jardin, les poumons en feu. Il faisait chaud et humide. Rien à voir avec le froid qu'ils avaient ressenti dans la bibliothèque.

Soudain, une haute silhouette se découpa dans la clarté de la lune. Sloan ! Sloan qui fonçait droit sur elle, sans arme, aveuglé par la fureur et complètement inconscient du danger qu'il courait...

Avec un cri strident, Amanda fit volte-face et lança le sac sur Livingston. Il l'attrapa à la seconde où il s'apprêtait à tirer avant de s'enfuir. Au même moment, toutes les fenêtres des Tours s'éclairèrent. Des cris, des voix fusèrent dans la nuit.

Amanda courut vers Sloan, qui l'écarta vivement lorsqu'elle voulut se jeter dans ses bras.

— File dans la maison !

— Il est armé ! Laisse-le, je t'en prie !

Il ne l'écoutait déjà plus. Avec une surprenante souplesse, il sauta par-dessus le muret de pierre qui bordait le parc. Elle le suivit sans hésiter. Au moment où elle atterrissait sur le gazon, la voix de Lila résonna à ses oreilles.

— Amanda ? Que se passe-t-il ?

Elle leva la tête et vit le visage pâle et affolé de sa sœur.

— Appelle la police, vite !

Et elle courut derrière Sloan, avec Fred sur ses talons, qui aboyait furieusement.

Soudain, elle entendit Sloan jurer dans la nuit.

Une balle siffla dans l'air, des pneus hurlèrent sur l'asphalte. Puis ce fut le silence complet. Son cœur se serra à l'étouffer. Même Fred avait cessé d'aboyer.

Les jambes tremblantes, les mains glacées, elle avança... et se heurta à Sloan qui émergeait d'un bosquet.

— Oh, mon Dieu !

Aussitôt, elle lui parcourut des mains le torse et le visage.

— J'ai cru qu'il t'avait tué ! Tu n'as rien, tu es sûr ?

Sloan était trop furieux d'avoir laissé filer le voleur pour apprécier l'inquiétude d'Amanda.

— Pas la moindre égratignure. Mais cette ordure a réussi à prendre le large dans sa voiture. Je n'ai même pas pu relever le numéro !

Rassurée, elle se campa devant lui, le regard plein de colère.

— Tu es complètement fou ! Je t'avais pourtant prévenu qu'il avait une arme ! Il aurait pu te tuer !

— Et moi, je t'avais dit de rentrer à la maison !

— Je n'ai pas d'ordres à recevoir de toi !

— Ah ! vous voilà, et bien vivants ! s'écria Lila, une lampe de poche à la main. On vous entend vous disputer de la route !

Elle éclaira la pelouse, jonchée de papiers, et demanda :

— Qu'est-ce que c'est ?

— Oh ! Il a dû en laisser tomber pendant que tu le poursuivais, Sloan !

Amanda s'agenouilla aussitôt sur le gazon et se mit à ramasser consciencieusement les feuilles couvertes d'une écriture serrée.

— Excusez-moi, mais je suis un peu dans le flou... Qui poursuiviez-vous ?

— Livingston, grommela Sloan.

Et il accompagna cette révélation d'un flot de jurons.

— Rentrons, déclara Amanda à sa sœur éberluée. Je vais t'expliquer. Je savais qu'il n'aurait pas tout. Je le savais ! murmura-t-elle en serrant les documents qu'elle avait ramassés contre sa poitrine et en songeant à la protection qu'elle avait ressentie dans la bibliothèque. Elle ne voulait pas qu'il les ait...

— Qui ça ? demanda Lila.

La porte des Tours s'ouvrit juste à ce moment-là, et elle oublia sa question — au grand soulagement d'Amanda. Devant eux, Suzanna, très droite et armée d'un tisonnier, se dressait comme un gladiateur prêt au combat.

— Ah, c'est vous ! Entrez vite ! Vous n'êtes pas blessés, au moins ?

— Non, non...

— Va chercher du brandy, lui murmura Lila.

Ils s'affalèrent sur les sièges du salon.

Quelques minutes plus tard, ils avaient raconté toute l'histoire à la famille réunie et à la police, arrivée sur ces entrefaites.

— Quand je pense que j'ai eu... cet individu... à dîner ! gémit tante Coco après le départ des représentants de l'ordre. Je lui ai même fait un soufflé au chocolat !

— La police va le rattraper et le pendre ! assura Alex, ravi. Peut-être qu'ils le tortureront avant ? ajouta-t-il, les yeux pleins d'espoir.

— Ecoutez ! lança alors Amanda, qui tentait de

remettre de l'ordre dans les papiers que Livingston avait laissés tomber. C'est une lettre de Bianca à Christian. Elle n'a jamais dû l'envoyer.

— Oh...

Tout émoustillée, Coco se pencha.

— Lis, chérie.

— « Mon amour, commença Amanda. Je vous écris, car la pluie m'empêche de vous voir aujourd'hui. Je ne cesse d'espérer un rayon de soleil, car je me meurs sans vous... Vous ne savez pas combien vous m'avez transformée, Christian. Ma vie n'aurait été qu'un long désert si je ne vous avais pas rencontré sur la falaise. Je sais que le lien qui nous unit est aussi rare que précieux, que la qualité de notre amour ne se dégradera jamais. Fergus me couvre de bijoux, et pourtant j'ai l'impression qu'il ne me donne rien de lui. Le collier d'émeraudes, son dernier cadeau, luit doucement sur ma coiffeuse... Ces pierres sont magnifiques, paraît-il. Pourtant, je les échangerais volontiers contre une semaine de plus avec vous. Il nous reste si peu de temps, Christian !

» Une chose est sûre : je ne cesserai jamais de vous aimer. Et votre amour vivra encore en moi lorsque mon pauvre cœur aura cessé de battre. Je suis à vous pour l'éternité, Christian. Bianca. »

Amanda replia la lettre dans le silence le plus absolu.

— Comme ils ont dû s'aimer ! murmura Coco avec émotion.

— Pouah ! murmura Alex, à demi endormi sur l'épaule de sa mère.

— Elle a mentionné les émeraudes, souligna Suzanna.

Sloan se leva soudain.

— Je serai ravi de vous aider à trier tous ces documents demain, annonça-t-il. Mais ce soir, vous voudrez bien nous excuser…

Il se tourna vers Amanda et lui saisit le bras pour l'obliger à le suivre.

— Nous étions en pleine discussion lorsque ce crétin nous a interrompus. Viens, Amanda.

Et comme elle se faisait prier, il la prit par la taille, la jeta sur son épaule et s'en fut tranquillement vers l'escalier.

— Dans certains cas, il faut savoir employer la manière forte, déclara-t-il au reste de la famille éberlué.

Il monta les marches en sifflotant, tandis que les pieds d'Amanda battaient désespérément dans l'air et qu'elle lui martelait le torse de ses poings. Une fois dans sa chambre, il la laissa tomber sur le lit, et lui agrippa les épaules pour l'empêcher de se relever.

— Ne bouge pas, compris ? Je veux terminer cette discussion une bonne fois pour toutes !

Interloqué, il vit Amanda se couvrir le visage de ses mains et se mettre à sangloter.

— Amanda, je t'en prie ! Tout mais pas ça ! Je ne supporte pas de te voir pleurer, mon cœur !

Il s'assit près d'elle sur le lit, lui tapota l'épaule, lui caressa les cheveux.

— Je sais que la soirée a été plutôt… difficile. Ecoute, mon ange, tu peux me frapper, si cela te soulage.

Elle leva la tête, renifla un bon coup, et lui décocha un direct en plein dans la mâchoire, qui l'envoya s'étaler sur l'oreiller. L'œil encore embué de larmes, elle le regarda se redresser péniblement.

— J'avais oublié que tu as tendance à prendre les choses au premier degré…, murmura-t-il en se tâtant le menton avec précaution. Tu as fini de pleurer, au moins ?

— Oui… Je crois. Quand je pense que j'ai failli te retrouver la tête trouée d'une balle…

Du coup, les sanglots de la jeune femme redoublèrent.

— Oh, Amanda ! C'est pour cela que tu pleures ? Parce qu'il aurait pu me tuer ?

Ravi, Sloan lui prit le menton.

— Mais alors, si tu tiens tant à moi, pourquoi diable t'es-tu enfuie lorsque je t'ai demandé de m'épouser ?

— Demandé ? Tu n'as rien demandé du tout ! Tu m'as tout simplement ordonné de le faire !

A présent, la colère avait remplacé les larmes.

— Je ne m'attendais pas à de longues déclarations, bien sûr…, affirma Amanda en se levant. Ni même à ce que tu t'agenouilles, la main sur le cœur, à la lueur des bougies, pendant que joueraient les violons…

— Hein ? Des bougies ? Des violons ? Mais…

Elle s'arrêta devant lui, les mains sur les hanches.

— Bon sang, Sloan, tu n'es quand même pas un barbare ! Tu débarques de ton Ouest natal, tu chamboules toute ma vie, tu me séduis et tu n'es même pas capable de me faire une demande dans les règles de l'art !

— Attends !

Le discours un peu brouillon d'Amanda avait fait tilt dans le cerveau de Sloan. Il se leva à son tour.

— Dois-je comprendre que tu m'en veux parce que j'ai oublié la mise en scène ?

Il vit les joues empourprées d'Amanda, son regard bleu cobalt, et hocha la tête.

— Je reviens dans deux minutes. Ne bouge pas !

Stupéfaite, elle se laissa tomber sur le lit. C'était bien lui ! Au moment précis où elle allait craquer et lui dire qu'elle acceptait de l'épouser, malgré son manque total de romantisme, monsieur s'éclipsait !

Elle sursauta en le voyant bientôt revenir, le magnétophone de Lila sous le bras.

— Que fais-tu ?

— Tais-toi !

Sloan posa l'appareil sur la coiffeuse. Puis il tira de sa poche deux bougies qu'il avait dû chiper dans le salon et les alluma avec soin. Satisfait, il éteignit le plafonnier de la chambre et se tourna vers Amanda.

— Que penses-tu de la mise en scène, cette fois ?

Elle se leva, le toisa.

— Tu cherches à te moquer de moi !

— Je te jure que non ! Amanda, est-ce qu'il faut vraiment qu'on se dispute toute la nuit ? Ou bien vas-tu me laisser faire ma demande correctement ?

Il semblait à bout de nerfs... et très peu sûr de lui, remarqua Amanda. Elle eut envie de sourire. Lorsqu'il voulait se montrer galant, ce colosse était vraiment attendrissant.

— D'accord. Vas-y, murmura-t-elle, le cœur gonflé de tendresse.

Il pressa un bouton, et le son des violons emplit la pièce. Après quoi, il s'approcha d'Amanda et mit un genou à terre.

— Je t'aime, Amanda, dit-il en lui prenant les mains. J'aime toutes les femmes en toi. Celle qui fait des listes interminables, celle qui plonge tous les matins dans l'eau glacée, celle qui mène sa famille à la baguette, et puis la vamp, formidablement sexy et câline, que j'ai découverte dans mon lit. Je ne veux plus vivre sans toi, chérie.

Doucement, elle l'obligea à se relever.

— Je t'aime aussi, Sloan. Lorsque j'ai lu la lettre de Bianca, ce soir, j'ai compris pour la première fois de ma vie ce qu'elle ressentait. Jamais je ne me serais crue capable d'aimer à ce point.

Avec un grand sourire, il porta la main d'Amanda à ses lèvres.

— Alors... tu veux bien m'épouser ?

Elle éclata de rire et se jeta dans ses bras.

— Oh, Sloan ! J'ai cru que tu ne me le demanderais jamais !

Composé et édité par HarperCollins France.

Achevé d'imprimer en juin 2019.

CPI
BLACK PRINT

Barcelone

Dépôt légal : juillet 2019.

FSC
www.fsc.org
MIXTE
Papier issu de sources responsables
FSC® C108412

Pour limiter l'empreinte environnementale de ses livres, HarperCollins France s'engage à n'utiliser que du papier fabriqué à partir de bois provenant de forêts gérées durablement et de manière responsable.

Imprimé en Espagne.